JN095567

北里紗月

赫き女王

Red Alveolata Queen

光文社

赫き女王　Red Alveolata Queen

装幀　　長﨑 綾（next door design）
装画　　荻原美里

目次

プロローグ

サファリハットを被《かぶ》った男は、目の前に広がる鬱蒼《うっそう》としたマングローブ林《りん》の奥に視線を向けた。太陽は昇り始めたばかりだが、左手を流れる川の水面を眩《まぶ》しく照らしている。

森を形成するオヒルギとメヒルギの根元は、むき出しになった太い根が無数の足に見え、まるで木々が歩き出そうとしているかのようだ。さらに男の足元では土中から、いくつもの根が突き出し、空に向かって奇妙な突起を形成していた。

マングローブ林は熱帯地域の汽水域、川と海の合流地付近に広がる特徴的な森林だ。土中から伸びた根は呼吸を行う役割を持ち、よく見ると、その呼吸のための根は全て同じ高さだと気が付く。

これは満潮時の水面の高さとほぼ同じになるため、森のどこまで水が入り込んでくるかの目安となる。つまり、男が立っている場所も数時間後には水中に没するのだろう。

男は額の汗を拭《ぬぐ》うと、右手に持った麻袋を両手で抱え直した。男が抱きかかえる麻袋は、箱型のシルエットをしている。ぬかるみに足を取られているのか、男の表情には疲労の色が濃い。

額から流れる汗は、男の頰を伝って地面に落ちていった。

男は土の上に麻袋を下ろすと、袋の中を魅入られたように見つめ続けている。

その瞳から疲れの色は消え去り、徐々に妖しい熱で満たされていく。どれほどそうしていただろうか、悲鳴のような鳥の声が森に響いた。

男は我に返ったように周囲を見回してから、足元の麻袋をゆっくりと持ち上げた。そして、気力を振り絞るように大きく息を吸い込むと、泥に埋まった足を引き抜き、一歩一歩森の奥へと進んでいった。

熱気を含んだ森の中は男の他に人影はなく、互いの存在を確かめるような鳥たちの歌声で満たされていた。

一章　楽園島

日本最南端の島、瑠璃島《るりじま》。東京から南に千七百キロメートル、九州・パラオ海嶺《かいれい》の中央に位置する、サンゴ礁に囲まれた楽園のように美しい無人島だ。周囲約四十キロメートルの見事な円形の島の中央には、熱帯の木々に覆われた標高四百五十メートルの白山《はくさん》がそびえる。近隣の島や大陸から数百キロは離れているため、これだけの大きさがありながら、大型の哺乳類はいない。捕食者がいないため、瑠璃島は鳥類の楽園でもある。年間の平均気温は二十七度。今日は一月五日だが、昼になれば東京の夏とほぼ同じ暑さになる。

高井七海《たかいななみ》は緩やかな坂を下りながら、右手に広がるパイライトグリーンの海を眺めた。当然と言えば当然だが、見渡す限り水平線が続く。

砂浜は砕けたサンゴで出来ているため純白で、強い日差しを跳ね返している。手つかずの熱帯の森と美しい海が広がる瑠璃島は、リゾート開発をすれば大勢の観光客が見込めるだろう。だが、この島にあるのは無機質で華やかさのかけらもない研究所だけ。七海はこの瑠璃島海洋生物総合研究所の准研究員となって九ケ月となる。

国立研究開発法人海洋研究開発機構、ＪＡＭＳＴＥＣ《ジャムステック》が三年前に巨額の費用をかけて建設した瑠璃島海洋生物総合研究所。瑠璃島の中で、唯一船が着岸可能な海岸線の正面に立つ研究所は地上五階建だ。飾り気のない白い建物は中規模の病院によく似ているが、内部には最新鋭の研究機器が設置されている。さらに食堂やシャワー室など、研究員が長期にわたって生活出来るように設計されている。

この研究所は所長に桐ケ谷杏《きりがやあん》上席研究員を置き、以下二十五名の生物学者がそれぞれの研究を行っている。女性の研究者が施設のトップを務めるのは、日本国内において非常に珍しいだろう。

この研究所が掲げる研究目標は、大きく分けて二つ。一つ目は瑠璃島周辺海域に存在するホットスポットの生態系の解明と海洋生物資源の有効活用。二つ目は大陸から離れた瑠璃島特有の生態系の研究と保全。

ホットスポットとは周辺海域に比べ、生物の個体数や種類が多く保たれている場所を示す。日本周辺の海は、世界的に見てホットスポットが多数存在する貴重な海域だ。

一見すると、環境保全を前面に押し出した研究所のようだが、実際は海洋生物資源の有効活用が主目的となる。多額の資金を出してまで研究所を設立する意味はとても単純で、それ以上の利益を出せるからだ。

つまり金になる。

海に生息する生物が持つ様々な化学物質は有効な薬の材料になる。例えばイモガイが持つ神経毒は種類が多く、ものによってはモルヒネの千倍もの鎮痛作用を持つ。天然材料を元にした薬の多くは植物由来が多いが、海洋天然物は薬としての調査や研究開発の歴史が浅く、莫大《ばくだい》な富を生み出す物質が新たに発見される可能性が高い。

海綿《かいめん》動物に含まれる成分から皮膚がんやアルツハイマー病の治療薬、アメフラシ、ホヤ、ソフトコーラルからは抗がん剤、その他にも抗ウイルス薬、抗炎症薬などが発見されてきた。

これらの新規物質を発見するためには、瑠璃島周辺のように、多数の生物が生息していることが有利になる。

桐ケ谷杏は、瑠璃島周辺海域にあるホットスポットを今から八年前に発見した。それだけでも大変な功績だが、その後、杏は次々と新規の有効物質を発見し続けた。ホットスポットの発見から三年後、杏は当時所属していた大学を退職し、ＪＡＭＳＴＥＣに引き抜かれるようにして研究の場を移していった。

杏がＪＡＭＳＴＥＣに就職した二年後に瑠璃島海洋生物総合研究所が完成した点を考えると、大学を辞める条件が研究所の所長の席だったと考えられる。

七海は理学部生物学科の大学院の博士課程を修了し、昨年の四月より、准研究員として働いている。これは本当に運が良かったとしか言いようがない。

七海はこの研究所に就職するきっかけとなった日のことを思い出していた。

理学部生物学科の大学院で博士課程の道に進んだ七海は、女性の研究者が直面する現実的な問題に頭を悩ませていた。卒業まで半年となった時点で、博士論文用の研究はめどが立ったというのに、その後の就職先が決まらないのだ。

博士課程修了時の七海は二十七歳。女性であれば結婚を意識し、その先に妊娠や出産が控えているとみなされる年齢。七海自身がどのような結婚観を持っていようがいまいがそこはあまり問題にならないようだ。一般的な企業では、どう足掻《あが》いても敬遠されてしまう。

研究者の道に進む場合は、大学の教員になるのが一つのパターンだ。こちらは一つ募集がかかれば、数十人の華々しい経歴を持った研究者が集まる狭き門だ。その他には企業や公的な機関が、研究プロジェクトごとに科学者を公募するシステムがある。こちらの場合、給料は非常に良《い》いのだが、雇ってもらえる年数が三年程度と短く次の保証は全くない。

その上、結果が残せなければ役立たずの烙印《らくいん》を押されてしまう。このため、研究職に就く者は泊まり込み、徹夜は当たり前の世界だ。女性の体力では不安が残る、と思われてしまうのが悔しい。

三十六時間までなら、七海でも連続で実験を行うくらい可能なのに。

七海自身は棘皮《きょくひ》動物が体内で作り出す、毒性の強いたんぱく質の研究を行ってきた。具体的な研究対象はオニヒトデに含まれるＤＮＡ分解酵素なのだが、マイナーすぎて研究の価値をなかなか理解してもらえない。いくら説明しても、オニヒトデしか覚えてもらえないことが多い。

一人暮らしのアパートで、日曜日の朝から鬱々とパソコン画面を見ていた。就職情報ばかりチェックしていると気分が滅入《めい》ってしまう。気晴らしにＪＡＭＳＴＥＣのホームページを開くと、そこに職員募集の文字を見つけた。

春先にチェックした際には、今年度の採用は予定していないと書いてあったはずだ。急いで目を走らせていく。

勤務地は瑠璃島という離島にある研究施設で、正規の職員としてＪＡＭＳＴＥＣに就職出来る。それ以上に、七海が希望していた研究職でもあった。

ホームページにある募集要項に目を通し終えてから、プロジェクトの内容を紹介しているページに飛んだ。

「母なる海から世界を救う薬品を」

そこに書かれていた文言以上に、白衣を着てほほ笑む女性に目が釘《くぎ》付けになった。プロジェクトリーダー桐ケ谷杏。ショートヘアの黒髪に、わずかに離れた大きな瞳。鼻筋の通ったすっきりとした顔立ちは中性的な魅力があった。

間違いない。七海は本棚に走ると、色が褪《あ》せてしまった子供向けの科学雑誌を取り出してきた。全部で十二冊。七海が小学校六年生の頃に、親が定期購読させてくれた雑誌だ。七海は雑誌を開くと、そこに微笑《ほほえ》む女性の顔をパソコン画面の横に並べた。髪型こそ違うが、見間違えようもない。

生物学者のアン先生だ。

この雑誌の中で七海が夢中になっていたのが、生物学のコラムだった。身近にいる生物の話題や最新の研究まで、子供が分かりやすいように解説されていた。このコラムを担当していたのが、桐ケ谷杏だったのだ。

七海が生物学の道に進むきっかけとなったこの雑誌は、今でも大切に保管してある。あの時のアン先生が、今はＪＡＭＳＴＥＣの大きなプロジェクトを任されているのだ。鳥肌が立つような感動を覚えた七海は、すぐに履歴書の準備を始めた。

結局、四名の募集に対して三百名を超える応募があったようだ。面接や書類による審査は一般的だが、面白いことに健康診断が必須項目にあげられた。理由としては、島という限られた空間で長期滞在するストレスに耐えうるか、という点らしい。

体力や健康に自信はあったものの、さすがに何の実績もない七海が選ばれることなどないだろう。そう考えて開き直ったのが良かったのかもしれない。

最終的に、桐ケ谷杏は七海を選んでくれた。運命などという非科学的な言葉は嫌いだが、これに関してだけは信じてみたい。


「七海、おはよう。何、ぼうっと海眺めているの。まさか飛び込む気？　ウミヘビは陸で休んでいるから大丈夫だと思うけど」

振り返ると、同僚の三上桃子《みかみももこ》が満面の笑みを浮かべて七海を見ていた。

彼女も七海と同じ採用枠で選ばれた准研究員だ。

艶のある黒髪を一つにまとめ、カーキ色のハーフパンツと真っ白なTシャツから伸びる長い手足が眩しい。化粧はほとんどしていないようだが、猫のようによく動く瞳が印象的だ。

「昨日定期船が食料品を届けてくれたから、何か珍しいものあるかも」

「桃子はいつも食べ物のことばかりね」

そう言って笑うと、桃子は当たり前じゃない、と大げさに両手を広げてみせた。

「この素晴らしき、南の楽園に唯一足りないものは料理人よ。頭脳明晰《めいせき》な生物学者は沢山いるけど、皆料理下手じゃない。日本の研究施設にしては珍しく女性が多いのにさ」

「そうね。所長の桐ケ谷さんも女性だからかな」

「というよりさ、桐ケ谷所長は実力主義でしょ。男だろうと女だろうと仕事の出来る研究者を呼び寄せて、結果を出せないならそれまで。ちょっと近寄り難い時もあるけど、分かりやすくて私は好きよ」

屈託なく笑う桃子を見ていると、ちくりと胸が痛んだ。桃子は生態学者で、専門は鳥類。二十八歳にして既《すで》に輝かしい研究成果を上げている。桃子は大学に入学すると同時に持ち前の行動力を生かして、絶滅の危機に瀕《ひん》しているアホウドリの保護活動を行ってきた。保護と聞くと、ただ見守るイメージがあるが、桃子の活動はより積極的だ。離島に生息するアホウドリの個体数を増やすため、繁殖場所を移動させるなどの介入を行うのだ。

この約十年に及ぶ研究活動の成果が認められた桃子は、種の保全に貢献した研究者に贈られる、日本学士院エジンバラ公賞を昨年受賞した。杏の目に留まるのも頷《うなず》ける。

「何にせよ、あれは桐ケ谷さんの城だからね」

桃子は坂を下りた先に見える、南の楽園には不似合いな白い建物を指さした。

「さ、早く行こう。私、ちょっと桐ケ谷さんに話があるのよね」

潮の香りを孕《はら》んだ湿った風が七海の頬に当たる。やはり今日も暑くなりそうだ。桃子は七海を追い抜いて、坂を下り始めた。

「アホウドリがね、繁殖場所にいないのよ」

「それは何かまずいの？」

「やだ、年に一度の繁殖期よ。だから年末年始もここにいたのにさ。まったく、今この島に残っているのなんて、筋金入りの実験馬鹿しかいないじゃない」

瑠璃島の研究所では、常時二十名以上の研究者がそれぞれの仕事を進めているが、年末に帰宅した者が多く、現在は七海と桃子を入れて十名が残っている。居残りメンバーの顔を思い浮かべ、思わず笑みがこぼれた。

適当な歌を歌いながら歩く桃子の横に並び、二百メートルほどの通勤を終えて研究所を見上げる。他に人工建造物がないので巨大に見えてしまうが、街中にあれば、中規模の総合病院程度の大きさだろうか。正面には大きなガラス張りの自動ドアが設置され、見た目も病院によく似ている。七海たちより先に来ていた男性の職員が入り口の前で何やらカバンの中をかき回している。職員証でも探しているのだろうか。

「高井さん、三上さん、おはよう」

准研究員の真島裕斗《ましまゆうと》が、七海たちに気付いて右手を上げた。真島も七海と同じ採用枠で就職したスタッフだ。年齢は三十歳なので、年上だが気さくに接してくれる。学生の頃ラグビーをやっていたらしく、とにかく体が大きい。身長も百八十センチ近くあり、胸板も厚く、目の前に立たれるとかなりの圧迫感がある。これだけ大柄な真島だが、研究対象は海洋微生物というのもなかなか愉快だ。

「職員証ですね？　今開けますよ」

「いや、悪いね。すぐカバンの中で行方不明になっちゃって」

七海はショルダーバッグから取り出したカードを読み取り機に当てて、自動ドアを開けた。研究所内は空調が効いていて、一気に体に浮いた汗が引いていく。

正面入り口前は五階まで続く吹き抜けのホールになっている。右手に向かうと食堂があり、左手は医務室と休憩室、正面の廊下の両側は多目的室と会議室が続く。廊下の突き当たりは実験動物を飼育する、動物舎になっている。

研究所の二階より上は、研究員が自由に利用出来る実験室がある。瑠璃島海洋生物総合研究所の実験プロジェクトは多岐にわたるため、使用目的に合わせた特殊な実験室も整っている。室内全体を低温に保った実験室、無菌状態の実験室、放射性標識化合物などを使用する区域、人体に有害な病原菌などを扱う減圧室、などだ。最上階の五階には、共用スペースの他に所長室があり、隣接する部屋は杏が使用する個室になっているそうだ。

また、設備面も恵まれていて、塩基配列を決定する次世代シークエンサーや、電子顕微鏡まで設置されている。

七海は毎朝このホールに立ち、施設全体を眺めていると誇らしい思いが溢《あふ》れてくる。それから気を引き締めて実験に臨むようにしている。

普段は職員が行き来しているのだが、先週からは建物全体が静まり返っていた。

「真島君も、一緒に朝ごはん食べましょうよ。昨日船が着いたから、きっと美味《おい》しいものがありますよ」

最後に入って来た桃子の声がホールに響く。食事前の桃子は普段にもまして、楽しそうだ。

「それはいいね。まあ、俺はレトルトのカレーがあればいいや」

「さすがに飽きませんか？　今晩当たり久しぶりに有志で食事作りましょうか」

「三上さんの料理は男気が満点だよね。なんというかキャンプ飯？」

真島と桃子は笑いながら、食堂に向かった。全職員がいる場合は、当番制で食事を用意しているのだが、休みに入ってからは各自が自分の分を用意している。桃子の言うように、料理好きは少ないようで冷凍食品やレトルトばかりに走りがちだ。比較的大きな厨房《ちゆうぼう》があるのにもったいない話だ。

食堂の扉を開けると広い空間に、副所長の沖野研《おきのけん》と同期の長瀬心美《ながせここみ》が向かい合わせで朝食をとっているところだった。三人に気が付いた沖野は右手を軽く上げる。研究所内で白衣を着ている職員はほとんどいないのだが、沖野は常にしわ一つない白衣をきっちりと身に着けている。杏より年下で、確か三十代の半ばだったはずだが、やや垂れた目でいつもにこやかにしている姿は年齢より落ち着いて見えた。

沖野と心美は、トーストとコーンスープにカットしたオレンジ、飲み物はコーヒーというお揃《そろ》いのメニューだ。三人は食堂の奥にある厨房に向かい、各自冷蔵庫とパントリーの中身を漁《あさ》った。瑠璃島に生活物資と食料品を運んでくる船は、週に一度なので生野菜が不足しがちだ。冷蔵庫にトマトがあったので、それを適当に切ったサラダと、焼いたベーコンとヨーグルトにバターロールを盆に載せ、紅茶を淹《い》れてから食堂に戻った。真島は心美の隣に座り、宣言通りレトルトのカレーライスをせわしなく口に運んでいる。七海は挨拶をしてから、沖野の隣に腰を下ろした。

最後に厨房から戻ってきた桃子の盆には、たっぷりの蜂蜜とバターとチョコレートソースをかけたホットケーキの皿と、冷凍のミックスベリーを入れたヨーグルトの入ったサラダボールと牛乳が並んでいた。さすがに、蜂蜜とチョコレートソースは激しく甘そうだが、桃子にとっては丁度よいらしい。

沖野も蜂蜜の上にかけられたチョコレートソースを見て、驚いている。

「三上さん、それ作ったの？　すごいね」

「冷凍ホットケーキですよ。解凍しただけ。先週お願いしといたんです。沢山あるので、皆さんも適当に食べて下さい」

桃子は七海の隣に腰を下ろすと、チョコレートソースと蜂蜜の滴るホットケーキを口に運び始めた。

「桐ケ谷所長は、もう来てらっしゃいますか？　少し相談があって」

「所長室にいますよ。確か、論文をチェックしていたはずだから」

論文という言葉が耳に入り、思わず沖野の顔を見つめてしまった。

杏が今読んでいるはずの論文は、おそらく七海がこの九ケ月かかりっきりになっていた研究のデータだ。オニヒトデから抽出した抗血液凝固因子についての内容で、受理されれば七海が世界で初めて発見した新規物質として認定される。

「ああそうか、七海の論文ね。アクセプトされたらお祝いしないと」

「それはいいね。桐ケ谷所長も、良いデータだと喜んでいたからきっと問題なく受理されますよ」

桃子と沖野の言葉を聞くと、本当に報われた気がする。

心美は持ち上げたコーヒーカップを盆に戻してから、七海を見た。年齢は七海より二歳ほど上だが、身長が百五十センチに届かないため、真島と並ぶと大人と子供のようだ。

「七海さんが同期の中で、一番早く結果を出せそうね。本当におめでとう」

「実は、同じ内容の研究をしているグループがあって、焦っていたんです。昨日、論文をチェックしたからまだ先は越されていないはずです」

科学の世界はどうしても研究内容が重なるので、受理された日付がたった一日違うだけで、発見者の栄誉を取られてしまうのだ。こうなってしまったら、到底諦められるものではない。

真島は、七海にお祝いの言葉を言いながらも、カレーライスを食べる手を止めていない。そろそろ食べ終えてしまいそうだ。

「俺は今日ちょっとこの後、海岸に出てサンプル採集してきます」

「私も、アホウドリの繁殖場所まで行ってくる。何か分かるかもしれないから」

桃子は皿に残ったホットケーキのかけらを次々と口へ放り込み、ヨーグルトを幸せそうに食べ始めた。

全員が朝食を食べ終えてから、食器を洗い食堂を出た。七海は四階にある実験室で、昨日から続けている実験を行う予定だ。

正面玄関前のホールまで桃子を見送り、エスカレーターに向かおうとした時、ショルダーバッグの中に実験ノートが入っていないことに気が付いた。自分の個室の机の上に置いてきてしまったのだろう。エスカレーターに向かう沖野と心美が、七海の様子を気にしている。

「ごめんなさい。ちょっと忘れ物をしたので、一度部屋に戻ります。どうぞお先に」

七海は踵《きびす》を返すと先を歩く桃子の背中を追った。自動ドアが開くのとほぼ同時に桃子と真島に追い付いた。潮の香りが体にまとわりつく。

「部屋に忘れ物しちゃって」

「ラボ組は暑さ慣れしていないから、外歩きは短時間でも注意した方がいいですよ」

真島の言葉通り、一歩建物から出ると刺すような日差しに目が眩《くら》む。桃子は立ち止まって、眩しそうに空を見上げている。

返事を返そうと真島に顔を向けると、突然海から強い風が吹き、金属のバケツが派手な音を立てて転がっていった。

と、次の瞬間、三歩前に立っていた真島の上に大きな影が降ってきた。湿った鈍い音と同時に、土埃《つちぼこり》が七海の顔に当たる。乾いた土の臭いに混じりかなくさい臭気が加わる。

思わず閉じた目を開けると、動かなくなった真島の上に額が大きく裂けた誰かが覆いかぶさっていた。何が起きたのか、全く理解が及ばない。虚《うつ》ろな瞳で空を向いている真島の上に、まるで恋人が寄り添うように女性が乗っている。裂けた皮膚の隙間から青白い頭蓋骨が覗《のぞ》き、そこから赤黒い血液が溢れている。鼻は無残に歪《ゆが》んでいるが、よく知っている女性だった。

海洋微生物学者の是永奈緒《これながなお》だ。昨日、帰り際に言葉を交わした。何について話したかどうしても思い出せない。

ああ、間違いなく奈緒だ。真一文字に裂けた額から溢れる血液が、瞼《まぶた》のくぼみに集まり、赤い涙のように頬を伝っていく。奈緒から流れた血の涙が、真島の逞《たくま》しい首筋にぽたぽたと落ちた。

目の前で起きていることを理解する前に、全身の力が抜けていった。気が付くと血で汚れたコンクリートの上にしゃがみこんでいた。

真島君が動いていない。奈緒さんも、あんなに酷《ひど》い怪我《けが》をして。頭から血を流している。奈緒さんの傷。ああ、二人とも息をしていない。心臓マッサージをして助けを呼んで。血を止めなくちゃ。

誰か助けを呼びに戻らないと。

不意に沖野の笑顔が脳裏に浮かんだ。研究所に戻って、沖野を呼ばなければ。

どうしても息が上手《うま》く吸えない。苦しい。胸が痛い。

過剰に空気を吸い込む自分の呼吸音が耳に流れ込んでくる。早く助けなければ。二人が死んでしまう。早く。ああ……息が出来ない。どうして……

「七海！　危ない！」

桃子の叫び声と同時に衝撃が走り、突き飛ばされ地面を転がった。世界が回転し、ようやく息を吐く動作を思い出した。

這《は》いつくばりながら視線を上げると、一瞬前まで七海がしゃがみこんでいた場所に男が落ちてきた。重く鈍い音が周囲に響く。

目を逸《そ》らす間もなかった。男の頭部がコンクリートにぶつかり大きく歪む。首は衝撃で折れ曲がり、陥没した頭部から流れ出した血液が白いコンクリートに広がっていく。血だまりの中に、青白い骨片がオブジェのように転がっている。

十秒前までは確かに生きていた人間が、今はただの塊と化していた。

女性の叫び声がずっと続いている。桃子だろうか。それにしても、何と凄《すさ》まじい声だろうか。まるで耳元で叫ばれているようだ。

至近距離から聞こえて来る女性の叫び声が自分のものだと気が付くまでしばらくかかった。これは何。何が起きているの。悲鳴がうるさくて思考が全くまとまらない。叫ばないで。助けないといけないの。でも、頭蓋骨があれほどへこんでしまったら、どうしたらいい。それにあれは骨？　頭蓋骨の一部が欠けてしまったの？　応急処置は……何を優先すれば。いい加減静かにしてよ。沖野を呼ばなければ。

不意に研究所の自動ドアが開き、中から心美が飛び出してきた。目の前に広がる惨状を見た心美が悲鳴を上げる。

「駄目よ！　下がって！」

一瞬上を向いた桃子が、立ち上がって叫び声を上げる。驚いた心美が一歩下がると、そこへ大柄な男が落ちてきた。重量感のある低い音に何かがきしむ、胸の悪くなる音が混じる。鼻を突く血の臭い。心美の金切り声。あれは、あれは誰。地面に頭から落下した男は、首が完全に折れてしまったようで、肩と側頭部が密着していた。彼がこちらを向いていたら、完全に意識を失っていただろう。わずかな時間を置いて、地面に叩《たた》きつけられた男の体の下に、血だまりが形成されていく。

心美は地面に転がったまま、甲高い悲鳴を上げ続けた。

ああ……息が上手く吸えない。

肺が焼けるように苦しくなり、喘《あえ》ぎながら空を見上げると、屋上の柵から身を乗り出し、七海を見下ろす人影があった。黒髪のショートヘアに白い頬。その目は異様に見開き、まるで黒い穴のようで感情が読めない。

間違いない。あれは桐ケ谷杏だ。こちらをじっと見つめていた杏の体は、さらに柵の外に垂れてきた。白く細い腕が何かを求めるようにこちらに向けて伸ばされる。

「止《や》めて……止めて！　桐ケ谷さん！　危ないから止めて下さい！　嫌！」

桐ケ谷杏の体が突然視界から消えた。良かった。

安堵《あんど》した次の瞬間、白い影が空に舞った。

ロイヤルブルーのフレアスカートが澄み切った空に広がる。なんて美しい。

白衣が、まるで鳥の羽のように風を受けながら、桐ケ谷杏が空から落ちてきた。

医務室のベッドから上半身を起こすと、七海は激しい眩暈《めまい》に襲われた。目を閉じて膝を抱えてゆっくり呼吸を続ける。屋上から落ちて来る杏の姿を思い出し、激しい吐き気を覚えたが、もはや胃に何も残っていない。

目の前で落下する杏を見た七海は、意識を失ってその場に倒れてしまった。沖野と、桃子が七海を抱きかかえて医務室に連れてきてくれたようだ。わずかだが、二人が七海の名前を何度も呼んでいた記憶がある。

壁に掛けられた丸時計は十一時を指している。あれから既に三時間が経過してしまったようだ。一体、何が起きたのか。真島は無事だろうか。杏はどうなったのだろうか。

不意に扉をノックする音が聞こえ、桃子が入って来た。後ろに沖野の姿もある。

「大丈夫？　具合はもう良くなった」

「あの、真島君の怪我の具合はどうなの？」

七海の言葉を聞いた桃子が、ため息をついて沖野を見た。男性にしては色白の沖野の顔色は疲労の色が濃く、わずかに垂れた優しい目も落ちくぼんで見える。それでも普段と変わらず、しわ一つない白衣を身に着けている姿は七海の心を落ち着かせてくれた。

「残念ながら真島君は助からなかった。気休めにもならないだろうけど、首の骨が折れていたからほとんど即死に近い状態だったのだと思う」

「そんな……桐ケ谷さんは？　桐ケ谷さんはどうしているの」

桃子はベッドの端に座ると、七海の右手を両手で包み込むように握った。沖野は一度短く息を吸い込んでから、覚悟を決めたように七海の目を見る。

「本当に残念だが、桐ケ谷所長は亡くなった。屋上から転落した四名と、巻き込まれた真島君の合計五名が死亡してしまった」

「嘘《うそ》よ……事故ですか？」

知らぬ間に涙が次々とこぼれ落ちて行く。杏が死ぬはずない。

落ち着いて、と桃子が両手に力を込めた。空に広がる白衣が脳裏に浮かぶ。

沖野の目が七海を真っすぐ見つめた。

「桐ケ谷所長たちが転落した理由は私にも分からない。念のため屋上に行って調べたが、争った形跡はなかったよ。東京の本部と警察には電話で連絡してある。三日後には迎えの船が来るから、それまでは静かに待つしかない」

「ご遺体は二階の低温室に運んであるの。私が言うことじゃないけど、少なくとも桐ケ谷さんは自発的に飛び降りたように感じた。理由は本当に分からないけど」

自発的？　嘘。心が乱れてしまい、反論の言葉が上手く発せられない。ただ涙だけが頰を流れ、体が震えてしまう。

「大丈夫かい？　無理しなくても良いのだけど、これから小会議室で今後の方針を伝えるから、来てもらえるかな」

「はい。大丈夫ですから」

桃子が差し出してくれたティッシュを受け取り、涙を拭った。呼吸を整えてから立ち上がる。わずかに眩暈を感じたが、どうにか歩けそうだ。

桃子の腕に摑《つか》まりながら医務室を出て、同じ一階にある小会議室に向かう。廊下の大きな窓の外は、昨日と何も変わらず明るい日差しと木々の緑で溢れている。その全てに現実感がなかった。

沖野と桃子に続いて小会議室に入る。中央に長机と椅子が十脚置かれただけのシンプルな部屋だ。そこには心美と門前圭吾《もんぜんけいご》が並んで座っていた。

植物学者の門前は研究室で最も年上で、若い研究者からも慕われていた。研究の話題になると、まるで小さな子供のように目を輝かせていた門前だが、今はすっかり憔悴《しょうすい》しきっている。心美にいたっては、小さな体から魂が抜けてしまったように正面をぼんやりと眺めていた。

沖野が心美の正面に座り、桃子と七海はその両脇の椅子に腰を下ろした。今朝までは十人の職員が確かに生きていたというのに、今この島にはこの五人しかいない。

沖野は全員の顔を見回してから、大きく息を吸い込んだ。

「これから、これまでの経緯と今後の方針について説明する。まず、屋上から落下した四名の職員は、桐ケ谷杏所長、是永奈緒研究員、水野淳《みずのじゅん》研究員、落合俊介《おちあいしゅんすけ》研究員。そして落下した職員と接触した真島裕斗准研究員の五名が残念ながらお亡くなりになった。ご遺体は二階の低温室に安置した。この状況は東京の本部と警察に通報してある」

沖野は一度言葉を止めたが、誰からの発言もない。門前はその場に居合わせなかったが、おそらく遺体の移動などを手伝ったことだろう。ここにいる全員があの悲惨な事故を目の当たりにしている。

「私たちを東京まで運んでくれる船は三日後に到着する予定だ。それまでは業務を停止して、各自、可能な限り自室か一階で過ごして欲しい。なお、警察から、遺体と亡くなった職員の個室には近づかないように、とのことだ。今後、何があったのかの調査は一切警察に委ねる。みだりに故人の持ち物に触ることは、証拠保全の観点から控えて欲しいとのことだ」

沖野の事務的な言葉からは、一切の反論を受け付けないとの決意が感じられる。けれど、七海にはどのように考えても杏が自らの意思で自殺をするとは考えられなかった。

「桐ケ谷さんは自ら死を選ぶような人ではないです。桃子も沖野さんも、桐ケ谷さんがどれだけ研究に夢中だったか知っていますよね」

「でも桐ケ谷所長は、明らかに柵を飛び越えて落ちてきたと聞いています」

沖野は桃子を見てから静かに言った。

杏にとって、この研究所は安定した大学の職を辞してまで手に入れた自らの城だ。簡単に放り出すはずはない。

「昨日は桐ケ谷所長と、提出する論文の最終的なデータについて確認作業をしました。そんな人が自殺をしますか？」

聞いて、と桃子が七海の顔を覗き込むように見つめてきた。切れ長の目に涙が浮かんでいる。

「例えばお酒を飲んでいたとか、おかしな薬を間違えて飲んだとか、もしかしたら本当に死にたかったのかもしれない。でもそれは、今ここで確かめられないでしょう。私は少し離れた場所にいたからよく見えたの。屋上から落下した職員は全員、自分の意思で飛び降りているように見えた。誰かが突き落としたのでもなければ、柵が壊れていたわけでもない。これが事実よ」

「違う。お酒も薬も飲んでなんかいない」

不意に言葉を発したのは心美だった。焦点の定まらない瞳を見ていると、こちらの心まで壊されてしまいそうだ。桃子が心配そうに心美を見る。

「心美さん、何か知っているんですか？」

「朝、桐ケ谷所長と是永奈緒さんに会ったのよ。奈緒さんの話だと、島の少し沖合に赤潮が発生したらしくて。屋上に上れば、確認出来そうだと言っていた。それを聞いていた水野さんと、落合さんが興味を持って、四人で屋上に向かったのよ。ただそれだけよ。私も見に行こうとした。でも気が変わって、食事に向かっただけ……何があったの。ねえ、何があったのよ」

心美は言い終えると、子供のように声を上げて泣き始めた。門前が考えない方がいいと心美をなだめている。

四人は偶然屋上に向かっただけ。全身に鳥肌が立った。沖野は表情を変えず、心美の状態を見てから小さくため息をついた。桃子は腕を組んで、心美の様子を見ている。

「島には幻覚作用のあるキノコや野草があるにはあるけど。どう考えても桐ケ谷所長が食べるとは思えない。食べ物は食堂にあるもので済ませるのが原則ですから」

桃子の言葉通り、日々忙しく業務に当たっていた研究者が山野草を口にするとは思えない。仮にも生物学者の集団がそのようなミスをするはずがない。

沖野が全員を見回してから、頷く。

「実際に何が起きたのか、我々では調べようがない。こんな恐ろしい事故が起きたのだから取り乱すのは仕方がないと思います。ただ、警察からも可能な限り、現場を荒らさないようにと言われています。門前さんは長瀬さんについていてあげて下さい。これでひとまず終わりとします。また何かありましたら、連絡します」

「了解ですよ。僕は長瀬さんと、休憩室で休んでいますからね。何かあったら来て下さい」

門前はまだ泣き続けている心美を促して立ち上がらせると、小会議室を出て行った。桃子は心美たちが出て行くのを見届けると、安堵したように息を吐いた。

「私は食堂で休んでいます。あそこが一番落ち着くから。明るいし、食べ物もあるし海も見える。余計な考えに浸らないで済みますからね。七海はどうするの？」

「培養中の細胞を眠らせないと。しばらくここに戻れないなら、貴重な培養細胞は一旦凍結して、液体窒素の中に保存しないといけないの。四階の無菌室にいます」

沖野が納得した様子で頷く。

「私は動物舎を確認して、船に乗せる実験動物の数を調べてきます。その作業が終わったら、二階の事務室にいますので。緊急の連絡が必要な場合は携帯電話で呼び出して下さい」

沖野はそれだけ言うと、小会議室を出て行った。普段の沖野と変わらない落ち着いた態度だが、言葉が必要以上に事務的に聞こえた。沖野にしてみれば、長年協力関係にあった杏を失ったのだから、精神的なダメージは計り知れない。

小会議室を出て、桃子と別れてから正面玄関前のホールに立った。

今からたった四時間ほど前、同じ場所にいた。ほんのわずかタイミングがずれていたら、是永奈緒と衝突していたのは七海だ。そして桃子が背中を突き飛ばしてくれなかったら、落ちてきた水野の下敷きとなって死んでいただろう。

エスカレーターに乗っていると心美の言葉が思い出された。四人が屋上に向かったのはただの偶然。それにもかかわらず、確かに杏は柵から身を乗り出し、しっかりと七海を見ていた。それから勢いを付けて屋上から飛んだ。

頭を振って、余計な考えを追い出そうとするが、杏のロイヤルブルーのフレアスカートが思考に絡みつく。四階に到着したものの、無菌室に足は向かなかった。いつの間にか上りのエスカレーターに乗り五階に到着していた。

職員が共通で使用する実験室は二階から四階にまとまっている。五階はホール、大会議場、資料保管庫などで普段頻繁に足を運ぶ場所ではない。そして、杏が利用している所長室と私室がある。

気が付くと七海の足は所長室に向かっていた。杏は七海の論文を送信してくれたのであろうか。そんな身勝手な思いが頭をよぎり、本当に自分が嫌になる。

学生の頃から続けている研究が、ようやく日の目を見るところまで来たのに。あとは送信さえすればいい。これが上手くいけば、七海だけでなく杏の最後の功績にもなるはずだ。タッチの差で他の研究者に手柄を横取りされては、杏だって本意ではないはずだ。

部屋を荒らす意図はない。送信履歴を確かめたいだけだ。

七海が所長室のドアノブに手をかけると、扉は何の問題もなく開いてしまった。鍵がかかっていないことに動揺した七海は、思わず室内に入り込み扉をそっと閉めた。

所長室は正面に大きな窓が作られ、美しいサンゴ礁の海岸が一望出来る作りになっている。窓の前には杏が使用する大型のデスクが部屋の中心を向くように設置され、中央に四人掛けのソファーとテーブルが並ぶ。部屋の周囲の壁には全て本棚が設置され、多数の本で埋められていた。部屋の最も奥まった場所には、隣室に繋《つな》がるドアがあった。

本当に入ってしまった。ただ、沖野が懸念していたように現場を荒らすつもりはない。なるべく何も触らないようにして、論文が送信されているのを確認出来たらすぐに終わりにしよう。

七海は杏の机の上にあるノート型パソコンの電源を入れた。職員番号の後にパスワードを入れるのだが、杏がこの工程を省いているのを以前聞いたことがある。不用心だと思ったのだが、さすがに指摘出来なかった。杏は、行動的で頭の回転が速いのだが、部屋の鍵をかけ忘れるなどややそそっかしいところがあった人だ。杏の笑顔を思い出し胸が差し込むように痛んだ。今は忘れよう。

メール送信履歴をチェックすると、今朝の七時に七海の論文は送信されていた。安堵のため息をつき、メールソフトを閉じた。

ノート型パソコンを閉じようとしたのだが、デスクトップ画面の右上にヒメツバメウオと書かれたファイルがあった。ヒメツバメウオとは魚の名前だと思うが聞いたことがない。

特に杏の研究に関しては、七海は完全に把握しようと努力してきた。だから、ヒメツバメウオを研究対象としているなら、名前に聞き覚えがないのは不自然だ。

問題のファイルを開くと、そこには見覚えのない熱帯の魚の写真が並んでいた。ひし形の体に鮮やかな黄色いひれ。全体的には薄い銀色に近いブルーの体色をしているが、別の写真では鮮やかなピンク色の個体もあった。種類が異なる近縁種なのだろうか。そこには神の入り江と短い言葉が書かれていた。

ファイルの履歴を確認すると最初に記入されたのは、五年前になる。この研究所が完成する以前のものだ。これは何の研究だろう。

どの写真もネットから拾った画像ではなく、実際に実験者が撮影したように見える。五年前に行っていた研究なら、実験ノートに記録が残されている可能性が高い。それはそうなのだが、部屋を荒らしてはいけないと沖野に注意されたばかりだ。

七海は部屋の真ん中に立ち、周囲を見回した。どこかにしまわれていないだろうか。

おそらくこの部屋には杏が毎日記入している実験記録ノートがある。これは、研究内容を記録する目的もあるが、同時に同じ内容の論文が受理された場合、どちらが世界で最初にその結果を出したのか、重要な証拠にもなる大切な資料なのだ。日記のようにプライバシーにかかわる内容は書いていないが、他人の実験ノートを探るなど失礼なだけでなく、データの流用を疑われる行為だ。

そもそも、部屋に入る行為も止められていたのに、これ以上は何もするべきではない。頭で理解していても、目がノートを探してしまう。

どうにも耐え切れず、つい本棚の前に移動してしまった。

壁際に並ぶ本棚を確かめていく。学術書や研究機器のカタログ、様々な外国語の辞書が並んでいる。

指を指しながら棚から棚へと視線を滑らせていくと、ブルーの大学ノートがずらりと並ぶ棚があった。これだ。

杏が手掛けていた研究は、新薬開発に直結する。多くの人にとって有益な内容だ。それに、警察はこの悲惨な状況の捜査をするのだろうが、仮にノートから手がかりを見つけたら隠ぺいするつもりなどさらさらない。さらに言えば、ヒメツバメウオに関する研究が今回の事故と関係する可能性など、限りなくゼロに近い。

一冊抜き出してみると、表紙に日付が記されている。2018.03.01 Ann Kirigayaとあった。ページをめくってみると、やや斜めに傾いた特徴的な文字で多数のデータが記されていた。

一冊の大学ノートが百枚つづりとなっていて、一年分が五、六冊に分かれている。棚から全てのノートを取り出して、机の上に並べた。全部で二十八冊になる貴重な資料だ。

五年前の日付が書かれたノートに軽く目を通してみたが、ヒメツバメウオの文字は全く見当たらなかった。結局、分からずじまいだがこれ以上は止めておこう。

そのまま所長室から出ようと思ったのだが、どうにも自分が入室した痕跡がないか気になってくる。端にある窓際まで移動して、部屋全体を見回した。

ふと足元に目を向けると、杏の机の下に籐《とう》で編まれたかごがあった。そこにピンク色の大学ノートが入っている。

改めて杏が行っていた研究に対する好奇心が生まれた。もう教えを乞うことも杏の研究を支えることも出来ない。せめて何を考え、何を最終目標に研究していたのか。どうしても知りたい。
七海は机の下に手を伸ばすと、籐のかごを引っ張り出した。中には四冊のピンク色の大学ノートが入っていた。ほんの一瞬迷ってから全てのノートを取り出すと、かごの底に赤い革製のキーケースが見つかった。ノートの表紙には杏の氏名と日付が記されていた。

2018.02.04
本日より二週間の予定で瑠璃島の調査を行う。西側の海岸より上陸し、比較的平らで風のよけられる五百メートルほど内陸部に宿営地を設置。
初めての長期滞在になる。これからここで行われる研究は私にとって人生をかけたものになるだろう。神に祈るのは嫌いだが、今回ばかりは神仏にすがりたい気分になる。弱気になるとは自分でも驚きだ。時間がない。一つ一つのプロセスに失敗は許されない。私なら出来る。きっとやり遂げられるだろう。

まるで日記のような書き出しに思わず表紙の名前を見直してしまった。表紙には間違いなく杏の名前がある。もとより、先に見つけたノートと筆跡が同じであり、間違いなく同一人物のものだ。やや斜めに傾いた特徴的な文字は杏のものだと知っている。だがノートの内容は七海がまるで知らない研究に移っていく。

2018.02.05
瑠璃島内の生態系を調べるため、生息する生物のサンプル調査を開始。

ノートの内容から、杏はたった一人で島内のマングローブ林を調査していると分かった。島内には毒ヘビも生息しているので、大げさではなく命がけの仕事だ。杏の尋常ではない行動力は知っていたが、この調査は危険と言えるほどだ。明らかに冷静さを欠いている。何が杏をそこまで駆り立てたのだろう。

2018.02.07
汽水域にて体色の異なるヒメツバメウオを発見。通常のヒメツバメウオは青色だが、薄紅色の個体が見つかる。穏やかな湾内であるため、その場で観察を続けることとする。簡易テントと最低限の食料があって良かった。

ついに、ヒメツバメウオの名前が出てきた。五年前、瑠璃島周辺の環境を調べるため、島に生息する動植物の徹底した採集が杏の手によって行われたようだ。その中で杏の目を引いたのがこの特殊なヒメツバメウオだったようだ。
結局杏は、偶然発見したヒメツバメウオの観察を続けるため、入り江付近で三日間留《とど》まっている。

毒ヘビや、その他どんな危険な生物が潜《ひそ》んでいるか分からない森の中で三日。七海では無理だ。

七海は引き込まれるようにノートの続きに目を走らせた。

本来であればブルーの体色の魚のようだが、発見した個体は薄紅色と記載されている。そして、見た目は正常でありながら行動に異常が見られるヒメツバメウオの個体も発見された。行動異常については、実験ノートを読み進めていくと事細かに記載されていた。

まず、通常では考えられないほどの餌《えさ》を積極的に食べるのだが、採食行動が攻撃的で他の個体を傷つけることも頻繁に観測されている。さらに、餌の過剰摂取により死亡する個体の記述もあった。

結局この二週間の瑠璃島滞在では、発見された新種らしきヒメツバメウオの観察にほとんどの時間を費やしたようだ。滞在最終日には採取した新種のヒメツバメウオを東京に持ち帰っている。本当に新種であるかの同定《どうてい》を試みたのだろうか。七海は最終日の実験ノートにつづられている文字を再度確認した。

2018.02.18
今日でこの島から一時的に離れる。滞在は予想以上に有意義なものだった。体色異常のヒメツバメウオはラボに戻ったのち、すぐに塩基配列の決定を行う予定。どのような結果が出るにせよ、今後の計画のために有効に使わなくてはいけない。最も貴重な時間を無駄にするな。

この文章も普段の杏とはかけ離れた印象がある。杏の仕事は非常に速い。けれど、この文章からは強い焦りが感じられる。確かに時間は貴重だ。けれど、焦ればかえって失敗に繋がり、冷静な判断が出来なくなる。もとより杏がこの基本を知らないはずがない。なぜこれほど時間を気にしているのか分からない。

手元にあるノート以外にも資料があるのだろうか。

ノート型パソコンにヒメツバメウオの写真があった。この点だけでも杏がこの研究について強い関心を持っている証拠になる。それにもかかわらず一切世の中に発表した形跡がない。これは何を意味するのか。

七海は一度ノートから目を離して、気持ちを落ち着かせた。

研究に関する資料を杏はどこでまとめるだろうか。杏になったつもりで考えてみる。まずはこの部屋で仕事をする。深夜になり、そろそろベッドに入らなくてはいけない。明日に響く。それでも、もう少しと欲が出てつい自分の部屋に仕事を持ち込んでしまうだろうな。

ノートの横に置かれた鍵が目に入った。

室内を見回すと、隣室に繋がるドアに鍵穴を見つけた。試しにドアノブを回してみたが、やはり鍵がかかっている。

心の中で杏に謝罪しながら鍵を差し込むと、予想通り扉は開いた。

扉を開けた瞬間に青紫色の光が飛び込んできた。殺菌灯、UVランプの特徴的な色だ。もちろんUVに色はないが、強い紫外線は角膜を傷つけるため、安全上の理由で点灯中は青紫色の光で確認出来るように作られている。

七海は慌てて目を逸らし、部屋の壁にあるはずのスイッチを手探りで探した。すぐにスイッチを入れると、ＵＶランプは消え、蛍光灯の人工的な光が室内を照らした。

　これは一体何なの……

目の前に広がっていたのは、杏の寝室などではなく、思わず息を呑《の》むほどの見事な実験室だった。広い空間に窓はなく、実験室中央には正方形の実験台が置かれている。壁際に細胞培養を行うインキュベーターが並び、その隣には大型の顕微鏡が置かれている。

そしてその横には大型のクリーンベンチ。これだけの装置があれば、様々な研究が可能だ。どうして、このような場所に設置したのか。

あまりに衝撃的すぎて、この部屋に入ってしまった罪悪感が薄れてしまう。

冷蔵庫や薬品棚を通り過ぎ、実験室の奥に向かうと、さらに部屋が続いていた。重い引き戸を開けると、動物が飼育されている部屋特有の獣臭と熱気が七海の顔にぶつかってきた。

思わず一歩足を引く。新鮮な空気を吸い込み、息を止めてから中に踏み込んだ。天井に取り付けられたエアコンが異常な音を出して、熱風を吹き出している。壁に取り付けられているエアコンのコントローラーの設定を見ると、三十度の暖房になっていた。すぐに冷房の強風に切り替えると、頭の上から清涼な空気が流れてきた。

　十畳ほどの広さがある室内を改めて見渡すと、棚に並べられたケージの中で多数のマウスが死んでいた。いつからエアコンが故障したのか不明だが、この暑さの中に放置されたらひとたまりもない。

さらに、部屋の端には二メートルはありそうな大型の水槽が設置されていた。見ると、白い湯気が上がり、水槽そのものが白く曇って内部が見えない。

水槽の前まで移動して覗き込むと、三十センチほどのひし形をした魚が五匹、白く変色して浮いていた。これは、ヒメツバメウオだろうか。内部の水がお湯に変わり死んでしまったようだ。

水槽全体を確かめてみると水温を測定するセンサーが、わずかに水面から外に出ている。これではサーモスタットの調整が利かず、延々と水槽の中の水を温め続けることになる。こんな初歩的なミスを杏がするのだろうか。

ひとまず魚はそのままにしておき、マウスを観察する。ケージは十五個あり、その中にいるマウスはそれぞれ一匹のみ。死んでいる十五匹を順に観察していくと、体のサイズが明らかに異常な個体が見られた。

不自然なシルエットの個体を詳しく見ると、腹部が大きく膨《ふく》れ上がり、ごつごつとした突起状の瘤《こぶ》が目視で分かる。腫瘍が発生しているのだろうか。七海は腹部に膨らみがあるマウスの入ったケージを実験室に運び出した。

全部で六個のケージが実験台の上に並ぶ。

さて、どうしたものか。最早引き返せない状態まで来てしまった。

改めて室内を確認してみると、ここがいかに費用をかけて作られた実験室か理解出来る。顕微鏡と周辺機器だけでも、おそらく一千万円はする。

マウスが何時間前に死んだのか正確な時間は分からないが、放置すればするほど状態が悪くなっていく。刻一刻と貴重なデータが消えていくのだ。マウスを冷凍保存する手もあるが、やはりその前に観察だけは済ませたい。

それに、ここまで行動を起こしてしまったのだから、これ以上やってもやらなくても、お咎《とが》めは受ける。ならば、やるまでだ。

七海は実験室の棚や、引き出しを開けて回り、必要な道具を実験台にセットしていった。

マウスを並べるステンレスのバットに解剖に使用するゴムマット。マウスの手足を固定する待ち針。精密な作業に向く眼科用ハサミとピンセット。キムタオル。人畜共通感染症の可能性も考慮に入れサージカルマスクとゴム手袋。

念のために部屋の隅のロッカーから白衣を取り出し身に着けた。全てを実験台の上に並べ、準備は完了。

マスクとゴム手袋を装着してから、ケージの中で死んでいるマウスをバットの上に並べていく。生殖器を確認したところ、六匹ともメスだった。バットの中央に置いたゴムマットに一匹のマウスを仰向けの状態に置き、小さな手足に待ち針を刺して固定する。

ごつごつとした腹部は、妊娠しているにしても不自然な形だ。七海は作業用の椅子に腰を下ろすと、ピンセットでマウスの皮膚を持ち上げて、ハサミで腹部を切り裂いていった。生殖器の少し上から喉元まで刃先を進め、さらに両肩と両足方向にも切り込みを入れてから、皮膚を広げて、待ち針でゴムマットに固定していく。表皮が固定され、ピンク色の筋肉が露出すると、さらに腹部の異常な膨らみがはっきりと見える。

臓器を傷つけないように筋肉をピンセットでつまみ上げながら、刃先を下腹部から正中線に沿って切り開いていく。少し迷ってから腹部の筋層《きんそう》は完全に切除して、バットの上に置いた。筋層の除去が終わり内臓を露《あらわ》にしたマウスの腹部は、薄い茶色の固形物で溢れていた。ピンセットで摘《つま》んでみると、固形物はもろく崩れていく。マウスの餌を固めたペレットのようだ。

ペレットをピンセットで摘んで全て取り除くと、ようやく本来の臓器が見えてきた。見ると、食道の先にある胃が、伸び切った風船のように広がり裂けている。かろうじて胃と繋がっている小腸の内部まで未消化のペレットが詰まっていた。このマウスは胃が破裂するまで餌を食べ続けていたのだ。何かの疾患だろうか。七海は他の臓器を確認するため、肋骨も除去し、それぞれの臓器を切り出してバットに並べていった。

心臓に見た目の異常は見られない。胃と小腸は異常な量の餌が流入したことが原因となり、形が歪んでいる。細長い子宮に問題はなかったが、赤い卵巣が通常の大きさに比べてずいぶん大きく見える。念のためサイズを測定しメモしていく。

臓器を取り終えたマウスをゴムマットから外していると、耳の内側に発疹を見つけた。念のため体毛をかき分けてみると、所々に直径一センチほどの赤い斑点が数個見られた。新しいケージからマウスの死骸を取り出し、皮膚を確認するとやはり同じような発疹が確認出来た。

これは何かの感染症だろうか。食欲が異常に増進する感染症などすぐには思いつかないが、例えば食欲に関わる中枢神経が変性すればありえるのかもしれない。

二匹目のマウスの腹部を切り開くと、やはり同様に腹腔内は大量の餌で埋まっていた。杏のノートにあったヒメツバメウオも餌の過剰摂取で死亡した個体に関する記述があった。

そもそも、なぜ杏はこれらの実験を公にせずに行っていたのか。重大な発見に繋がる実験の途中経過を世界に向けて発表したくない、ということならある程度理解出来る。

だが実験室の存在を隠していた経緯を考えると、職員を含めて結果を公表したくなかったという意思の表れだろう。

考えてみれば、この部屋が杏の私室であると伝え聞いただけでこの目で確かめたことはない。他の職員も同じだったのだろう。逆に、本部には所長室も含めて、実験室だと申請すれば良いだけだ。研究施設の図面と本来の使用方法が異なったとしても、それに気が付く人間などいないはずだ。では、何のために。いくら理由を考えても合理的な結論にたどり着けない。どうして秘密に……

「高井さん、一体あなたは何をしている？　それにここは」

突然声をかけられ、心臓が痛むほど驚いてしまった。振り返ると、開け放たれた実験室の扉の先に、呆然《ぼうぜん》とした表情の沖野が立っていた。

「沖野さん。ごめんなさい、これには事情が」

「本当に驚いた。この部屋は……いや、そもそも君はどうして所長室に？　現場の保存をするように伝えたはずだが」

実験室の中に入ってきた沖野は室内を見渡すと、呆気《あっけ》にとられたように七海の手元を見つめた。

七海は慌てて汚れたゴム手袋を外した。突然自分の行為が酷くあさましく感じ、羞恥で頬が赤くなっていく。とっさにキムタオルを被せて、自分が切り刻んだマウスの体を覆い隠した。

「説明は聞くけど、三上さんを呼んでくるから待っていて欲しい。今、落ち着いて話が出来るのは彼女くらいだからね」

沖野はため息を一つつくと、所長室を出て行った。

緊張が解けたせいか、全身の力が上手く入らなくなり椅子に座って項垂《うなだ》れていると、桃子を連れて沖野が実験室に戻ってきた。

桃子は七海や沖野と同様に、室内の様子を見て驚きの声を上げた。

「何、この豪華な実験室。こんなＶＩＰルームがあるとは知らなかったけど、沖野副所長もご存じなかったんですか？」

「ああ、全く知らなかったよ。所長室には入る機会があったけど、隣室は桐ケ谷所長の個人的な居住スペースだと聞いていたからね」

桃子は興奮した様子で実験室内を歩き始めた。実験台の上に並べてあるバットのキムタオルをどかし、解剖したマウスの臓器を詳しく見てから、首を捻《ひね》って奥にある実験動物飼育室に向かった。

七海と沖野もそれに続く。

「この茹《ゆ》で上がった魚はヒメツバメウオですね。サーモスタットの故障かな。私も一回だけ、同じ失敗をしたことがあるな。ヒメツバメウオは特に珍しい魚ではないけど、汽水にしかいないです」

「これは一般的なヒメツバメウオと同じ？　例えば色とか」

「体色？　さすがにここまで火が通っちゃったら分からないかな。何か関係があるの」

机の下から見つけたノートの説明をするため、所長室に向かった。七海がここに入った理由も丁寧に説明しなくてはいけないだろう。

沖野と桃子をソファーに座らせてから、七海は二人の前に腰を下ろした。

「本当に身勝手な行動を取ってしまって申し訳ないです」

七海はここに至るまでの経緯を二人に伝えた。

二人は言葉を挟まずに七海の話を聞いてくれたが、沖野は厳しい表情を浮かべている。自分でもどれほど非常識な行動を取ってしまったかは理解出来ている。

「驚いた。七海ってもっとこう、常識に雁字搦《がんじがら》めにされる生き方をしているのかと思っていた。私でも感心する行動力ね」

「自分でも呆《あき》れている」

沖野は額に両手を当ててから、七海を見た。

「もう少し私のことを信用してくれてもいいんじゃないかな。論文の件だって、事情を説明してもらえれば、私が立ち会って調べても良かった。それから、桐ケ谷所長とは信頼を築いていた。彼女の功績を無駄にするような行動を私が取ると思うのかい？」

「でも、警察から証拠保全のため職員の個室には近づかないようにと指示があったのですよね」

「確かに遺体にはむやみに手を触れないようにと言われている。でも、実験を中断しろとか、どの部屋にも一切入るなとは言われていない。あくまで私の判断だよ」

今さらながら、沖野を理解のない上司のように扱ってしまったことを恥ずかしく思った。最初から沖野と桃子に相談して助けてもらうべきだった。

「反省しています。でも、桐ケ谷所長が五年前から続けていた研究内容が本当に奇妙で。目を通して頂けますか」

机の上に置いたピンク色の実験ノートを沖野と桃子が見えるように開いた。ゆっくりとページをめくりながら、七海も改めて読み込んでいく。

未読部分のノート後半には、採食行動に異常の見られた個体を解剖してみたところ、卵巣が腫れていたとの記載があった。思わず小さな声を上げる。

「卵巣部には有毒性を認め、マウスに対するＬＤ50は150ng/kg。何なのこの数字。とんでもなく毒性が高い……」

桃子がノートに目を落として首を捻った。

「卵巣が有毒？　ヒメツバメウオの体は無毒よ。でも、例えば有毒の餌を食べれば本来無毒な生物でも毒を持つ場合はあるけど。ヒメツバメウオは聞いたことがないな」

ノートに書かれている内容は五年前の三ケ月分だけで、マウスの実験に関する記述は一切ない。

ノートに目を通していた桃子が小さく唸《うな》っている。

「ヒメツバメウオね。胃が破裂するまで餌を食べるのは、脳の異常かしら。これだけじゃ何とも」

「沖野さんは何年前から桐ケ谷さんと一緒に仕事をされていましたか？　この内容は全くご存じないでしょうか」

ノートに目を通していた沖野が、視線を上げて七海を見た。

「私が桐ケ谷所長と一緒に仕事を始めたのは、四年前からだね。その時には既にこの研究所の建設は決まっていたよ。残念ながら、このノートの内容はまるで知らない。私の認識ほどには彼女から信頼を得られていなかったようだね」

沖野は小さなため息をついた。杏と沖野が研究上のパートナーとして支え合ってきたのは、七海もよく知っている。

「桐ケ谷さんがここまで研究に成功したのは、沖野さんのサポートがあったからです」

沖野はわずかに笑みを浮かべて、首を横に振った。桃子は、何か言いたそうな目を向けてから、結局何も言わずノートに視線を移した。

しばらく無言のまま、それぞれがノートに目を通し、杏が五年前に行っていた研究内容を共有することが出来た。全てを読み終えた桃子は、顔を上げて沖野を見る。

「さて、沖野さんどうしましょうか。正直内容に関しては、私じゃ分からないことが多すぎて。でも、桐ケ谷所長がどんな研究をしていたかは、警察では分からないと思います。おそらく、私たちじゃないと答えにたどり着けないのではないかと思いますね。少なくとも私は調べたいです」

「私からもお願いします。勝手ばかり言って心苦しいのですが、桐ケ谷所長が何を解明しようとしていたのか、どうしても理解したい」

沖野は眉間に深いしわを寄せてしばらく黙した後、表情を緩めた。

「私がだめだと制したところで、あなた方はたとえ首になったとしても続けるのでしょう。だったら、私が協力した方がまだましです。この実験室についても桐ケ谷所長の研究についても、本部に報告しないわけにはいきませんから、いずれにしても調べる必要があります。ただし、今後は私の許可なく単独での行動は禁止とします。それが協力する条件です」

「もちろんです。以後気を付けます」

頭を下げると、桃子が子供みたいね、と笑った。

「まず、他のノートも探しませんか。きっとどこかにあるはず。隣の実験室を少し探してみましょう」

桃子の声に促されるように、七海と沖野はソファーから立ち上がった。時計は午後三時を指している。はるか昔に起きた事故のように感じるが、杏が亡くなってから七時間しか経過していない。

三人は実験室に入り、実験ノートがないか探し始めた。

「ずいぶん立派な顕微鏡ね。なんだか色々機材が付いている。これ、七海は扱えるの？」

引き出しの中を探っていた桃子が手を止めて、光学顕微鏡を指さした。

「以前にマウスのクローンを作製していた研究室にお願いして、使い方を教わったことがあるから、多分大丈夫だと思う」

「そっか。あの小型冷蔵庫みたいなのは何に使うの」

「受精卵を育てたりかな。他にも生きた細胞を育てる場所だと思って」

桃子は頷きながら、長身を折り曲げて引き出しの中を覗いている。

「……あった。これじゃない？」

桃子が二冊のノートを取り出して掲げてみせた。ピンク色の大学ノートなので、ほぼ間違いないだろう。

桃子が実験台の上にノートを広げ椅子に座り、沖野と七海も両側に腰を下ろした。そこに書かれていた文面は、七海の想像とはまるでかけ離れたものだった。

2018.05.15

体色異常個体。ヒメツバメウオの学名 Monodactylus argenteus と赤 red から命名し、以後 R.M と表記。ノーマル個体 N.M と表記。

R.M ゲノム解析結果より、N.M と比較した結果の余剰領域が決定。余剰領域は 104Mb. N.M の全ゲノム 800Mb に対して12・5％を占める。この領域 104Mb について詳細を解析した。

データベースを使用して相同性解析を行った結果、渦鞭毛藻《うずべんもうそう》の一種 Pfiesteria piscicida と45％一致。さらにアピコンプレクサに分類される熱帯熱マラリア原虫と37％一致。

ノートに目を通していた桃子が手を上げて、七海を見た。

「何が書いてあるのかほとんど分からない。七海、解説をお願い」

「まず、赤い体色をしたヒメツバメウオの遺伝子配列を調べた。その結果、通常の色をしたヒメツバメウオより、そもそも遺伝情報量が多かったみたい。通常が八百メガベースペア、八億個の塩基で全ての遺伝情報が構成されているのだけど、それより一億四百万個塩基が多かったという意味ね」

「ＯＫ。そこまでは了解」

桃子も当然ある程度理解しているとは思うが、自分の頭の中を整理する意味でも一つ一つ解説を付けていった方がいいのかもしれない。

「それから、体色が赤いヒメツバメウオR.Mに特徴的な配列をデータベースで検索した。これの意味は桃子も知っていると思うけど、色々な生物の塩基配列はそれぞれの研究者がデータベースに登録する」

「今は生態学者でもラボ系の研究者と共同で研究しているからね。私も新種の鳥かどうか迷う時は、捕獲して調べてもらっている」

この研究所でも、屋外で研究をするいわゆるフィールド系の研究者と実験室内で研究を行うラボ系の研究者は、互いに協力しながら研究を続けている。

「そのデータベースで調べた結果、ある渦鞭毛藻と遺伝子配列が45％一致、さらにマラリア原虫と37％の一致」

「マラリア原虫は理解出来る。それに渦鞭毛藻は分かるのよ。赤潮の原因になる藻類。でもこのPで始まるこれは何？　発音もよく分からない」

「私は渦鞭毛藻についても正直分からない。これについては全く不明ね。桃子でも知らないのね」

沖野に視線を向けると、首を横に振る。幸いスペルが正確に記してあるので、各自が自分のスマートフォンで検索を始めた。

そこに記載されている内容は、七海が抱いている藻類とはかけ離れたものだった。

フィエステリア。渦鞭毛藻に分類され、二本の鞭毛を持つ。淡水に生息し、魚類の体表に外部寄生する。魚が泳ぐ振動に反応し、皮膚に張り付くとペタンクルと呼ばれる針のように尖《とが》ったストロー状の特殊な器官で皮膚に穴を開け、体液を吸う。複雑な生活環をしており、状況に応じて三十種類以上の形態的変化を行う。環境が悪化するとシスト状になり長期生存可能。また、体内で揮発性の有毒物質を生成するため、河川で大量発生した場合に被害が出る。症状は肝障害、記憶障害など。このため、バイオハザードレベル3に分類される。

これは本当に藻類なのだろうか。植物が魚の体液を吸うとは想像が難しい。

「渦鞭毛藻は藻類なのよね。寄生する生物なの？」

「うーん。寄生の意味よね。渦鞭毛藻はサンゴやクラゲと共生する場合があるのね。サンゴの色は渦鞭毛藻の色で、海水温が高くなると白化現象が起こるでしょ。あれは内部に共生している渦鞭毛藻が外部に逃げ出すわけ。だから、共生も寄生と言えば、言えなくない。けど、フィエステリアについては知らなかったな。それにさ、熱帯熱マラリア原虫は説明するまでもないけど、人間の赤血球に寄生するでしょ。なんなのこの恐ろしい生物は」

桃子は生態学者なので寄生虫に関しても、七海よりはるかに知識がある。その桃子でも知らなかったのだから、よほど珍しい現象なのだろう。

「フィエステリアと熱帯熱マラリア原虫によく似た生物の遺伝子が、なぜかそっくりそのままヒメツバメウオの遺伝子の中に入っていたってことよね」

「そうなるね。でも、例えば、ホルモンなら複数の生物で同じ場合があるから、似た遺伝子を持っていてもおかしくないの。だけど別の生物の全遺伝子が取り込まれる現象は聞いたことがないかな。ウイルスならこれに当たるけど」

そして杏は、特定のヒメツバメウオに見られた採食行動異常は、何らかの生物の影響によるものと予測を立てた。その後、行動異常が見られたヒメツバメウオの組織を取り出して、薄切《はくせつ》標本を作製し顕微鏡で一枚一枚確かめていった。手間のかかる作業だ。

杏は実にこの作業だけで、一ケ月以上を費やしている。

そして数百枚に及ぶスライドガラス標本の観察結果から、杏はついに卵巣組織に寄生したおそらく新種の生物を見つけ出した。

該当するページを読み終えて、桃子が腕を組んで七海を見る。

「執念の一言ね。ラボ系の研究は詳しくないけど、これって普通？　桐ケ谷所長が粘り強い性格なのは知っているし、この執念が結果を生むのかな」

「実験の内容自体は問題ないけど。私が疑問なのはなぜこの作業を行ったかという点」

七海と桃子が会話を続けている間も、沖野は黙々とノートを読み続けている。

「例えば、動物の目の中にある光受容体は、元々植物が光合成に使っていた受容体をクラゲが取り込んだものなの」

「嘘。目の中に植物のパーツがあるのね」

「だからね、ここまで執念深く標本を作製して調べるからには、確信があったように感じるの。ないものはここまで時間をかけて探せない」

七海の考えが伝わったのか、桃子が頷く。

「発想が逆だと言いたいのか。寄生性を持つ新種の生物がいるかどうか調べたのではなくて、新種の生物がいるのは知っていて、それを何としてでも発見したかった」

桃子の言葉に沖野が顔を上げた。普段は穏やかな瞳に一瞬激しい感情が表れたように見え、驚いてしまった。沖野が曖昧な笑みを浮かべる。

「桐ケ谷所長はどうして私に話してくれなかったのかと考えてしまってね。相談してもらえたら、もちろん助けになれたと思う」

「どんな事情か分かりませんが、桃子の言うように、桐ケ谷さんがこの寄生生物の存在を先に知っていたとしか思えなくて。ただ、そうだとしても秘密裏に研究を進めていた理由が分からないです」

研究所内で最も信頼していた沖野にまで秘密にする理由とは何か。一番納得する答えがあるが、口にしたくなかった。

生物学における倫理規定に抵触する研究だったからではないだろうか。生物学では倫理上の理由で行えない実験が事細かに決められている。

これを破ったからといって、刑事罰に処されることはないが、科学者としての信頼は一気に失うだろう。ともすれば、所属する学会を追われかねない。

杏のノートには、光学顕微鏡で撮影されたと思われる生物の写真が貼り付けてあった。細長い体の内部には円形の核が見える。さらに体の一端からは、二本の長い鞭毛が伸びていた。

スケールバーから測定すると、大きさは約40マイクロメートル。不定形に近い気はするが、鞭毛が生えているので自由に動き回れるのだろう。これが卵巣に寄生していると想像すると、背筋に寒気が走った。

「私が解剖したマウスの卵巣も、病的に腫れていた。それに、採食行動の異常も重なる……マウスはこの寄生虫に感染していたのかしら」

「うーん。何とも言えないかな。マウスから寄生虫を回収出来ればベスト。鞭毛がある寄生虫は確かにいるけど、形がころころ変わっちゃう場合も多くて。生活環境が悪化すれば、体を丸めて休眠状態に入っちゃうし。見た目で判別するのは難しいかな。そもそも私レベルの知識だと、無理ね。寄生虫の専門家じゃないもの」

ノートには左側のページに写真が貼り付けられ、右側のページには解説が書かれていた。実験台の上に開いたノートの右上には特徴的な系統樹が描かれている。

生物の進化を表す系統樹の大元にはアルベオラータの文字があった。アルベオラータから三つに分かれた枝の先には、渦鞭毛藻、アピコンプレクサ、繊毛虫と文字がある。渦鞭毛藻の隣にフィエステリア、アピコンプレクサの隣に熱帯熱マラリアと赤文字がある。

「桃子、ここにあるアルベオラータって生物は存在するの？」

「いや、いないはず。それは分類上の名前ね。遺伝子解析と構造解析の結果から近縁種だと分かったの。原生生物のグループ名ね。繊毛虫はゾウリムシとかミドリムシとかね。よく知られているでしょ。ただ、かつては共通祖先がいて、そこから枝分かれしたのかも」

桃子は指でなぞりながら説明していく。系統樹の下には杏の文字が続く。

体色異常ヒメツバメウオの卵巣から単離《たんり》した生物は、ゲノム解析の結果、アルベオラータ生物群の原生生物と重なる遺伝子が多数存在した。この結果から今回発見した新種の生物はアルベオラータ生物群の共通祖先の生き残りである可能性が極めて高い。瑠璃島の特異な環境が功を奏した結果だ。

この生物の名前をRed Alveolata Queen：レッド・アルベオラータ・クィーン。略称レッドと名付ける。

「驚いた。桐ケ谷所長が見つけたのは、単なる新種じゃなくて、一つの生物群の共通祖先だったのね。レッド・クィーンか、赤の女王仮説に見立てたのかな」

「赤の女王仮説？」

聞き慣れない言葉だ。桃子は興奮状態から引き戻されたように、息を吐いた。

「赤の女王仮説は、進化生物学における一つの考え方ね。元は『鏡の国のアリス』に登場する赤の女王のセリフから来ているの。その場に留まりたければ走り続けなくてはいけない、という矛盾する言葉。これを生物に当てはめたのが赤の女王仮説。つまり、自然界において絶滅したくなければ、変化し続けなくてはいけない、適応出来なければこの世界から消えるという意味」

静かな室内に桃子の声が響く。

アルベオラータ生物群の女王、レッド。女王は太古の昔から自然淘汰《とうた》の戦いに勝ち、この島に君臨し続けたのだ。そして、レッドから派生した生物は名前を変えて世界中に広がった。

レッドはフィエステリアやマラリアが持つ、恐ろしい寄生性を有しているのだろう。学術的な意義は大きいが、非常に危険な生物に違いない。

一冊目のノートはアルベオラータ生物群に関する構造的な特徴がまとめられて終わっていた。

二冊目のノートをめくったところで思わず目を疑う記述があった。先に二冊目を読んでいた沖野は、ため息をついてから首を横に振る。

2018.08.04
レッドに感染したヒメツバメウオの観測を続けた結果、驚くべきことに生存日数が、平均1・8倍まで延長した。期待以上の効果。

2018.08.20
レッド感染個体の主な死因は過剰な食物摂取、及び採食に際して別個体と激しく争う行動による。この2点はコントロール可能であり、今後の問題にはならない。懸念していた毒性については、今のところ感染個体に悪影響を及ぼしていない。

ノートには個体番号を付けたヒメツバメウオの平均生存日数や、体重などが細かく表となってまとめられている。ヒメツバメウオの非感染個体の平均生存日数は十一・二ケ月。これに対して最終的に感染個体の平均生存日数は十九・八ケ月まで延長している。

あまりの結果に三人とも言葉を失ってしまった。平均寿命を延長する方法など夢のような話だが、それがレッドにより引き起こされたという結果だ。まさかと思うが、杏の妄想とも思えない、具体的な数字が並んでいる。

室内が静まり返る中、最初に言葉を発したのは桃子だった。

「考えられない結果ね。寄生虫感染で生存日数がこれほど延びるなんて、少なくとも私は知らない」

「どうしてこれを私に黙っていたのか。これだけでも世界中に衝撃を与えられる重大な結果だ」

沖野は興奮と疲労が入り交じった表情を浮かべている。桃子は落ち着かない様子で立ち上がると、実験台の端から端まで腕を組んで往復し始めた。

「寄生虫は確かに感染個体に様々な影響を与える。例えば条件付き行動異常ね。ハリガネムシに寄生されたカマキリの入水《にゅうすい》行動は有名でしょ。体内のハリガネムシが成長したら、水に飛び込むの。すると肛門からハリガネムシが出てきて水中で産卵する。その他にもエキノコックスに感染したネズミは、明るい場所に出てきて、捕食されやすくなるとか」

「生存期間に影響を及ぼす寄生虫はいないの？」

桃子は大股で実験台の横を二往復してから、七海の隣に立った。

「難しい質問ね。実際に死んでもおかしくない状況で、宿主を生きながらえさせる寄生生物はいる。例えばある種の菌に寄生されたセミは、体の半分が腐り落ちてもどういう仕組みか生きている。他にもエメラルドゴキブリバチに寄生されたゴキブリは、ハチの幼虫に生きながら体を食べられるのだけど、これも死なない。でも、寿命の延長ではないのよね」

「つまり、純粋に良い影響を与える寄生虫はいないという意味？」

それもちょっと違うと思う、と桃子が首を捻った。沖野は桃子と七海の会話を聞いているのか、いないのか、杏の実験ノートを手元に引き寄せて、黙々と読み進めている。

「基本的に寄生虫は宿主に元気でいて欲しいのよね。ただ例えば、フォーラーネグレリアは鼻から侵入して、脳の中に入り込んで脳炎を起こす。でもそれは例外よね。普通は激しい悪影響を及ぼさない。それどころか、自己免疫疾患の治療に利用する場合さえあるからね」

「それじゃ、生存期間の延長も十分あり得ると思う？」

「あり得るも、あり得ないもないでしょう。実際に桐ケ谷所長の実験の組み立てに問題がなくて、結果が正しければあり得た、ということにならないかな」

ノートを読み終えた沖野が、ページを開いて桃子の前に広げた。所長室に来てから二時間も経過していないのに、沖野は急激に疲れが出てしまったように見える。

「三上さんの言う通りだね。見た限り、レッドに感染したヒメツバメウオの生存日数は確かに延びたようだ。それから、桐ケ谷所長はこの寄生虫を分離して個別に培養しようと試みたようだね。ここに記載されている」

七海はノートに書かれた実験記録に目を通した。

レッドに感染していると思われるヒメツバメウオの卵巣を摘出して、単離精製を試みているようだ。

組織から回収したレッドは初期段階では死滅する場合が多かったが、粘り強い杏の実験によって、次第に生存したまま回収が可能となった。

「レッドは培養液の温度に敏感らしい。ほら、ここにあるように二十八度を境に全てが死滅するようだね。瑠璃島の気温では無理だから、水中からは出てこられそうもないね」

沖野が示したページには、レッドの生存率と外気温の関係をプロットしたグラフが書かれている。温度上昇によりレッドの生存率が下がり、二十六度では半数が死に、二十八度でほぼ全てが死滅したようだ。

瑠璃島の平均気温は二十七度だが、三十度を超す日も珍しくない。すると、ここで大きな疑問が生じてきた。

「でも、そうなると私が解剖したマウスはレッドとは関係がなくなる。マウスの体温は三十八度ありますから、この記述が確かならレッドは生存出来なくなります」

「確かにね。でも、感染個体の特徴はぴったり。卵巣の腫れに、胃が破裂するほどの餌の大量摂取。せめて生きているマウスがいればレッドの回収も出来たかもしれないし、行動異常が観察されたかも。何で全部死んでるのよ」

桃子が乱暴に椅子を引き寄せ、体を投げ出すようにして腰を下ろした。七海はもう一度、杏専用に作られた実験室全体を観察していく。

あれは、なんだろう。

薬品用冷蔵庫の隣に、家庭用プリンターほどの大きさの黒い箱状の機材があった。席を立ちそちらに向かうと、桃子と沖野も七海の後に続いた。

前面には電極を差し込む穴が複数開いていて、いくつかの調整用スイッチが上部に付いている。これは通電により卵子を活性化させる装置だ。桃子が不思議そうに箱に書かれた数字を見た。

「これは、通電装置ね。例えば核移植に使うかな」

「核移植?」

「あの顕微鏡と付属機器を使えば一つの卵子から核を取り除いて、全く別の核を移植することが可能なのね。でも、それだけだと成長が進まない。その時に電流を流すと、卵子と核が活性化して細胞分裂が始まる場合があるの」

面白い、と桃子が通電装置を撫《な》でた。

「それで結局、桐ケ谷所長はここで何をしていたと思う?」

桃子の問いかけに、再びパズルのピースがシャッフルされた状態になってしまった。この場所で主に行われていたのはマウスを使用した実験だろう。そこまでは推測出来る。

けれど、ここにある実験器具とレッドに関連性が全く見つからないのだ。

「分からない。おそらくまだ見つかっていないノートを見つけられないと、その答えは出ないと思う。今のノートにはマウスに関する記述がないもの」

「確かに。でも、この場所も探し尽くしたから、ここにはなさそうね。桐ケ谷所長は整理整頓がきっちりしているから、どこかに仕舞われているのかも。ただ、ノートじゃ見つけるのは大変そうね」

杏の個人的なバッグの中の可能性もあるし、古い資料だからと資料室に置いてある可能性もある。こうなると、ノート数冊を探すのは至難の業だ。

ひとまず解剖したマウスの臓器はホルマリンを入れた保存用の容器に移し、その他の死骸はフリーザーバッグに入れてマイナス二十度のディープフリーザーに入れた。

沖野は杏のノートに心を奪われたように、作業用の椅子に座ってページを黙々とめくっている。おそらく既に二回目の通読になっているだろう。

桃子とケージを元の場所に移動させながら、寄生虫に関しての情報を頭の中で整理していく。

寄生虫に感染した生物の行動パターン。わざと捕食されやすい行動を取るのは、結果的に寄生虫が拡散するので寄生虫にとって有利だろう。その他にも寄生された生物を産卵のため水場に誘導するらしい。つまり、寄生虫は宿主《しゅくしゅ》の行動さえ操ることが可能だ。

そこまで考えて非常に恐ろしい想像が浮かんだ。生理的に受け入れ難く全身に鳥肌が立つ。だが、確かめないわけにいかない。

七海はケージを全て戻し終えてから、手を洗っている桃子の隣に立った。

「ねえ桃子。例えば寄生虫に感染したせいで、人間の行動が変化する場合があり得る？」

「あるよ」

あまりにあっさりとした返答で、思わず桃子の顔を食い入るように見てしまった。当の桃子はペーパータオルで手を拭きながら、不思議そうに七海を見返している。

「やだ、知らなかったの？　そういった事例は沢山あるの。例えばネコの寄生虫のトキソプラズマね」

「トキソプラズマは妊婦には危険だと知っているけど、一般的な人間には問題がないと思っていた」

桃子はペーパータオルを丸めてごみ箱に投げ入れてから、座りましょうと椅子を指した。

「メカニズムは、と言われるとちょっと分からないけど。トキソプラズマは脳に移動すると、分泌物を出すのが確認されているのね。命に別状はないけど、どうも注意力が散漫になるらしくてね。あとは、男性だとやや攻撃的になったり、女性だと奔放になったりする傾向があるみたい。車の事故を起こす割合が増えるという調査結果を見たことがある」

「全く知らなかった。他にも何かあるの？」

「そうね、あとは回虫かな。今の日本人は回虫感染者なんてほとんどいないけど。中には自発的に感染する研究者もいてね」

想像して絶句してしまった。常識が通用しない世界だ。

「まあ、生物学者は変わり者が多いからね。知り合いなんだけど、彼によると食べ物の好みが変わったそうよ。脂《あぶら》っぽいものが苦手なタイプだったんだけど、感染してからは急に脂肪分の多い肉が好きになったみたい」

「すぐには信じられないけど……」

そりゃそうね、と桃子が軽く笑った。

「寄生虫が宿主に与える影響の分子生物学的なメカニズムについては、分かっていないことばかりなのよね。例えば水に飛び込むカマキリだって、下手したら溺《おぼ》れちゃうでしょ。あれは、水というより水面が反射する光に反応しているみたい。ある特定の波長に反応するのよ。条件付きの反射ね」

「それじゃ、例えば桐ケ谷さんがレッドに感染していたせいで、投身自殺をした可能性はどう思う?」

七海が言葉を発すると、沖野が勢いよく顔を上げた。大きな目をさらに見開き、ショックを受けたように体を震わせている。無理もない。七海自身、そんなバカげたことがあるとは思えないし、考えたくもない。沖野にしてみれば、この四年間、家族のように暮らしてきた仲間だ。実験について、秘密にされてきた以上に、命を守ってあげられなかった自責の念はあるだろう。

七海は沖野と桃子を促し、隣の所長室のソファーに移動した。

窓から見える楽園のような海は、これから一時間もすると美しい、燃えるような夕日で赤く染まるだろう。窓に背を向けて座っている沖野は、額に両手を当てて頭を抱え込むようにしている。

隣に座る桃子も、さすがに疲労の色が濃い。

「寄生虫感染の影響による投身自殺があるかどうかか……そうね、ないとも言い切れないかな。例えば、錯乱して飛び降りたとか。まず、そもそも桐ケ谷所長や、亡くなった他の職員が本当にレッドに感染していたか。それを確かめるのが先よね」

「それをどうやって、調べるつもりだい。何か良い方法でもあるのかい？　冗談でも卵巣を調べるなんて言わないでくれよ。私には不可能だし、ご遺体の損壊は犯罪だ」

沖野は頭を抱えたまま、まるで自分の周囲だけ酸素が薄まってしまったかのような、苦しそうな声を出した。七海はあまりにショックだったためか、今朝見た光景が霧でもかかっているように、はっきりと思い出せない。ただ、目の前でコンクリートに叩きつけられた人間の頭部が陥没し、周囲に赤黒い血液が広がっていった光景は生々しく覚えている。血と埃の臭いを思い出し思わず激しい吐き気に襲われた。

「確かにそうですね。私たちじゃ、ご遺体を解剖する資格がない。血液検査を、と思ったけど亡くなってから十時間近く経《た》っているので、血球が変性してそうです」

例えば亡くなった職員の遺体を解剖し、臓器を詳しく調べれば感染の有無は分かるだろう。だが、この場に医師がいない以上、許されない行為であるし、現実的に不可能だ。

そこまで考えて、先ほどディープフリーザーに保管したマウスの死骸が頭に浮かんだ。皮膚に浮かんだ一センチほどの赤い発疹。

「採食異常があったマウスの体には赤い発疹が見られました。皮膚を見て確かめるだけなら、私たちにも可能です」

「先に言ってよ。そんな発疹気が付いてなかったじゃない」

桃子はソファーから立ち上がると、実験室に移動して大股でディープフリーザーの前まで行き、勢いよく蓋を開けた。マスクと白いゴム手袋を着けてから、マウスを取り出すとこちらに戻って来た。左の手のひらの上にマウスを乗せ、右手で体毛をかき分けている。

「あった……これのことね。確かに赤くて蚊に刺された痕に似ている」

沖野もソファーから立ち上がるとマスクを着けた。桃子の手のひらに収まっているマウスの皮膚を凝視している。

「君たちは本当にもう一度、ご遺体と対面するつもりか？　私は大丈夫だと思うけど、遺体を見たら倒れないかな。そこまでしなくても三日後には船が来るのだから焦る必要もないと思うのだが」

「七海は止めておいた方がいいと思いますが、私なら平気です。だって、ご遺体を沖野さんと一緒に低温室まで運んだじゃないですか」

沖野はそうだったね、と謝罪した。

「私も大丈夫です。ご迷惑はかけませんから、少しだけ確かめさせてくれませんか。これで何も分からなければ、大人しく助けの船を待ちます」

七海の勢いにやや驚いたのか、沖野は小さくため息をついた。桃子にしても七海にしても、一度言い出したら聞かないとよく分かっているのだろう。

「分かった。それじゃあ、三人で確かめに行こう。もし感染の兆候が見られたら、それも本部に知らせた方がいいからね」

沖野の言葉を聞いて、背中に氷を落とされたような気がした。仮に亡くなった職員がレッドに感染をしていたとすれば、同じ空間で生活していた七海や桃子も無事である保証はない。感染経路ははっきりしないが、飲み水や食べ物、生活用水は島内にいる全員が共通のものを利用していた。思わず自分の手のひらや膝の裏などを確かめてしまった。これまでに目立った体調不良もないが、杏も元気そうに見えていた。

仮に、この一連の異常がウイルスであれば、この場にいる全員が既に感染しているのではないだろうか。そうでないことを願うばかりだ。

マウスを戻してきた桃子が、ゴム手袋をごみ箱に投げ入れると、七海の背中を叩いてから所長室を出て行ってしまった。慌てて廊下に出ると、桃子は既に突き当たりにある階段に向かって大股で歩いている。長身の桃子は手足も長いため、小走りにならないと見失ってしまう。

結局、二階の最も奥にある低温室に到着するまで、桃子には追い付けなかった。低温室とプレートの付けられた重量感のある扉の前で、桃子は腕を組んでこちらを見ていた。時刻は午後六時を回り、そろそろこの楽園にも夜が忍び寄ってくる。窓からは研究所の裏手に広がる鬱蒼とした熱帯の森が見えた。

「さあ、行きましょう。念のためにマスクをどうぞ」

低温室内はマイナス五度に保たれているため、入り口に備え付けてあるロッカーから長袖の防寒具を身に着けた。今さら遅い気もするが、桃子から受け取ったマスクを着け準備を整える。

沖野が重い扉を開けると、巨大な冷蔵庫が開いたように冷気の塊が顔に当たった。息を吸い込むと、温度差で肺が痛くなりそうだ。

低温室は広さ十畳ほどの部屋で、中央に実験台が置かれている。その床にブルーシートが敷き詰められ、五人の遺体が安置されていた。遺体の上にはタオルケットがかけられているため、悲惨な状況は見なくて済んだが、心臓の鼓動が異常に速くなり、呼吸が苦しい。

「七海。ゆっくり息をして」

桃子の声でどうにか呼吸を整える。三人ともしばらくの間、入り口の前から動けなかったが、沖野が意を決したように一歩踏み出した。それに続いて桃子も遺体の隣に膝をついた。

「ごめんなさい。少しだけ肌を見せて下さい」

桃子が足元からタオルケットをめくっていくと、男性と思われる靴を履いた足が見えた。グレーのハーフパンツから伸びる足は、骨折しているようで脛《すね》の皮膚が破れて白い骨の一部が露出している。肌は乾いた血液が付着していてよく見えない。桃子がハーフパンツの裾を上げると、膝の上の皮膚に赤い斑点が見えた。直径一センチほどの赤みを帯びた斑点は、まさしくマウスの皮膚にあった発疹とよく似ている。

桃子は男性の体を戻してから、隣に寝かされている遺体のタオルケットを持ち上げた。白衣の裾から、見覚えのあるロイヤルブルーのフレアスカートが見える。心臓がさらに跳ね上がった。あれは杏の遺体だ。

桃子はため息をついてからタオルケットを戻し、代わりに杏の右手に当たる部分をめくった。幸い杏の右手は損傷を免れたらしく、肩から指先にかけて白く美しい形状を保っていた。桃子が杏の腕を持ち上げて、全体を観察している。

「やっぱり……桐ケ谷さんの腕にも発疹を見つけました」

隣で別の遺体を確認していた沖野が立ち上がり杏の腕を凝視している。この発疹がいつから出たものか全く分からないが、たとえ気が付いても虫刺され程度にしか思わないだろう。ましてや見えにくい場所にあれば他人が、気が付くはずもない。

沖野は杏の右腕に手を伸ばすと、桃子から受け取るようにして静かに元の位置に置き、そっとタオルケットをかけた。沖野の杏に対する自然な動作に、深い愛情を感じとれた。そして、ほんのわずかだけれど、確かに感じる心の動揺に心底嫌気が差してくる。杏の隣で研究を支え続けた沖野に嫉妬しているのか、沖野から敬愛の念を向けられていた杏に嫉妬しているのか。それとも二人の間に存在した信頼や、友愛を妬ましく思っているのか。その全てか。

結局、屋上から転落死した四人全員の体から、マウスと類似した発疹が確認された。低温室から一歩出ると、ようやく肺が痛くなるほどの冷気から解放される。表面が冷え切った防寒具を脱ぎながら、肺に溜《た》まった冷気を逃がすように深呼吸した。

杏の白い腕が脳裏に焼き付いて離れない。杏がコンクリートに叩きつけられる瞬間は体が拒絶したのか、全く覚えていない。それだけに、杏が本当に死んでしまったのだと、改めて思い知らされた。子供の頃から、七海の心の中に存在した理想の生物学者。

気が付くと涙が頬を伝っていた。

桃子と沖野に心配をかけたくなかったので、二人に背を向けてから手早く涙を拭う。防寒具をハンガーにかけながら、何とか気持ちを立て直した。

振り返って桃子を見ると、七海と同じように涙の痕《あと》が見えた。このまま座り込んで泣けるだけ泣いてしまいたい。でも、そんな醜態は一人になってからいくらでも晒《さら》せばいい。

「桐ケ谷所長が、こんな忌々《いまいま》しい寄生虫に感染していたなんて。実験中の事故なの？」

桃子は腕を組んでから、円を描くように廊下を歩きだす。何かを考える時は動いた方がいいというのが、桃子の考えらしい。

「断定は無理よね。七海の言う通り、桐ケ谷所長が実験中にミスを犯したのかもしれない。でもそうなると、他の三人が同じように感染兆候があるのは不自然。そもそも、瑠璃島の汽水域で生活するヒメツバメウオの寄生虫なのだから、そこからの感染も考えられるし、その他」

「ちょっと待ってくれ」

桃子の発言を遮《さえぎ》るように、沖野が声を発した。見ると、普段は穏やかな沖野が、顔を紅潮させて桃子に射るような視線を向けている。どんな時でもにこやかに職員に気を配っている沖野しか知らなかったので、目を疑ってしまった。

桃子も驚いた様子で沖野を凝視している。

「確かに体に発疹があった。だからと言って、これが本当にレッドによるものかはっきりしない。ましてや、飛び降りの原因というのも決めつけが過ぎないか。このまま静かにしておいて欲しい」

「ええ、もちろん。ご遺体をこれ以上どうにかするつもりはないです。ただ、やはりレッドに感染した可能性は高いですから、可能な限りの対処をするべきだと思います」

「具体的に何をするつもりなんだい?」

沖野の表情から攻撃的な色が抜け、普段と同じ柔らかな目の光が戻っている。

「まず、私たちも既に感染している可能性があります。発疹が感染してから、どの程度で現れるか分からないですから。その点においても、これから治療が必要になるかもしれません。その場合は、レッドがどのような性質を持っているか、知っていた方がいいと思います」

「それは、確かにその通りだと思うけれど。桐ケ谷所長の残りのノートを探すという意味かい?」

確かに、これまで得られている情報はヒメツバメウオのみだ。そもそもマウスも全て死んでしまっている。桃子は首を横に振ってから、窓の外を指さした。

桃子が示した先には、夕暮れの美しい炎に染まる深い熱帯の森があった。

「生きているレッドのサンプルを捕まえに行きましょう。場所は桐ケ谷所長のノートに書いてありましたから」

「レッドがいる場所かい?」

「やだな、違いますよ。桐ケ谷所長が問題のヒメツバメウオを捕まえた入り江です。そこに行けば、同じように異常のあるヒメツバメウオが見つかるかもしれないでしょう」

桃子が当然とばかりに笑う。

言われてみれば確かに桃子の言葉通りだ。単純な事実だが、見落としていた。

改めて窓の外に広がる森に目を向けた。七海が小さい頃から見慣れた雑木林とは全く違った迫力がある。まず、緑の色が深く樹冠《じゅかん》の密度が濃い。じっと見ていると、まるで森に呑み込まれてしまいそうだ。

七海自身は普段は研究所からほとんど出ない。一方で桃子はフィールドワーカーなので、研究の場はまさしく森の中。ロッククライミング程度なら問題なくこなす。

「出発は明日の早朝にしましょう。お二人とも慣れていないでしょうから、装備は私が準備しておきます。今日は食事をして、早く寝ましょうね」

沖野の返答も聞かず、桃子がてきぱきと計画を進めている。沖野はわずかに眉をひそめたが、すぐに気を取り直したのか困ったような笑みを浮かべた。

「誰が引き留めても、三上さんは一人でも行くつもりでしょう。この状況で単独行動だけは許可出来ません。私じゃあまり頼りにならないかもしれないけれど、同行しますよ」

「私たち三人だけですか？　心美さんと門前さんには説明をしないのですか」

長瀬心美は、桃子の注意があと一瞬でも遅れたら落下してきた職員の下敷きになっていた。おそらく相当なショックを受けているだろう。

「止めておいた方がいいと思うな。だって、二人ともラボワーカーでしょ。さすがに私一人じゃ、面倒見切れないもの」

「長瀬さんは一人にしない方がいい。門前さんにお任せすれば大丈夫だろう。それから、今の段階ではレッドの話は伝えない。まだ、何もかも曖昧だから、話せば混乱させてしまう。いいね」

沖野の言葉に桃子は頷く。心美の状態は気になるが、門前なら上手く対処してくれるだろう。

「よし、それじゃ。気を取り直して食堂に行きましょう。よく考えたら、お昼ご飯食べてないじゃない。これは大変な問題よ」

「そうね、食欲は全くないけど、明日に備えるべきね」

七海の言葉を聞いた桃子は、その通りと笑顔を見せる。その様子を見ていた沖野は桃子に柔らかな視線を向けた。

「三上さん、私は一応副所長です。一人で抱え込まないで下さい。頼りなくて本当に申し訳ない」

「そんな……」

桃子は一瞬驚いたように沖野を見てから、言葉を詰まらせた。桃子の表情から硬い笑みが消え、目に涙が浮かぶ。桃子は涙が頬を伝う前に、慌てて顔を横に向けた。泣いているのか、肩が震えている。

声をかけようか、迷っているうちに桃子がこちらに向き直った。涙は収まったようで、表情から緊張が抜けている。

「はあ……ありがとうございます。気を張ってないと怖くなってしまって」

「本来なら職員を守るのは私の仕事ですから。さあ、食事に行きましょう」

沖野が言うと、桃子は安堵したように小さく頷いた。

「レッドの感染経路がはっきりしていない以上、念のため火を通していないものは避けて下さい。個包装か缶詰やレトルトが安全かな。水もペットボトル以外は飲まないように」

食堂の入り口で桃子の指示が飛ぶ。

三人は食品庫に向かい、それぞれ適当な食材を選び、簡単な夕飯の準備を始めた。桃子は余程空腹だったのか、カップ麺の他にチョコクロワッサンと冷凍の焼きおにぎりまで食べていた。七海は食べなくてもいいくらいだったが、冷凍パスタを念入りに温めてどうにか口に運ぶ。沖野はレトルトの味噌汁を飲んでいた。食事中も低温室で目にした発疹が頭から離れず、体中を確認したい衝動に駆られてしまう。腕や足の見える部分に今のところ発疹は見られない。

パスタに入っていたトマトのかけらが目につき、七海はフォークを置いた。

桃子は明日携帯する食料品を選ぶからと食堂に残り、沖野と七海は遠慮なく部屋に戻ることにした。何から何まで申し訳ないが、せめて足を引っ張らないように早く寝なくてはいけない。

沖野と二人で廊下を歩いている時は何の問題もなかったのだが、建物の出入り口が目に入ると途端に呼吸が乱れてきた。激しい眩暈がして頭痛に襲われる。

ガラスの自動ドア越しに外を見ると、落下する人間の残像がはっきりと見えた。悲鳴を上げる自分自身の顔まで見える。次々に空から無表情の人間が落ちて来た。ロイヤルブルーのフレアスカートと白衣が見えた瞬間、七海は悲鳴を上げていた。

不意に両肩を強く掴まれ顔を上げると、空から落ちて来る人間の幻は消え、沖野の顔が目の前にあった。

「大丈夫かい。あそこには何もない。もう全部終わったんだ。君は安全だよ」

七海の顔を覗き込む瞳は、虹彩《こうさい》の向こうが透けて見えそうなほど薄く儚《はかな》い色をしていた。透き通ったガラスにわずかな紺色の墨を流したような黒。

これほど近くで沖野の目を見たことはなかった。穏やかで優しいだけだと思っていた沖野の瞳は、こんなにも繊細で複雑な色をしていたのか。

「無理をすることはないから、明日は三上さんと私だけで行ってこようか。君は一日部屋でゆっくり休んでいればいいよ」

「いいえ。平気です。これ以上迷惑かけられませんから。しっかりします」

どうにか笑みを浮かべると、沖野は安心したように七海の体から手を離した。七海は前を向いて呼吸を整えると、惨劇のあった場に向かって一歩踏み出した。

外に出たら、再びパニックを起こすのではないかと心配だったが、隣に沖野がいてくれたのでどうにか宿泊棟までの短い道のりをやり過ごすことが出来た。既に日の落ちた島の空気は、体にまとわりつくように重く、どこか甘い香りを含んでいる。

心美と門前は、研究所の休憩室で休んでいるので宿泊棟は無人だ。今朝までここで寝起きしていた職員の、実に半分が亡くなってしまったと考えると、まるで非現実的な世界に放り込まれてしまったように感じる。杏のノートに書かれていた内容を反芻《はんすう》しながら階段を上っていると、不意にあることを思い出した。沖野に実験ノートを借りたかったのだ。

「沖野さん、もしよろしければ桐ケ谷所長と共同で行っていた研究についての実験ノートをお借り出来ないでしょうか。もう少し正確に、所長が行っていた研究内容について理解したくて」

二段先の階段を上っていた沖野が振り返って、笑みを浮かべた。

「もちろん構わないよ。私の部屋にあるから、部屋に来てもらえればお渡し出来る。古いものはしばらく見ていないから、しまい込んでいると思うけど」

「ありがとうございます。今晩のうちに目を通しておきます」

深々と頭を下げると、沖野は小さく笑ってから階段を上っていった。

沖野から手渡されたのは、四冊のノートだった。四年前の日付から始まり、一年に一冊のペースのようだった。七海はベッドに腰を下ろし、一冊を手に取った。

古いノートから順番にページをめくっていく。

沖野のノートには七海がこれまで杏の論文で目にしてきた研究内容が多く、特に変わった点は見当たらなかった。こうなると、杏は表向きの研究をこなしながら、一方で独自の研究をたった一人で行ってきたということになる。

一人で研究を続けてきた理由は、やはり倫理面や法律に違反していたからだろうか。考えると、心の中に汚らしい何かが溜まっていくようでため息が出た。

さらにページをめくっていく。アオウミウシに含まれる新規たんぱく質の構造解析がつづられている内容に目を通していくと、大学ノートの枠外、ページの右上の端にアルファベットらしき文字があった。

agaga,tasi,palaoan. 走り書きで書かれている文字は単語のようだが、見覚えがない。無理やり声に出してみたが、英語の響きからは遠い気がした。これは何語だろう。生物の学名だろうか。そのすぐ横にＳＯＤの文字が書きなぐってある。

気になってネットで検索してみたが、どうにも上手くいかない。一般的な言葉ではないのだろうか。もう一度agagaの文字を打ち込み、しばらくスマートフォンの画面をスクロールさせていく。

すると、同じつづりの音楽グループの名前が見つかった。

試しに画面を表示してみると、民族音楽を元に楽曲を作っているグループらしい。それ以上の情報は得られなかったため、改めて民族音楽とグループ名を合わせて検索すると、グループのホームページに行き着いた。そこに書かれた文字に目を通していく。

グアムの先住民族であるチャモロは現在でも三十七％を占めています。私たちのグループ名agagaはチャモロ語で赤。グアムの美しい夕日をイメージし――

チャモロ語？ 聞いたことのない言葉だったので検索してみると、チャモロ語とはグアムと北《きた》マリアナ諸島で使用されている言葉だとある。

次に多言語の辞書をネット検索し、残りの二単語もチャモロ語の辞書を使用して翻訳してみた。

tasiは海。palao'anは女と表示された。「赤」「海」「女」。日本語に訳された三つの単語を見て、全身に鳥肌が立った。レッド。杏が五年前新種として発見したのは、体色が薄紅色のヒメツバメウオつまり、赤。

そして、隠された実験室で変死していたマウスは全てメスだった。

七海の脳裏には腹部を裂かれたマウスの姿が鮮明に蘇《よみがえ》る。破裂した胃袋に、赤く腫れ上がった卵巣。皮膚に浮いた発赤《ほっせき》。

杏の白い右腕に浮かんだ赤い斑点。

陥没した頭部から溢れた鮮血の赤。

窓から見える漆黒の先に果てしなく広がる海。
七海は激しい眩暈に襲われて、ベッドの上に体を投げ出した。

二章　神の入り江

結局よく眠れないまま深夜の二時を回り、うとうとしていたところを早朝五時のノックに起こされてしまった。桃子だろう。七海の反応が遅れたせいか、ノックはリズミカルに繰り返されている。

一度頭を振ってから立ち上がり、部屋のドアを開けた。見ると、大きなリュックサックを右手に持った桃子が立っていた。

白いTシャツは昨日と同様だが、長ズボンに厚手の靴下を履き、肌の露出が抑えられている。

「おはよう。昨夜《ゆうべ》はよく眠れた？　と聞くまでもなくだるそうね」

「昨日は色々ありがとう。よく考えてみたら、桃子がとっさに助けてくれなかったら、私もどうなっていたか分からないね。すぐに着替えるから」

「大丈夫だと思うけど、きちんと長袖も用意してきてね。虫が沢山いるから」

桃子は手にしたリュックサックを部屋の中に置いて出て行った。

再び静かになった部屋で顔を洗いながら、昨夜見てしまった沖野のノートに書かれた文字を思い出していた。赤・海・女。現在の状況と合致する単語が沖野の実験ノートに書かれていた。これが何を意味するのか。

沖野は杏の実験を知っていたのだろうか。昨日沖野が見せた態度を一つ一つ思い出してみる。杏の右腕を抱き留めるように丁寧に扱っていた沖野。低温室を出た後に桃子に向けた、鋭い視線。隠された実験室に入って来た時の驚愕《きょうがく》の表情。

どれも演技だとは思えない、自然な反応だった。むしろ、普段の沖野からはかけ離れた、感情的な態度に思えた。全ては大切な研究のパートナーである杏を失ったショックからだろう。

七海はタオルで顔を拭きながら、引き出しから着替えを引っ張り出した。カーテンを開けて、窓の外を見ると日の出前の海が一望出来る。正面に見える水平線には朱色と赤の入り交じった層が見えた。その上に続く空は、昇りつつある太陽に明るく照らされた水色。そしてさらに視線を上に向けると、天空に近づくにつれ夜の紺色に染まっていた。幻想的な楽園の朝が訪れる。

死んでしまった仲間は戻らない。これが現実だ。そして残された者たちは何としても生き残らなくてはいけない。屋上から落下した職員の行動異常がレッドの影響であるなら、どの程度の時間が残されているか分からない。

自分と仲間の命を守る。そのために必要な行動だ。

七海はリュックサックを背負うと、部屋の扉を力任せに開け放った。


宿泊棟の一階に下りると、既に沖野も準備を終えて七海を待っていた。グレーのTシャツに黒い長ズボンを穿《は》いている。普段の沖野は白衣のイメージが強かったので、まるで別人のように見えた。リュックサックの中に走り書きの文字が書かれていたノートがしまってある。いずれ聞かなくてはいけないが、どうにも聞きにくい。

「おはようございます。お待たせしてすいません」

「高井さん、おはよう。もう体調は大丈夫かい？　今日も暑くなりそうだね」

沖野の穏やかな笑顔を見ると、自分自身が裏切り者になったようで後ろめたい気分になる。七海は曖昧な笑みを浮かべてから、頭を下げた。

「さ、行きましょう。日が昇って暑くなるまえに、少しでも進みましょう。その後は、無理をしないようにゆっくり行きます」

桃子は腕時計に視線を落としてから、出入り口の扉を開けた。沖野の後に七海も続く。一歩外に出ると、まだ日が昇っていないにもかかわらず湿った熱気が体にぶつかってきた。島の暑さは毎日のことだが、いまだに体が慣れない。

先を歩く桃子の背中に背負われたリュックサックは、明らかに七海のものより大きい。おそらく重い水などは七海の分まで桃子が持ってくれているのだろう。申し訳ない限りだ。

坂の上から島の中心付近に目を向けると、比較的平らで鬱蒼とした暗い森が続き、その先に緩やかな稜線《りょうせん》を連ねる白山のシルエットが見える。標高は四百五十メートル程度なので高い山ではないのだが、人間の侵入を拒むような迫力があった。瑠璃島は年間の降水量が多いため複数の川が流れて、場所により豊かなマングローブ林を形成している。

研究所の立つ位置は、海岸線から内陸に五百メートル。杏が初めてこの島に長期滞在した際、宿営地の拠点となるテントを設営した場所だ。

先を歩いていた桃子が立ち止まってこちらを振り向いた。

「目的の入り江は、ちょうど島の反対側になります。桐ケ谷所長が五年前にたどったコースをそのまま行きますね。なので、スタートは研究所の後ろから」

杏の名前を聞いても、まだその死に現実感がない。今日、この場に杏がいないのも、出張しているからだと説明されれば納得するだろう。

「昨日、地図で確認したのだけど入り江まで行って戻ってくるだけなら、今日中に終わると思います。でも、実際入り江で順当にサンプルが集まるとは限らない。だから泊まる準備は整えてあるから」

「本当にありがとう。桃子がいてくれて良かった」

七海の言葉を聞いた桃子は、どういたしましてと答えてから、白山を指した。

「手前に見える森は比較的平らだから、楽に進めると思う。問題は登山が始まった後ね。当然だけど、白山は登山道の整備がされていない。私は何度か山頂に行った経験があるけど、それでも十分とは言えないから慎重に行きましょう」

真剣な眼差《まなざ》しで説明した桃子は、リュックサックからスプレー缶を取り出すと、まずは虫よけね、と七海の体に浴びるほどの薬を吹きかけてきた。

「もう、大丈夫よ。平気だって。そこまでしなくてもいいでしょう」

「これだからラボ組。フィールドの怖さを分かってない」

桃子はスプレー缶の噴射を止めると、大げさにため息をついてみせた。

「森の中で研究者が一番遭遇したくない生物は、クマでもヘビでもない。寄生虫や病原体を媒介する昆虫よ」

「私はヘビの方が嫌だけど」

「ヘビは見えるじゃない。レッドの感染経路が分からないけど、経口感染なら食べ物に気を付ければいい。でも、蚊やサシチョウバエやダニが媒介するなら、厄介よ。だからこうする」

桃子はスプレー缶を摑むと、再び七海の首に勢いよく噴射して来た。

沖野は薬にむせている七海の姿を見てわずかに笑みを浮かべ、自分の体にも念入りに薬剤を噴射した。

研究所には九ケ月通い続けているが、考えてみれば建物の裏側に来たのは初めてだった。普段窓の向こうに見えていた森も、実際に目の前にするとまるで違って見える。まず、目につくのは見上げるように大きなシダ。七海が子供の頃住んでいた家で見かけたシダ植物によく似ているが、大きさがまるで違う。子供の頃に見たシダはせいぜい自分の腰程度の高さだった。今、見上げている大木はおそらく十メートルほどはあるだろうか。まるで自分が小さく縮んでしまったような、不思議な感覚になる。

七海の視線に気が付いた桃子が興味深そうにこちらを見ている。沖野も足を止めて、目の前に広がる熱帯の森を見渡している。

「あれは、ヘゴよ。ヒカゲヘゴね。常緑木生《もくせい》のシダ植物で、日当たりの良い場所に生えるわね。細かい葉の裏側に張り付いている粒は胞子。でね、大切なことだけど、茎の先端から出てくるゼンマイ状の新芽は美味しいのよ。天ぷらが好き」

「なるほど、それは本当に大切な情報だ。勉強になるよ」

沖野が感心した様子で言う。目の下に深く隈《くま》が出来、明らかに疲労の色が濃いとはいえ、声を聞くとやはりほっとする。ただ、沖野に元気になって欲しいと思えば思うほど、リュックサックに入ったノートが重く感じられた。

杏に嫉妬しているのか、沖野を羨《うらや》んでいるのか。二人を信頼しているのは確かだと自分に言い聞かせながら、暗く淀《よど》んだ感情が溢れて来る。子供の頃遊んだ森で、大きな石を裏返すと気味の悪い虫が慌てふためいて逃げて行った。あの時の気持ちによく似ている。嫌な光景を思い出してしまったが、どうにか記憶と感情に蓋をした。

森の中に入ると、周囲の空気が一気に湿り気を帯びてきた。ヘゴの大木の間にかろうじて道と分かる程度の獣道《けものみち》が続く。桃子を含めたフィールド系の研究者も利用してきた道だろう。

ヒカゲヘゴの下には、背の低いやはりヘゴとよく似たシダ植物が見られた。さらにその隙間《すきま》を埋めるように、鮮やかな黄色の花が房状に咲いている。丸い葉に特徴がある、あれはツワブキだろうか。少し違う気もする。

七海にも名前の分かる植物がいくつかあったが、やはり圧倒的に分からない植物の方が多い。柔らかい土を踏みながら、桃子の後に続く。それほど歩きにくいわけではないのだが、気を抜くと所々に飛び出した木の根に足を取られそうになる。日が昇り始めるのを待っていたかのように、遠くから鳥の鳴声が響き始めた。周囲は湿った空気と土の臭いに満ちていた。

三十分は歩いただろうか、額に汗が浮いてきた。

桃子は慣れた様子で、足元に生えている植物の名前や特徴を解説してくれた。

「少し、休みましょう。適当な場所に座って、必ず水分を補給して下さい」

桃子が足を止めた先に、空に向かって多数の太い枝を伸ばした見事な巨木があった。根はまるで布のドレープのように美しい板状で、幹の中腹から地面に垂れるように伸びている。

「とても見事な木ね。あれは何の木なの？」

「ああ、あれはオオバイヌビワ。桐ケ谷所長のノートにも位置が記入してあったね。ポイントポイントで目印になる木や岩をメモしてあるから、助かるの」

桃子は周囲を見回してから、乾いた岩の上に腰を下ろした。七海も、桃子の隣に座る。沖野はやや離れた木の根元まで移動して、腰を落ち着けてから水筒に口を付けている。七海も自分の水筒に口を付けると、冷えた麦茶が心地よく喉を流れていく。香ばしい匂いに心が落ち着く。

「ほら、これね」

桃子が地面に下ろしたリュックサックから一冊のノートを取り出して開いてみせた。所長室で見つけたノートの中の一冊だろう。桃子が開いたページには、入り江までの細かな道のりが示されていた。おそらく、複数回足を運び完成させていったのだろう。さらに、周囲の植生まで記入されているので、間違いが起きにくい。方角や距離などが文章で説明されているのだが、ここまで歩いてきた光景が目に浮かぶようだ。

「はい、朝ごはんよ。食べて」

桃子はノートをしまうと、リュックサックからスティック状のパンが入った袋を取り出し、そのまま七海に手渡した。桃子は立ち上がり、沖野の元にも朝ごはんを届けに行く。袋の中からパンを取り出して口に運ぶと、チョコレートの粒がこれまで感じたこともないほど甘く心地よく感じられた。

食べているところ悪いけど、と前置きしてから桃子が口を開く。

「二人とも体調の変化には気を付けて下さい。特に発疹の兆候がないかよくチェックして」

桃子の言葉にパンを口に運ぶ手が止まった。思わず自分の両腕を捻って皮膚を確かめる。沖野も同じように両手を見てから顔を上げた。

「今のところ大丈夫そうだが、こんな森の中を歩いていたら葉にかぶれることもあるだろうし。判断が難しいね」

「感染経路はどう思う？」

体に発疹が確認された四人は行動を共にしていたわけではない。桃子は小さく唸ってから水筒を叩く。

「一番に考えられるのは飲み水の汚染かしら。中身は水道水じゃないから安心して。この場合なら全員アウトだけど、ある時期だけ汚染されていた可能性もあるでしょ。だから、しばらくはペットボトルで自衛するしかない。その他の可能性ならやっぱり媒介昆虫かな、今の段階では何とも言えない」

了解と答えたものの、先ほどまでの食欲が消し飛んでしまった。

見上げると、空を覆うほどの緑の葉の隙間から明るい光が差し込んでいる。遠くで鳥がお互いを確かめるように鳴いているが、七海には名前も姿も分からない。足元にはすりガラスで出来た小さなコップのような明るいオレンジ色の小さなキノコが生えていた。こんな状況でなければ素直に美しいと感じられる大自然だ。

「それはウスベニコップダケ。見た目のままの名前よね。なんだかネーチャーガイドになった気分よ」

桃子は七海の隣に腰を下ろしてパンを食べ始めた。考えてみれば、桃子が実際にフィールドで仕事をしている姿は見たことがなかった。深く考えず桃子に全て頼ってしまっているが、七海では一人当たりどれだけの飲料水を用意するべきか、ここから悩まなくてはいけない。

感心しながら桃子を眺めていると、足元で太い紐のようなものが動いた。ヘビだ。思わず悲鳴を上げると、沖野が驚いて七海の元に駆け寄ってきた。

「ごめんなさい。ヘビが……」

ヘビは七海の足元をすり抜けると、木の幹を登り始めた。光沢のあるモスグリーンのウロコに覆われたヘビ。

「ああ、七海。よく見て、それはトカゲよ。ちょっと待って、それキシノウエトカゲじゃない。瑠璃島にも分布していたのね。それとも最近流れ着いたのかしら」

トカゲ？　ヘビに見えた生物を落ち着いてよく観察してみると、確かに足が生えている。尾はメタリックブルーの鮮やかな色彩だった。ニホンカナヘビの幼体と同じ色だがそれにしても大きい。

桃子は興奮した様子で木に近寄ると、一瞬で木を登り始めたキシノウエトカゲを捕まえてしまった。桃子の手の中で暴れている体はゆうに三十センチはあった。

「この尻尾の色はメスね。八重山《やえやま》諸島と宮古《みやこ》諸島に生息している天然記念物よ。瑠璃島では私も初めて見る。なんて可愛《かわい》い。調べたいけど、今はそれどころじゃないのよ。またね」

桃子が草の上にそっと下ろすと、キシノウエトカゲは何事もなかったように悠然と姿を消した。

「びっくりした。ヘビに見えちゃって。瑠璃島は毒ヘビもいるのよね」

「私が実際に見たのは、イワサキワモンベニヘビかな。赤茶色の体に黒の太い縞《しま》模様が特徴のヘビね。コブラ科のヘビだから毒性は強い、ヘビを食べるヘビ。でも性質はとても大人しいから、まず咬《か》みついてこない。とても美しい希少なヘビよ。あとはサキシマスジオは二メートル近くあるから、見るとびっくりするけど毒はないし、これも穏やかなヘビで、触っても噛まないくらい。モスグリーンの体に黒い斑点がある、いかにもヘビって感じのヘビね」

「ヘビは苦手。ハブはいないのね」

二メートルのヘビと聞いて、地面に座るのが突然恐ろしくなってしまった。九ケ月暮らしている島とはいえ、所詮、七海はヘビもカエルもろくに知らずに育った人間だ。いくら大自然が美しくても、自然からすれば七海が生きようと死のうと興味がないだろう。

「うん。多分いない。ハブの仲間は島ごとに分布が違うのよ。大雑把に言うと標高の低い島にはハブがいない。瑠璃島は他の島とは離れているから渡ってこられないはず。とはいえ、この島は四年前まで無人島だったから、しっかりとした調査がされていないのね。基本的にヘビは夜行性だから、昼間なら危険度が下がるけど、まあ、注意して行きましょう」

桃子はリュックサックを背負うと、額と首に浮かんだ汗をタオルで拭き取ってから歩き始めた。おそらくこの密林に生息する動植物の中で、最も弱い生き物は七海だろう。知識も乏しく体力も劣る。そう思ってから周囲を見回すと、足元の草陰にヘビが潜んでいそうで、嫌な汗が背中を伝っていった。

シダの大木が続く密林の中を三十分ほど歩いては水分補給の休憩を取る。このサイクルを規則正しく四回繰り返したところで、目の前に見える景色に変化が見られてきた。これまでは足元が悪いとはいえ平坦《へいたん》な山道だったが、前方は緩い傾斜がつき始めている。ようやく、白山のふもとまでたどり着けたということだろう。そして、立ち止まった桃子の背後にそびえる、何とも奇妙な形をした大木が否応《いやおう》なしに目に入ってきた。

空に枝を大きく広げている大木は、幹の中間地点から幾筋もの太い根を地面に伸ばしているのだが、中心部分がぽっかりと空洞になり、まるで巨大なかごを逆さまに置いたように見える。絡み合った根は途中から融合し、大木全体がオブジェのようだ。

「あの木は絞め殺しの木ね。イチジクの仲間なんだけど、種が鳥によって運ばれて別の木の上で発芽するの。根が地面に到達すると一気に成長して土台になった木を覆い尽くす。これに覆われると、中身の木は枯れてしまう」

「ああ、それで中身が空洞なのか。植物の生存競争も容赦ないのね」

それはそうよ、と桃子が空を見上げる。既に太陽は高く昇っている時間帯だが、密度の濃い熱帯の木々に阻まれ、直射日光はほとんど入ってこない。

「植物にとって何より重要なのは日光だけど、これだけ背の高い木に囲まれていたんじゃ丈の低い木は勝ち目がない。だから、既に大きくなっている木の上を足場に使って、そこから伸びる戦略ね。ついでに足場は絞め殺す」

「恐ろしい話をしている時の三上さんは、なんだかとても楽しそうだね」

汗を拭いながら二人の話を聞いていた沖野が、感心したように言った。顔色が良いとは言い難いが、表情が和らいでいる。昨日の沖野からは、何かに追われているような焦りを感じた。もっとも、沖野は杏に次ぐ責任者であるのだから、それも当然のことだろう。

「そうですね。私は自然を愛していますけど、自然は全く私の相手をしてくれないでしょ。むしろ冷たくて、残酷。いつも私の研究を邪魔してくるし。ろくでもない男みたい。だから好きなのかもしれません」

「確かに自然の動植物は自分が生き残るためなら、何でもするね」

「それこそが生物の本質だから、私は魅力を感じているのだと思いますよ。相手を利用するだけ利用して、邪魔になったら殺すなんて素敵でしょ」

三上さんは怖いけど頼りになるね、と沖野が呆れたように言った。

目の前にある奇妙な大木を改めて見上げる。あの空洞に生えていた木は、生存競争に負けて跡形もなく消えてしまったのだ。

七海は桃子の横を抜けて、絞め殺しの木の前まで進むと、絡み合った根の木肌に右手を伸ばした。と、その瞬間、無表情の小さな目と視線が合った。その生物が何であるかを判断する前に、七海の体が反応した。悲鳴よりも先に後方に飛び退《の》き、右手に向かって伸びてきた何かを避《よ》けた。けれど、体が上手く反応出来たのはそこまでで左足が何かに絡まり、そのまま地面に転がってしまった。

側頭部を強打して一瞬めまいがしたが、伸ばした右足のすぐ近くに重量感のある何かが落ちてきた。とっさに右足を引き寄せ、どうにか上半身を上げて視線を向ける。

引き寄せた右足の三十センチほど先に毒々しい赤茶色のヘビが口を開けていた。長い体の先に見える尾がこちらを探るように揺れている。逃げなければ。立ち上がって走らなければ。

頭では理解出来ているが、足に力が入らない。禍々《まがまが》しいヘビは感情の読めない目で七海を見つめると、ばね仕掛けのおもちゃのように跳んできた。予想外のヘビの動きに翻弄され、自分に向けられた牙を呆然と見つめる。

噛まれる。逃げ切れないと体に力を入れていると、目の前にリュックサックが飛んできた。驚いて見ると、リュックサックの下敷きになった大きなヘビがもがいている。

桃子は七海に声をかけるより早く、もがいているヘビの頭部を勢いよく登山靴のかかとで踏みつぶした。ヘビの体が一度大きく痙攣《けいれん》してから動かなくなるのを確認した桃子は、再度かかとでヘビの頭部を破壊してからリュックサックをどけた。

「七海、大丈夫？　怪我はしていない？」

「ありがとう。大丈夫。転んだ時に少し頭を打ったくらい」

打ち付けた側頭部を手で触ると、生暖かいぬめりがあった。右手を見るとかなりの血液が付着している。転んだ時に石にでもぶつけたのだろう。立ち上がろうとしていると、沖野が七海の横に膝をついた。

「少し座っていた方がいい。怪我の具合を見るからじっとしていて」

沖野の手のひらが髪に触れる感触があった。桃子が心配そうに七海を見ている。沖野はリュックサックから消毒液と水の入ったペットボトルを取り出し、丁寧に洗浄してくれた。

「救急セットを持ってきて正解だった。少し深く切れているようだから、ガーゼで押さえておく。

気分は大丈夫かい？」

「本当にもう大丈夫です。それより、さっきのヘビは……」

沖野に手を引いてもらい立ち上がると、ヘビの死骸がよく見えた。体長は一メートルに少し足りないくらいだろうか。赤と黒の縞模様が毒々しいが、頭部が完全に潰され、無残な姿を晒している。

「このヘビ、さっき話してくれた希少なヘビよね。仕方ないけど、殺してよかったの？」

「ああ、別に何の問題もない。世界的に見ると数が少ないけど、日本国内にはそこそこいるから。それにね、フィールドで判断を誤れば死ぬだけよ」

普段から野外で仕事をしている桃子の言葉には説得力があった。桃子の判断が一瞬でも遅れたら、この凶暴なヘビに嚙まれていただろう。

「本当に嚙まれなくて良かった。コブラ科のヘビだから強い神経毒を持っているの。でもあの動きは何だったのかしら。普通に考えたらあり得ない。だって今は昼間だし、別にこちらから攻撃を仕掛けたわけじゃないでしょう」

興奮気味に言葉を発する桃子の説明を聞いて、全身に鳥肌が立った。ヘビだと認識する前に、体が動いたのは本当に運が良かった。あと一歩体を引くのが遅れていたら、死んでいたかもしれない。

「少し休憩してから、先に進みましょう。単独行動は止めてね。必ずお互いが見える場所にいましょう」

桃子は周囲の岩陰をチェックしてから、七海と沖野に座って休むようにと指示を出した。お互いの背中を合わせるようにして休憩を取ったが、大自然を楽しむ余裕はない。十分ほど休憩とは言えないような緊張した時間が過ぎ、桃子の判断で出発が決められた。

「私が先頭で、七海はその次。その後ろから沖野さんでお願いします。私が摑んだ場所や、足を乗せた場所をよく見て、なるべく他の木や石に触らないように気を付けてね。七海、頭の傷からまだ出血している?」

「いいえ。もう大丈夫。止まったみたい」

「良かった。血の付いたガーゼは適当にその辺りに捨てて。動物は血の臭いで興奮する場合があるからね」

桃子の言葉に、右手に持っていたガーゼを思わず放り投げた。血の臭いなどまるで気に留めていなかった。本当にフィールドでの自分は無力だ。

「それじゃ、行きましょうか」

振り返った桃子の表情は、これまで見たこともない緊張感に満ちていた。

歩き出した桃子の後ろに続く。

足元は、張り出した植物の根や下草《したくさ》で覆われて地面が確認出来ない。注意に従って、一メートルほど先を歩く桃子の足に神経を集中した。苔《こけ》に覆われた岩や、湿った木の根は気を抜けば足を滑らせそうになる。足元から立ち上る湿った土の臭いと立ち込める熱気に、気力が削られていく。そして悪いことに、顔の高さにあるシダの葉を手でよけて進む必要があるほど、見通しが悪くなってきた。

桃子はリュックサックから二十センチほどのナイフを取り出すと、邪魔になる葉や枝を切り落として進んでくれた。おかげで桃子が通過した後は見通しが利き、楽に歩ける。その分、桃子に負担をかけてしまうが、せめて足手まといにならないように足元に注意しながら、一歩ずつ確実に進んでいく。桃子のカーキ色の登山靴が岩を踏みしめる様子を見つめていると、不意に右足のそばにあるツワブキの丸い葉の隙間に赤い色が見えた。

「桃子！　右足の近くにいる！」

素早く反応した桃子は、後ろに下がり七海を守るように前に立った。赤茶色の体に黒い紋様。イワサキワモンベニヘビは、小さな頭を持ち上げると、こちらを探るように体を揺らし始めた。その姿は七海が想像するコブラのイメージそのものだ。

「冗談でしょ……何なのその攻撃姿勢は。私、あなたに嫌われること何かしましたっけ。いくらコブラ科でも、あなたはコブラじゃない」

「左の枝の上だ！」

七海の背後から沖野が叫び、桃子を庇《かば》うように前に出た。沖野の右手には桃子と同じようにナイフが握られている。沖野の視線の先を確かめると、頭の上に広がる大人の腕ほどの太さの枝の上に、赤と黒の模様が見えた。枝の上のイワサキワモンベニヘビは自らの体を枝に絡ませ、沖野と桃子の頭上の位置に移動してくる。あれが上から襲ってきたらひとたまりもない。

七海は背負ったリュックサックを地面に放り出すと、中をかき回してナイフを探した。右手の指に硬い感触があり、摑んで引き出すと桃子が持つナイフと同じものだった。想像よりはるかに重く、右手に持つと革製の柄が手になじむ。

七海が動いた気配に気が付いた沖野が、一瞬振り返った。そのわずかな間を突いて、木の上のヘビが突然沖野の頭の上に飛び降りた。自分の悲鳴を聞きながら、沖野の腕を引き寄せていた。落ちたヘビは怒りを露にしたように桃子に飛び掛かる。

そこからは、恐怖が体を支配するより早く右手が動いた。桃子の左腕に向かって飛び掛かるヘビをナイフで薙《な》ぎ払うと、小さな頭が千切れて消えた。

頭部を切断されたヘビは、鮮血を噴き出しながらどさりと地面に落ちる。

桃子は足元に転がっていた拳《こぶし》ほどの石を拾うと、鎌首を持ち上げたヘビの頭部に向かって全力で投げつけた。頭部に石の直撃を受けたヘビは地面に倒れたが、体がまだ動いている。だが、次の瞬間には桃子の登山靴の下敷きになり、頭部が無残に潰された。かかとの下から血液が滲《にじ》み出し、土に赤黒い染みを作る。

「危なかった。七海ありがとう。それにしても何が起きているの……」

桃子はヘビの頭部を潰している右足を持ち上げると、再度打ち下ろした。登山靴のカーキ色の生地に、赤黒い血がこびり付いている。桃子が殺したイワサキワモンベニヘビも、七海が首を切断したもう一匹も、かなりの大きさがあった。

周囲に充満する生臭い血の臭いで吐き気がする。額から流れる汗が、目に入り込みひりひりと痛んだ。打ち付けた頭部が脈を打つように熱い。

「そもそも、このヘビの餌は爬虫類よ。人間に襲い掛かるなんて考えられない。それに、どうしてこうも次々出てくるのよ」

「そんなに個体数がいるヘビじゃないのね」

「そうよ。一部の島で繁殖しているけど、群れで暮らす生き物じゃないもの。むしろ餌の問題があるから、離れて暮らす方が普通」

桃子は珍しく声を荒らげて、タオルで顔の汗を拭った。水筒の水を呷《あお》りながら、肩で息をしている。ヘビの習性が分かっている桃子の方が今起きている現象の異常性がよく分かるのだろう。

「この島のヘビだけが攻撃的な習性を持っているとは考えられないのかい」

手にしたナイフを鞘《さや》に戻しながら、沖野が言葉を発した。疲れているようだが、怪我はなさそうで良かった。

「それはないと思いますよ。言い切れないけど、少なくともそんな事例を聞いたことないです」

「そうか。ともかく全員、怪我がなくて本当に良かった」

七海が放り出したリュックサックを沖野が拾い上げ、側面に付いた汚れを払ってから手渡してくれた。

「もしかしたら、この周囲にだけヘビが多くいるのかしら。理由は見当もつかないけど。魅力的な餌が撒《ま》き散らされていたとか……少し離れましょう。血も流れすぎたしね」

桃子は右手にナイフを持ったまま、先を歩き出した。時計を見ると、午前十時半。この森に足を踏み入れて、四時間ほどになる。日が昇る前にはあまり聞こえなかった鳥の鳴声がうるさいくらいに聞こえてくる。小さな鳥なのか、細かく高く鳴き続ける声、ホウホウと低く響く声の主は体の大きな鳥だろうか。

突然頭上の木の上から、枝を引き裂くような音が聞こえた。驚いて体を固くすると、桃子が振り返った。

「大丈夫。ただの鳥の鳴声よ。今のはオオヒシクイかな。この島は鳥類が生態系の頂点だから、沢山鳥がいる。一番体が大きいのはアホウドリね。餌が少ないせいか、猛禽《もうきん》類はほとんどいないのよ。だから王者はアホウドリ」

「そういえば、アホウドリいなくなったのよね」

もはや数年前のように思えるが、昨日の朝、桃子がアホウドリの件について話してくれた。桃子自身も忘れていそうだ。

「こんな状況じゃ、どうでもよくなっちゃったけど。ここのアホウドリは今が卵を産み始める時期なのよ。それが巣を作っていたはずの海岸沿いにいないのよ」

「急にいなくなったのなら、巣の場所を変えたんじゃない」

桃子は、目の前に垂れる蔦《つた》を切り落としながら、何かを考え込むように唸っている。

「そうね。ありえなくはないか。確かに、ある時期を境に少しずつ個体数が減った気がする。そうか。確かに産卵期に入ってから数が減ったわね。他の鳥にかまけていたせいで、目が曇っていたみたい。魅力的な鳥が多すぎて目移りしちゃうから。この島」

一番体力を奪われているはずの桃子だったが、その瞳は好奇心で満ちていた。それからさらに三十分ほど歩くと、山道の傾斜はさらにきつくなっていった。斜面に張り出した木の根の階段を、どうにかよじ登っていく。見た目はゼンマイにそっくりだが、一本の太さが大人の腕ほどもある巨大な植物に手をかけ、体を持ち上げる。まるで自分が小さな生物になってしまったかのようだ。目に入る植物全てが大きい。一枚の葉、一本の幹に圧倒されるような迫力がある。

平らな山道も足元が悪く、十分体力を奪われたが、今の状況に比べれば天国のようなものだった。本格的な登りに入ってからは、わずかに気を抜けば足を滑らせて斜面を転げ落ちてしまう危険が付きまとう。ふと、自分の右側を見ると、予想以上に急な崖が広がっていた。崖の下は川が流れているのか、斜面が途中から切れている。わずかな水の流れる音が聞こえる気がするが、鳥の声にかき消されてしまった。

気を取り直して桃子の後ろ姿を追う。斜面がきつくなってからは、わずかに先を行く桃子が、常に自分より一メートルほど高い位置にいる。立つ場所を誤れば、苔のぬめりに足を取られそうになる。桃子の指示で軍手をはめているが、折れている枝や突起のある石など、手をかける場所も気を抜けない。

ヘビの恐怖と慣れない山歩きに、高温多湿。全てが七海の体力を奪っていった。

額と首に浮いた汗を拭うため、足を止めて呼吸を整える。生き物の気配を感じて左側に目が行った。自分の目の高さにある木の根元に、手のひらと同じくらいの鮮やかなオレンジ色の蛾《が》が止まっていた。四枚の翅《はね》に白い三角形の紋様。柔らかな体には細かな毛がビロードのようにびっしりと生えている。

なんて美しい。名前は知らない。七海はただ、翅を休める目の前の美しい昆虫に心を奪われた。時間にすると一分となかったのかもしれない。周囲の音が消えるほど集中していた七海に警告の言葉は届かなかった。

肩を掴まれたせいなのか、それとも自分の体がヘビの姿に反応したのか、それすら理解出来ない間に、七海の体は斜面を転がり落ちていた。

自分は何と間が抜けているのかという腹立ちと、右手を伸ばした沖野の悲痛な顔、桃子の叫び声と体が岩に打ち付けられる衝撃。これで自分は死ぬのかという恐怖とそれを上回る痛み。助かりたいという本能で伸ばした右手は空を切った。密度の濃い樹冠が途切れ、鮮やかな空と雲と照り付ける太陽が見えた。

これで死ぬ。空中に放り出され死を覚悟したすぐ後に、激しい衝撃が体全体に走った。痛みを感じるより先に七海は完全に意識を失った。

庭先に作ってもらった小さなビニールプールで仲良しのルナと遊んでいる。ルナはゴールデンレトリバーの子犬。まだ小さいから、遊んで欲しくて手や足を軽く嚙んでくる。飼い始めた頃は、ちょっと怖かったけど、今はもう慣れた。でも、子犬の歯は尖っているから結構痛い。またルナが足の親指を嚙んできた。止めてよ、ちょっと痛いじゃない。ダメダメ、少しやりすぎよ。私だってちびだけど、あなたの飼い主なんだから。痛い、ねえ止めてって言っているのよ。ねえ、何。嘘、私の親指を食べているの？　痛い、止めてそれは私の足よ……私の足を食べないで。ルナ止めてよ！

違う。ルナじゃない。何が私の足を食べているの。これは何。嫌……嫌……

「止めて！」

上半身を動かそうとした瞬間にガラスが刺さったような痛みが全身を貫いた。状況を理解する前に、激しい咳《せき》が襲ってくる。腰から下は冷たい水の感触がする。川の水に浸《つ》かっているようだ。背中に背負ったリュックサックのおかげで上半身は水中から出ている。涙が出るほど咳が止まらず、さらに咳をするたびに背中が痛む。それでも、ようやく記憶が鮮明になり、何が起きたのか思い出した。意識を失っている間に、川の水が気管に入ったのだろうか。体を動かせないまましばらく咳《せ》き込み続け、改めて体中が痛いと気が付いた。

あそこから落ちたのか。

見上げると、四メートルほど上に崖の端が見えた。草の一部が剝がれ落ちている。崖から放り出される瞬間に空が見えたから、仰向けの姿勢で落ちたのだろう。リュックサックが体の背面と頭を支えるクッションとなり、助かったようだ。どれほど意識を失っていたのかまるで分からないが、蛾に見とれていた七海は突然現れたヘビに驚いて崖から転がり落ちたのだ。

どうにか助かったようだが、本当に動けるのか分からない。命を守ってくれたリュックサックを体から外し、ゆっくりと上半身を起こす。全身の骨が外れてしまったように痛むが、右手も左手も問題なく動かせた。これだけ気温が高いのに下半身が氷のように冷たい。流水に体温を奪われたのだろう。ここで再び意識を失えば、溺れて死ぬか低体温で死ぬかのどちらかだ。せっかく助かったのだから、死んでやるつもりはない。

七海は体が千切れるような痛みに耐えながら、這いつくばって川底を移動する。水深が膝の上ほどしかなかったのは運が良かった。いや、それ以前に毒ヘビに嚙まれても不思議ではなかったし、崖から転がり落ちる間に体に木の枝が突き刺さってもおかしくなかった。挙句、四メートルの高さから川底に叩きつけられたのだ。本当に強運の持ち主かもしれない。

体中は相変わらず痛むが、無理やりにでも楽観的になりながら、どうにか川岸まで着いた。苔に覆われた岩肌に寄りかかり、呼吸を整える。

自分は何をするべきか。まずは体の状況把握が最優先事項だろう。改めて右手と左手を握りしめ、再び開く。問題ない。肩も肘も痛みはするが、骨折はしていないようだ。

　次に足。恐る恐るウィンドブレーカーのズボンをめくり上げていく。左足の脛に幾筋も切り傷があるが、既に川の水で洗われ出血も止まっている。傷も浅い。問題ない。右足は大きな怪我をしていないようだが、激しく親指が痛んだ。やや勇気が必要だったが、ゆっくり登山靴を脱いだ後、靴下も脱ぐ。予想通り、親指の爪が剝がれ関節が青黒くなり指全体が腫れている。骨折をしているのかもしれないが、これも命に別状はない。息を思い切り吸い込むと、やや胸が痛んだが肋骨は折れていないだろう。大丈夫だ。私は死なない。ひとまず体の状態を確認すると、ようやく気分が落ち着いてきた。今は動き回らず、体力の回復を待った方がいい。七海は温かい苔の岩肌に体を預けて、静かに目を閉じた。

　川のせせらぎを聞き、冷えた体を岩肌に預けて温めていると急激な睡魔に襲われ始めた。少しだけ眠った方がいい。


　どれだけ眠っていたのかまるで分からないが、葉がこすれ合う音で覚醒した。音が聞こえた方向に目を向けると二匹のイワサキワモンベニヘビが、七海の足元に向かってゆっくりと移動している。パニックになりそうな感情をどうにか抑え込む。三メートルほど先にいるヘビは、ガラス玉のような目で七海を捉えながら一定のペースで近づいてくる。背後は斜面で逃げようがない。早く立ち上がってヘビとの距離を取らなくては。

　体を反転させて四つん這いになり、立ち上がりかけたところで膝の力が抜けた。前のめりに体が崩れてしまい、どうにか両手を突いて体を支える。驚くほど全身に力が入らない。早く……早く逃げなければ。

振り返ると、ヘビの頭部は七海の足元の二メートルほど先にまで迫っている。立ち上がるのを諦めて、膝をついたままどうにか前に進む。すぐ後ろから小さな枝葉の折れる音が続く。追い付かれる恐怖に耐えられなくなって後ろを振り返るが、そのたびにヘビとの距離が縮む。

このままでは嚙まれてしまう。川底に落ちる前と同じようにナイフで応戦するしかない。そう覚悟を決めてから、ナイフを失《な》くしてしまっていることに気が付いた。

背後に気配を感じ視線を向けると、鎌首を持ち上げた一匹が七海の体に向かって鞭《むち》のように跳んできた。全力で体を左に回転させる。河原に転がる細かな石が頰を刺した。すぐに視線を上げると、目標を失ったイワサキワモンベニヘビがゆっくりと、頭をこちらに向け直している。左後方からは、さらに体が大きい一匹がするすると近づいてきた。

どうにか立ち上がろうともがくと、折れた足の親指に激痛が走った。あまりの痛みに呼吸が苦しくなり、身動きがとれなくなる。左右から自分に迫ってくる脅威を、地べたに転がり、ただ見ているしかなかった。

全てがどうでもよくなり、視線を空に向けると眩しい太陽の光が降り注いでいた。

こんな場所で毒ヘビに嚙まれて死ぬのか。嫌だ。

必ず生きて帰る。

七海は激しく痛む右足に構わず力を込めて立ち上がった。突き抜けるような痛みで思考が鮮明になり、ようやく体が動くようになった。右足を引きずりながら川の中に入り、どうにか持ち上げられる石を選ぶ。

川の近くまで来たイワサキワモンベニヘビに投げつけると、石はヘビの胴体に勢いよくぶつかった。死んだか？　見ると、投げた石がヘビの胴体の上に乗っていた。石の下敷きになったイワサキワモンベニヘビは、それでも体を激しく動かしている。あまりに動くため、ウロコの一部が剝がれ落ち血が滲んでいた。

後方から小石のぶつかり合う音がかすかに聞こえた。振り返ると、さらに大きなヘビが七海の足元まで迫っていた。一瞬のためらいもなく、七海は登山靴のかかとをヘビの頭部に打ち下ろした。体重を支えた右足に燃えるような痛みが走り、左足には骨と肉の砕ける感触が伝わってきた。押さえつけたかかとの下でヘビが激しくのた打っている。

完全にヘビの動きが止まるように、七海はもう一度左足を持ち上げてから小さな頭部を踏みつけた。しばらくすると足の下の動きが止まった。

ようやく死んでくれた。安堵すると、再び忘れていた痛みが襲ってきた。そのまま腰を下ろして、痛む右足を柔らかな草の上に伸ばした。心臓の鼓動に合わせ、指の先端から痛みが足全体に広がる。目を閉じて呼吸を整えて痛みをやり過ごしていると、既に体が反応するようになって音が聞こえてきた。下草がこすれ、枝が折れ、何かを引きずるような音。ヘビが這いずる音だ。七海は気力を振り絞って目を開けた。

そこにいたのは、胴体が半分に千切れたイワサキワモンベニヘビだった。石の下で、もがいていた胴体は多数のウロコが剝がれ落ち、青白い消化管を引きずりながら這っている。なぜ生きているのか、なぜそこまで執拗《しつよう》に七海を襲うのか。

体中に鳥肌が立ち、吐き気すら覚える。何と哀れな生き物の姿だろう。

七海は最後に残された気力を奮い立たせると、立ち上がってヘビの頭部を破壊した。左足の下で、完全に生命の兆候がなくなるまで体重をかけてから、崩れるように腰を下ろした。

この島で得体の知れない何かが起きている。人を襲わないヘビが次々と七海に襲い掛かり、体が半分に千切れてもなお生きていた。なぜこんなことが。

心身の疲労が激しく、考えがまとまらない。

七海は仰向けになり、四肢を投げ出した。ひとまず命の危機を回避した安堵感と、興奮状態が続いている。心臓が激しく打ち、体中の関節が痛む。崖から落ちたダメージもまだ回復出来ていない。

川に落ちてから、何度か意識を失くしているので、今が何時なのか分からない。

太陽はまだ高い位置にあるので、七海が崖を転がり落ちてから半日は経っていないだろう。それでも四時間ほどは経過しているだろうか。仮に四時間が経過しても、桃子や沖野が助けに来られないなら自力で対処するしかない。

でも今は動けそうもない。少しだけ休ませて欲しい。

七海は周囲の音の変化に注意を払いながら、目を瞑《つむ》った。

視覚を遮断すると、聴覚が研ぎ澄まされていく。川の水が一定のリズムで石にぶつかる音。水しぶきが水面に当たる音。風が木々を揺らし、葉が互いにこすれ合う音。遠く聞こえる鳥の鳴声。風のうねり。

そして土の臭い。植物の青臭さにどこか甘い香りが混じるのは、咲き続ける花々の影響だろうか。それとも。

突然、女性の悲鳴のような高い鳥の鳴声が響いた。鳥と分かっていても心臓が熱くなる。目を開けると、近くで木々の枝が折れる派手な音が響いた。

桃子と沖野がようやく助けに来てくれたのだ。痛む体を腕で支え、上半身を起こした。自分の位置を伝えなければ。

右手側の十メートルほど先で河原が終わり、深いシダが生い茂る森が続いている。枝の折れる音はそこから近づいてきた。視界が悪く二人の姿が見えない。

「桃子！　ここよ。私は無事」

声をかけたが二人の反応はない。ただ、人間の背丈より大きなシダが生い茂る森では、声も聞こえにくいのだろう。鳥たちの声も大きい。反面、数時間水も飲んでいなかったため、七海の声は嗄《か》れている。シダの葉が大きく揺れ、さらに枝葉を倒す音が徐々に大きくなってきた。

「桃……」

仲間を呼ぶ声は恐怖で凍り付いた。一メートル以上あるシダの葉を倒して現れたのは人間ではなかった。ひし形の頭を持つ巨大な白蛇《しろへび》が、倒したシダの上をするすると移動してくる。その体はゆうに、二メートルを超えるだろうか。だが、七海はその姿を見て、恐怖以上に強い違和感を覚えた。ヘビにしてはシルエットが不自然だ。いや、あれは白蛇ではない。全身を純白の体毛で覆われている何かだ。

白い毛で覆われたヘビに似た巨大な生物は、大人のふくらはぎほどある太い体を左右に揺らしながら、悠然と七海に向かってきた。既に七海から五メートルほどの距離にまで迫っている。あれが何であれ、逃げなくてはいけない。七海は左足に力を込めて立ち上がったが、膝に力が入らず前のめりに倒れてしまった。気力はわずかに残っているのだが、体に力が入らず何としても立ち上がれない。

右足のすぐ後ろで何かが動く気配を感じた。体を反転させると、既に巨大なヘビに似た生物は七海の右足に触れるほどの距離にあった。

逃げる間もなく、その頭が七海の足に触れた。咬みつかれる。

皮膚が突き刺される痛みに身構えていると、それは何かを思案するように動きを止めた。その隙に左足で頭部を思い切り蹴ると、まるで車のタイヤのような硬さだった。それはわずかに頭を引いたが、七海の攻撃などまるで気に留めていない。再び七海を静かに見据えてから、何を思ったのか腹部の上に頭を乗せてきた。柔らかな体毛の感触と重みがシャツを通して伝わり、恐怖で体が動かない。その頭部は七海の左脇腹に沿って進み、背中に回り込んだ。自由になる両手で胴体を外そうともがいたが、動く気配もない。ついに頭が背中を一周し、右腕の下から現れた。七海の体は完全に捕らえられてしまった。さらにそれは七海の腹部の上にある自分の胴体に沿うようにして、当然のように二周目に進んでいった。

体中に体毛が絡みついてうごめく感触に鳥肌が立った。得体の知れない生物の重みに耐え切れず、七海は仰向けに倒された。

七海は叫び声を上げながら暴れたが、それは七海の体にぴったりと巻き付いて逃げられない。と、次の瞬間、恐ろしいほどの圧力が全身に加わった。

肋骨が締め上げられ、ミシミシと嫌な音を立てている。体を襲う痛みに悲鳴を上げようにも、肺の中身が全て吐き出されてしまい、声が出せない。体中の骨が砕けてしまいそうな圧痛に加え、呼吸が出来ない苦しみが襲ってきた。わずかでも空気を吸い込みたいと思うのだが、胸を押しつぶす圧力は増すばかりで緩む気配がなかった。

次第に肺が焼けるような息苦しさが襲ってきた。いっそ気を失いたかったが、圧痛のせいで意識が覚醒してしまう。痛みに耐えながら全力で空気を吸い込むと、命を繋ぐ最低限の酸素は供給される。七海は呼吸苦による意識の混濁と痛みによる覚醒を繰り返した。

この苦しみが続くならいっそ殺して欲しい。何度目かそう考えたところで、体に巻き付いた胴体の圧力が一段と階強まった。骨がきしみ、ほんのわずかな空気も体に入ってこなくなった。頭が痺れ、割れるように痛み出す。次第に視界が色を失い、意識が遠のいていく。

これが死なのか。肺が熱く燃えているようだ。痛い。熱い。死にたくない。

かすかに残った意識の底で、懐かしい声を聞いた気がする。

顔面に温かい液体が降り注ぎ、生臭い臭気に包まれた。ついに皮膚が裂けて、出血したのだろう。妙に納得した次の瞬間、突然大量の空気が肺に流れ込んできた。

意識とは無関係に奇妙な音が喉から漏れ、次に激しい咳に襲われた。誰かに体を支えられ、嵐のような反応をやり過ごした。

涙を流し、咳き込みながら生きていることをようやく自覚する。背中に置かれた手の温かさが伝わってくる。

「七海、大丈夫？　遅れてごめんね。助かって本当に良かった」

視界は色を取り戻し、桃子と沖野の心配そうな顔があった。言葉を伝えたいが、しゃべろうとすると咳が出てしまう。可能な限り、ゆっくりと呼吸を繰り返し、時をやり過ごした。どうにか通常通り息が吸えるようになると、自分の体が血塗れだと気が付いた。そして、膝をついて背中を摩《さす》ってくれている桃子の足元には、頭部から血を流しているヘビに似た生物が転がっていた。七海の視線に気が付いた桃子は、体毛の生えた巨大な生物に視線を向ける。

「あなた、この訳の分からないヘビもどきに絞め殺されるところだったのよ。大型のヘビはね、獲物を締め上げて肺と心臓を潰してからゆっくり丸呑みにするの。このサイズになれば人間の腕力じゃ外せないから。危なかった」

「桃子が殺してくれたのね」

まあね、と桃子が頷く。沖野が見事だったよ、と付け加えた。

「高井さんが崖から落ちてしまって、すぐに探したんだが、ここまで来るのに回り道をするしかなくてね。ようやく崖の下まで下りてきたら、あれがいて驚いたよ」

「迷惑をかけて本当にごめんなさい」

「いや、無事で本当に良かった。三上さんがとっさの判断で、あれの延髄《えんずい》を破壊してくれたんだ。

私は気が動転してしまって引きはがそうとしたけど、びくともしなくてね」

三人は改めてヘビによく似た巨大な生物を見つめた。基本的な体の構造はヘビ。桃子の攻撃により大きく傷つけられているが、三角の頭部に太い胴体が続く。だがその全身は柔らかな白い体毛に覆われていた。少なくとも七海は体毛の生えたヘビなど見た経験がない。

桃子が膝をついた姿勢で、異形《いぎょう》のヘビの体を調べ始めた。手には薄手のゴム手袋がはめられている。

注意深く頭部を持ち、口を開けると二本の鋭く長い牙が見えた。あれに咬まれていたら、死んでいたかもしれない。改めて自分が死の一歩手前まで来ていたと気づかされ、寒気がした。

桃子はヘビの体毛をかき分けるようにして、観察を続けている。頭の付け根部分を注視してから表情を一変させた。

「この生物は何？　私は一体何を見ているの」

桃子の様子を立って見ていた沖野も、腰を下ろして観察に加わった。桃子は左手で血に汚れたヘビの頭部を支え、右手で頭の付け根の体毛をかき分けて見せた。そこには深い切れ込みがあり、体の内部まで続いているように見える。一瞬、桃子がナイフで切断したのかと考えたが、傷には見えない。桃子は頭の位置を反対にすると、さらに体毛をかき分けて見せた。そこにも同じような深い切れ込みがあった。混乱する頭でこの状況を考えてみる。七海はこの切れ込みを見たことがある。

これは魚だ。

「まさか……これはエラなの？」

「そうみたいね」

「ああ、二人とも素手でこれに触れないで。血液が流れているし、どんな影響があるか分からないから」

元より触りたくなる代物《しろもの》ではないので、素直に頷く。

沖野も頷いてから眉をひそめてエラを凝視している。これは体毛の生えたヘビに見えるが、もはや生物としてヘビではない。桃子は体毛をさらにかき分けて、ヘビの皮膚を見えるようにした。近くによって、しっかり見ると体毛の下の皮膚は鮮やかな桃色をしていた。血の色より薄いが、動物の肌の色にしては鮮やかすぎる赤。

そこまで考えて、杏のノートにあった内容を思い出した。体色が通常のヒメツバメウオに対して赤い個体の記述があったはずだ。

agaga——赤を意味するチャモロ語。沖野のノートにあった走り書きだ。そして、海に女。七海は湧き上がる恐怖をどうにか理性で抑え込んだ。今は不確かなことが多すぎる。

桃子は足元に置いてあったナイフを拾うと、体毛の生えた生物の喉に突き立て、そのまま縦方向に刃先を滑らせていった。純白の体毛はわずかな血液で汚されたが、既に死んでいるせいか想像したような大量の出血はなかった。地面に横たえられた巨大な生物は桃子の手によって、腹の中身をさらけ出していった。

切開個所《かしょ》が体の中央付近まで来た時、消化管の中から白い塊が出てきた。桃子はナイフの刃先で塊を取り出すと、草の上に並べていく。さらに腹部を裂いていくと、ヘビらしき塊も出てきた。

体毛の生えた生物の体から取り出した物体を、桃子が一つ一つ並べていく。

半分消化された白い塊は、どうやらマウスのようだった。ずいぶん数がいる。その他にも七海を何度も襲ってきたイワサキワモンベニヘビ。桃子が白い体毛のマウスをナイフの先で示した。

「これは、どう見ても実験用に使われているマウスよね。十七匹もいる。野生のドブネズミなら、体毛は白じゃない。どうして実験用のマウスが外にいるの？　実験室から逃げ出したの？」

「確かに実験用のマウスね。でも、マウスの数は記録されているから、逃げ出して気が付かないなんてありえない。そもそも、ケージに入れられて動物舎で管理されているのだから、逃げ出しようがないのよ」

桃子が並べたマウスは全部で十七匹。このヘビに似ている生き物が捕食しただけでこれほどの数がいるのだから、実際には数倍以上の数が生息しているはずだ。こうなると、実験室で使用されているマウスの数を上回っている。

「ただ、これだけの数が食べられていたとなると、このマウスは既にこの島で繁殖していると考えた方がよさそうね」

「だとすると、実験室から逃げ出したのはしばらく前ということか。しかし、このエラ付きヘビもどきは一体何なのかしら」

桃子は草の上に並べたマウスの観察を始めた。七海も痛む体をゆっくり動かして桃子の手元を注視する。ヘビの消化液にまみれたマウスはどれも実験室で見慣れたものだ。桃子がマウスの頭部の付け根をナイフの刃先で示した。ナイフを使って器用に体毛を持ち上げると、そこにはやはり体内に続いていると思われる深い切れ込みがあった。さらにマウスを反転させ、反対側の頭部の付け根を調べる。想像した通り、同じように深い切れ込みがあった。

「悪い夢でも見ている気分ね。エラ付き体毛ヘビの次は、エラ付きマウス。これは一体何が起きているの？　頭がおかしくなりそうよ」

「桃子、そのマウスの皮膚は何色？」

桃子は七海の意図を察した様子で、濡《ぬ》れた毛の束をナイフの刃先で分けていく。体毛を左右に分けられたエラのあるマウスの皮膚は、やはり鮮やかな桃色だった。

「なるほどね。悪夢的な状況ながら、少しだけ法則性が見えてきたか。ちょっとこのマウスを分けていきましょう」

桃子は一列に並べられたマウスの体を丁寧に調べていき、形態的に異常が見られる個体と正常な個体とに振り分けていった。その結果、十七匹中、異常が見られたマウスは三匹。十四匹は特に異常は見られなかった。

桃子の作業を見つめていた沖野もさすがに気分が悪そうに見える。

「その三匹はエラ状の器官があって、皮膚の色は赤かい」

「そのようです。このエラが本来のエラとして機能するか不明ですが、少なくとも形状は魚類と同様の構造をしていますね。それに、やはり皮膚は全て不自然に赤いです」

目の前にいる異形の生物たちをどのように解釈したらよいのか。生理的な嫌悪感を抑えつけて、可能な限り生物学的に考えていかなくては答えにたどり着けないだろう。

今、目の前にいる生物を改めて観察していく。まず、体の構造は巨大なヘビ。牙や獲物を絞め殺す習性は一般的な大型のヘビと矛盾しない。問題がある個所は、魚類に似たエラ状の器官と白い体毛。そして、ヘビに見られるウロコはなく、肌が不自然に赤い。

腹部を裂かれて横たわっている異形のヘビを観察していた七海はある点に気が付いた。

「その巨大なヘビに生えている体毛だけど、マウスによく似ていない？」

七海の言葉に、マウスに集中していた沖野と桃子が同時に振り返った。

ヘビの体内から取り出されたマウスは消化液にまみれて、白い体毛が濡れそぼっているが、本来ならふさふさと体を覆っている。一方で巨大なヘビの体を覆っている白い体毛は、長さや硬さなどの質感と色が実験用のマウスの体毛とそっくりだ。

「本当ね、あまりにどうかしている生物だから見落としていた。エラのインパクトが強かったけど、言われてみればこのヘビの体毛は実験用のマウスそのものね」

「念のために聞いておくけど、体毛の生えたヘビはいないのよね？」

桃子は頷く。

「世界中のヘビを見たわけではないから絶対とはいえないけど、常識的に考えていない。少し状況を整理したいけど、この炎天下で議論していたら死ぬから、少し日陰に入りましょう」

桃子は疲れた様子で少し先にある、日陰を指示した。沖野に頼んで、川の中ほどに放置された七海のリュックサックを回収してもらってから、三人は日陰に移動した。呆れたことに、桃子はマウスの死骸をビニール袋に入れ、ヘビの死骸は引きずって三人が休憩する日陰の近くまで運んできた。

「まず、議論の前に七海の健康チェックをしないと。とにかく座って、あとは水分補給。それから足を引きずっているけど怪我したのね」

桃子が自分のリュックサックから、ミネラルウォーターのペットボトルを差し出してくれた。忘れていた喉の渇きを思い出し、地面に腰を下ろしたまま一気に飲み干していく。あまりに勢いよく飲みすぎたのと、まだ肋骨が痛むせいで少しむせてしまった。

「右足の親指を骨折してしまったみたいなの。他はあちこち痛みはするけど、たぶん打撲とかかな。骨は折れていないと思う」

「了解。大蛇《だいじゃ》に絞め殺されかけたにしては上出来ね」

「怪我の応急処置は私に任せてもらえるかな」

沖野の申し出に、桃子は場所を譲った。

沖野は慣れた手つきで七海の靴と靴下を脱がせると、リュックサックから救急セットを取り出した。患部をミネラルウォーターで洗浄してから消毒液をかける。ガーゼで腫れた親指を包んでから人差し指と一緒にテーピングでしっかりと固定してくれた。まだずきずきとした痛みはあるが、指がしっかり固定されただけでも安心感が違う。処置を終えた沖野は、救急セットの中から白い錠剤を取り出した。

「はい、これは痛み止め。船が来るまではこれで抑えるしかないけれど、何もないよりはずいぶんいいだろう」

「ありがとうございます。それにしても、沖野さんはまるでドクターですね」

痛み止めがどれほど効くか分からないが、心強い。沖野は救急セットをしまいながら少しだけ笑った。

「私は小さい頃から、あまり体が丈夫ではなくてね。怪我や病気ばかりで」

「そうだったんですか。私は体が丈夫なのが取り柄です」

桃子が知っている、と笑みを漏らした。二人とも疲れているように見えるが、ひとまず怪我がないようで良かった。

「七海も休んだ方がいいから、少し座ってディスカッションしましょうか。今、この島で起きている理解不能な現象について整理していきましょう」

「異論はないよ。私も少し休みたい。情けないことに生まれつき体力もない方でね」

沖野はそう言うと体を投げ出すように座った。沖野にも桃子にも余計な負担をかけてしまい、本当に申し訳ない限りだった。

「それじゃ、一番元気な私が議長をするので、お二人は優秀な頭脳を貸して下さいね。まずは、あのヘビに似た生物とマウスに似た生物についてね。最初はマウス。形態的に問題がないマウスが大半だったけど、魚によく似たエラを持つ個体が三匹」

桃子は異常の見られた三匹のマウスが入ったビニール袋を持ち上げて見せた。位置といい、細かなヒダのある構造といいエラと言って問題ない器官だ。それが哺乳類であるマウスにある異常さに震えがくるが、現実に存在する以上認めるしかない。

「そして、この無駄に大きなヘビね。この島にいる最大のヘビはおそらくサキシマスジオなんだけど、それにしちゃでかすぎるのよね。まあ、ここまで異常な形をしていて今さらサイズを問題視するのも滑稽ですね。そして爬虫類のくせして、立派なエラと体毛を持つ。さらに、七海が指摘してくれた通り、このヘビの体毛はマウスに瓜《うり》二つ」

桃子は異常のないマウスが入ったビニール袋を持ち上げて見せる。中に入ったマウスがビニール越しに見えた。そもそも実験室でしか使われないマウスが島内で繁殖しているという事実が普通ではない。

「マウスを飼育していた場所は、動物舎と桐ケ谷所長が使っていた実験室よね。動物舎のマウスは管理されていたのだから、桐ケ谷所長の実験室から逃げ出したということ？」

「その辺りは不明よね。そもそも動物舎のマウスだって、死んだという報告をすれば数匹はごまかせないかな。そこまで危ない橋を渡らなくても、何なら自宅に帰った時に買ってきて、バッグに入れて持ってくればマウスくらい誰にだって持ち込めたでしょう。だから出所は不明。ただし、結構前から繁殖しているのは確かかね」

桃子の言葉は鋭い。確かにこの島は本島からはるか彼方《かなた》に離れているが、人の出入りがなかったわけではない。海から人も物も流れ着く。決して閉ざされた空間ではない。

ビニール袋に詰め込まれた哀れなマウスを見ていると、何か大切なことを見落としている気がしてきた。実験室で飼育されているマウス。こちらは毎日世話をしているので様子を観察している。この島に七海の認識していないマウスがいた。今現在、目の前で死んでいるマウスと、杏の実験室で死んでいたマウスだ。疲れて回転が悪くなった頭をどうにか動かすと、赤というキーワードをようやく思い出すことが出来た。発疹だ。

「桃子、その異常がないマウス。皮膚に発疹はない？」

「そうか、エラのインパクトが強すぎて忘れていた」

桃子はビニール袋に入ったマウスを地面に広げると、ナイフの刃先を使って皮膚を注意深く調べ始めた。

「ある。桐ケ谷所長の実験室にいたマウスと同じね。少し不鮮明だけど、蚊に刺されたような発疹がはっきり分かる個体もいる。ちょっと待ってね、全部調べてみるから」

やはりあの忌まわしい発疹があるのか。杏の実験室で解剖したマウスの体内が脳裏に浮かぶ。異常な食欲に駆られ、胃袋が破裂するまで餌を食べ続けたマウス。そして屋上から飛び降りた職員の体に浮かび上がっていた発疹。

空に広がった杏の白衣。薄紅色のヒメツバメウオ。見た目は正常でも攻撃的なまでに餌を欲していたヒメツバメウオの記述もあった。

そうだ。攻撃的な行動を伴う採食行動。

「桃子分かった。攻撃的な採食行動よ」

押し黙っていた七海が突然大きな声を上げたので、作業を行っていた桃子は目を見開いて驚いている。沖野も何事かと言いたそうに七海を見た。

「周囲の仲間にまで攻撃を加えるほど激しい餌の取り方をすると書いてあったじゃない。覚えてないの？」

「ええと、桐ケ谷所長のノートに書いてあったヒメツバメウオね。確かにそう記述されていたけど。それがどうかしたの？」

七海の考えが上手く伝えられず、もどかしくて仕方がない。攻撃的というのが大切なポイントなのに。異常な攻撃性。

「桃子が教えてくれたでしょう。イワサキワモンベニヘビは毒があるけど本来は大人しい性質のヘビだって。どう考えても私たちを襲ってきた行動は異常なのよね？」

「そうよ。あれは本当におかしい」

桃子は持っていたナイフを地面に置いて、一瞬沈黙した。

「それじゃ、あのイワサキワモンベニヘビの攻撃行動は、私たちを獲物だと思って食べようとしていたという意味？　それは無理よ。イワサキワモンベニヘビの獲物は小型のヘビよ。人間の大きさじゃ、食べられないでしょう」

「常識的に考えれば防御としての攻撃よね。でも、胃袋が破裂するまでマウスが餌を食べる？　あの行動が純粋に獲物を食べるために狙っていたと考えるなら納得出来るでしょ。私たちは単純に餌だと思われたのよ」

「どうしてそんな現象が……」

桃子は言葉を止めて頭の中を整理するように目を瞑った。七海の考えが正しいか分からないが、おそらく同じ経路をたどるだろう。

「私は、崖の下に落ちてからも二匹のイワサキワモンベニヘビに襲われた。自分で何とか倒したけど、一匹は体が半分に千切れても生きていたのよ」

発疹があり、胃袋が破裂するまで餌を食べ続けたマウス。見た目は正常であるが、攻撃的な採食行動を取ったヒメツバメウオとイワサキワモンベニヘビ。何が違い、何が同じであるか。

桃子は目を開けると、ナイフと、リュックサックから取り出したグローブを持って立ち上がった。

「確かに、七海が絞め上げられていた近くにヘビの死骸が落ちていたわね。あれ、七海が一人で倒したのか」

桃子は言うが早いか、巨大なヘビを倒した場所に戻っていった。周囲を探して拾い上げたヘビを川の水で洗っているようだ。しばらく作業を続けていた桃子が、右手に七海が倒したイワサキワモンベニヘビを持って戻ってきた。

桃子は二匹の哀れなヘビを地面に並べて見せた。頭を潰されたヘビは確かに七海が止《とど》めを刺したヘビだ。ただ、その体表の一部は黒と赤の見事なウロコが桃子の手によって無理やり剝がされていた。ウロコが剝がれた皮膚には、所々に裂けた傷がついていたが、それとは全く異なる赤い斑点が浮かび上がっていた。

やはりあの忌々しい発疹があった。おそらく杏が発見した攻撃的な採食行動を取るヒメツバメウオも、ウロコを剝がせば発疹が現れていたのだろう。行動異常が見られたイワサキワモンベニヘビも、表皮がウロコに隠されていたから発疹が分からなかったのだ。杏の実験室でマウスの発疹に気が付いたのも、偶然体毛のない耳の表皮が目に入ったからだ。

これでようやくたった一つだけ謎が解けた。

「どうやら、七海の仮説が正解みたいね。私たちを襲ってきたイワサキワモンベニヘビの攻撃的な行動は採食行動。その原因は桐ケ谷所長のノートに記されていたレッドの感染。そして、レッドはこの島全体の生物に広がっている可能性が高い」

　桃子が静かに放った言葉が、熱帯の森に消えていく。

　二人のやり取りを聞いていた沖野が、発言を求めるように右手を軽く挙げた。

「本当にそのような現象が起きると言えるのかい？　確かに目の前で起きている非現実的な現象は事実だろう。ただ、寄生生物の影響で、攻撃的な行動を取るとは私には受け入れ難い」

「例えば、寄生生物に感染した個体は捕食者に狙われやすい行動を取ります。明るい場所に出てきたり、動きが鈍くなったり。食べられることで、寄生虫は次の宿主に移動が出来ます」

　この島で起きている現象とは逆のように思える。攻撃的な行動を取ってしまうと、レッドにとってデメリットが多そうだ。

「それじゃ、この島にいるイワサキワモンベニヘビの行動は逆効果よね。結局私たちに殺されてしまった。これじゃ意味がないと思うけど」

「そうね。ただ通常の寄生虫は、例えば、エキノコックスならネズミからキツネ。アニサキスならイカやサバからクジラ、と寄生する生物が決まっているのね。でもこの島に広がっているレッドはかなり特殊で、おそらく多数の生物に寄生出来るみたい」

　杏の記述も考慮すると、ヒメツバメウオ、マウス、イワサキワモンベニヘビ、及び人間に感染兆候が見られた。魚類、哺乳類、爬虫類に感染が可能となると、確かに多数の生物に寄生するのだろう。

「この状態だと、感染個体は自分の周囲にいる生物を可能な限り食べれば、別の感染個体を食べる確率が上がるでしょ。これを繰り返していけば、体内にレッドを大量にため込むことが出来る」

「なるほど。でも、私に殺されたイワサキワモンベニヘビのように食べられずに終わる場合はどう?」

「それは問題にならないのよ。だって、自然界では死骸だって必ず食べられるから。むしろ死骸として転がっていた方が、多数の動物の餌になると思う」

言われてみれば当然のことだった。この大自然の中で命を落とせば、その体は速やかに他の生命の糧となっていくだろう。

沖野は地面に並べられたイワサキワモンベニヘビに目を向けてから顔を上げた。

「レッド感染により病的に食欲が増進した結果、攻撃的になる理屈は理解したよ。そうなってくると、何かの条件をきっかけにしてこちらを餌と認識するわけだね」

「そうだと思います。餌をどのようにして認識するかは生物によって変わります。同じヘビでも相手の動きに反応する場合や、体温をピットと呼ばれる特殊な器官で認識する場合もありますからね。それに、レッドの影響でどのような変化が起きているか全く分かりません」

通常なら全く無害な生物が、全て危険な攻撃を加えてくるという意味か。目の前に広がる熱帯の森にどれだけ多様な生物がいるか。生態学は専門外だが、現在の状況がどれほど危険であるか七海にも痛いほど理解出来た。

桃子は腕にはめた時計に目を落としてから二人を見た。

「この毛むくじゃらとエラについての議論は後回しにして、十六時まで休みましょう。四十分あるから、各自体を横にして休んで下さい。それから、川に沿って移動して泊まる場所を探します。少し距離を稼がないと」

桃子はリュックサックの中からクッション性のあるシートを取り出すと、平らな場所を探して広げた。さらにバスタオルで手早く枕を作ると、七海を手招きした。申し訳ない気持ちはあるが、最早体は限界に近い。

七海は、遠慮なく桃子が準備してくれたベッドに体を横たえた。

「とにかく寝て」

腕を組んだ姿勢で自分を見ている桃子を見上げていると、深い安堵感に包まれた。感謝の気持ちを口にする前に瞼が閉じてしまい、深い眠りに落ちていった。


桃子に肩を叩かれて目が覚めた。自分の部屋の見慣れた天井がないことに驚いたが、すぐに現実に引き戻された。瞼を閉じてから数秒程度にしか感じないほど深い眠りに落ちていたのだろう。

七海が休んでいた場所は日が当たらず快適だが、少し先を流れる川の周囲は太陽の光が衰える気配すらない。

「さあ、出発するから起きてね。ここから川に沿って上流に向かうから。おそらく三時間ほど歩けば、滝に突き当たるけど今日はそこまでは無理ね。その手前で一泊して、明日滝越えをしましょう。

そこを越えれば目的地の入り江に着くはずよ」

　桃子は既に出発の準備を終え、リュックサックを背負っていた。沖野も靴紐を結び直している。

　頭を軽く振ってから立ち上がると、ありがたいことに七海を悩ませていた足の痛みが半減していた。おそらく沖野がくれた痛み止めが効いてきたのだろう。きつく巻いたテーピングの効果もある気がする。これなら十分頑張れそうだ。

「桃子、大丈夫よ。お待たせ」

「それじゃ、私が先頭。七海は私についてきて、沖野さんはその後ろからお願いします。ここからしばらくは、平らな地形が続きますが川の水がかかっている個所があり、足元の岩場が滑るので十分気を付けて下さい」

　桃子の言葉に従って、三人は再び歩き始めた。

　改めて前方に広がる川に視線を向けた。景色を眺める余裕などまるでなかったので気が付かなかったが、両岸を熱帯の森に囲まれた穏やかな川は素足で歩きたいほど美しかった。

　ただ、足元は岩場が続き、まるで濡れたタイルの上を歩くように滑りやすい。七海は一歩ずつ注意を払いながら、桃子の後ろに続いた。

　歩きながら、頭の中は異形の生物たちの哀れな姿で埋め尽くされていく。体にあるはずのない器官をもつ生物。このような体の生物が地球上に存在しただろうか。

「複数の生物の特徴を持った生き物がこの世に存在し得ると思う？」

　桃子は少しだけ振り返ってから、いるじゃない、と意外な返事をした。

「カモノハシとかね。カモノハシは卵を生むけど哺乳類。そしてヘビとよく似た毒を親指の付け根の毒腺で作り出す。あげく、嘴《くちばし》のような特殊な器官があるでしょう。あれね、動きを感知するセンサーになっていて魚がどこにいるか探せるのよ。その代わり、神経系を発達させすぎて歯がなくなっちゃった」

「カモノハシはよほど特殊な生物という意味？」

何がおかしいのか、桃子は笑った。

「違うよ。逆。カモノハシは現在の動物が今の状態に分岐する以前の生物というだけ。恐竜の頃から変わってないの。つまり大昔から変わっていない生物なのね。複数の生物の特徴を併せ持つのではなくて、元から持っていたのよ」

「つまり、今の生物は本来持っていた特徴を失ったということ？」

「失ったと言うより、いらないから捨て去ったに近いかな。生物の進化はそぎ落としの美学よね」

桃子の説明を頭の中で反芻しながら歩《ほ》を進めて行く。実際にエラのあるマウスを確認したにもかかわらず、まるで自分だけが幻覚を見ていたのではないかとさえ思えてくる。これについては、今晩三人でゆっくりと考えるのだろう。

七海は一度思考を中断し、目の前に広がる川の音を聞きながらただ前に進むことだけに集中した。三十分ほど穏やかな川に沿って歩いていると、周囲の景色に変化が見られてきた。鬱蒼とした森を抜けたようで、周囲に大木が見当たらず、所々に人の背丈ほどの木々が見える。その先には、再び深い森が見えるのでおそらく桃子が話してくれた滝はそこにあるのだろう。

風通しは良くなった気はするが、日差しが直接体に降り注ぐのは厳しかった。夕方とはいえ、瑠璃島の空気は体に絡みつくように重い。

七海は額に浮いた汗をタオルで拭うために足を止めた。照り付ける日差しが一瞬陰り、空が暗くなった気がした。夕立でも来るのだろうか。そうであれば、気温が下がってありがたいが。

と、次の瞬間に前髪をかすめて空から何かが落ちてきた。それは激しい勢いで七海の足元の岩にぶつかり、真っ赤な飛沫《しぶき》を上げて潰れた。落ちてきた物体はほとんど原形を留めていないが、白と黒の羽毛がある。鳥か？

足元に気を取られていると、突然拳で肩を殴られたような衝撃が走った。転びそうになり、思わず前を歩く桃子の体に摑まった。背中の中心が激しく痛む。さらに二羽の鳥が七海の体をかすめてから地面に叩きつけられていく。

自分も転びそうになりながら七海を支えてくれた桃子は、視線を上に向けた。

空を見上げた七海は自分が見ている光景をすぐには理解出来なかった。

太陽の光を遮っていたのは、まるで巨大な竜のように旋回する鳥の群れだ。

「二人とも走って！　次が来る」

桃子の声が先だったのか分からないが、空から無数の鳥が急降下してきた。落ちて来る鳥は明らかに七海たちを狙っているようで、桃子の足にも一羽の鳥が激しく当たって地面に落ちた。桃子は苦痛に顔を歪めたが、七海の手を引いて走り出した。

「私は大丈夫だから、先に逃げて」

背中の痛みと恐怖で思うように体が動かない。このままでは桃子と沖野まで巻き添えにしてしまう。桃子に摑まれた手を振りほどこうとすると、さらに強く握り返された。

「そんな泣きごと言っている余裕があるなら走りなさい！　ほら、あそこに木が見えるでしょ。あの下まで走るのよ」

桃子が二百メートルほど先にある大木を示した。空に豊かな枝を張り出した大きな木の周囲には、寄り添うように低い木も数本生えている。

「分かった……走るから。だからお願い、先に行って」

七海の言葉が終わらないうちに、桃子の右肩を鳥がかすめて行った。次の瞬間に、桃子の悲鳴が上がり右の二の腕から血が流れ出す。嘴か爪で腕が傷つけられたのだ。桃子は左手で出血部位を押さえながら、七海の手を引き続けた。

「三上さん、手を離して大丈夫だ。高井さんは私が引きずってでも連れて行くから自分の身を守ってくれ」

沖野が七海の右手を取り、体を支えてくれた。桃子は不安そうな表情を浮かべたが、ようやく左手を解放してくれた。

「嘴で攻撃してくるから十分注意して。とにかく走って」

桃子は一言告げると、走り出した。

七海も沖野に体重を預けながら、必死に足を前に進める。リュックサックの上から次々と岩を投げつけられたような衝撃が襲ってきた。前方に転びかけた体を、沖野が腕を回して支える。その沖野の腕も鳥の攻撃で裂けたのか、痛々しく出血している。沖野一人で逃げれば、これほどの傷を負わないだろう。

「大丈夫か？　なんて数だ。もう少しだから頑張れ」

大丈夫だと返事をしようとしたところで、左足の太ももに激痛が走った。耐えられず、地面に膝をつく。痛む左足を見ると、三十センチほどもある白い鳥が嘴を太ももに突き刺したまま暴れている。抜こうともがいているのではなく、さらに深く刺そうとしているのだ。裂けたズボンから生々しい傷口が見えてしまい、悲鳴を我慢出来なかった。この鳥は私を食べている。

沖野が素早く鳥を引きはがし、地面に叩きつける。叩きつけられた鳥は数秒動きを止めたが、すぐに七海に向かって飛び掛かって来た。沖野は一切躊躇《ちゅうちょ》せず、鳥を手で叩き落とすと、登山靴のかかとで踏みつぶした。

沖野は膝をついたままの七海を力ずくで立ち上がらせると、腕を掴んで走り出した。恐ろしい速さで次々と落下してきた鳥は、七海をかすめ地面に激突していく。まるで液体が詰まったおもちゃのように、血と内臓をまき散らした。沖野の服も所々が裂け、傷ついた皮膚から血が流れ出している。

雹《ひょう》のように降り注ぐ鳥を避けながら、沖野に手を引かれ走り続けた。さほど遠くに感じなかった大木にまるでたどり着けない。地面に転がる石や草に足を取られて転びそうになるたびに、沖野が体を支えてくれた。息が上がり、視界が狭まってくる。

いくら走っても同じ場所に戻される悪夢のような時間をやり過ごし、ようやく目的地がすぐ目の前に迫ってきた。あと少し。

身を隠すポイントまで残り二十メートルほどになったところで、前方を走る桃子の後頭部に鳥が襲い掛かった。背後から鳥の直撃を受けた桃子は、一瞬立ち止まり、その場にくずおれた。七海が叫び声を上げるより早く、うつぶせに倒れた桃子の体に向かって、白い弾丸のような鳥が次々撃ち込まれていく。

自分が何を叫んでいるのか分からないまま、気が付くと倒れた桃子の体の下に手を差し込んでいた。どこにこれだけの力が残っていたのかまるで分からないが、気を失った桃子の腕を自分の肩にかけ全力で立ち上がる。

沖野がすぐに桃子の反対側の腕を取り、七海とタイミングを合わせて体を持ち上げた。

「このまま引きずって行く。最後まで諦めるな」

言葉を発するまでもない。こんな場所で桃子の命を諦めるなど、考えもしなかった。不思議なことに、体の痛みも次々に鳥がぶつかってくる衝撃もまるで気にならなかった。桃子の体をただ前に進めて行く、この作業に集中する。

桃子の体を支えるため膝と腰に力を入れ、足を前に進める。簡単なことだ。右足を前に出し、左足を踏ん張る。余計な思考など入り込む余地がなかった。

がっしりとした太い木の根元に桃子を横たえると、七海の全身から力が抜けていった。倒れるように桃子の隣に横になる。見上げた空は生い茂った緑の葉に隠され、見えなかった。空から見えなくなったとはいえ、木の下に三人が逃げ込んだのは鳥の大群から見えている。襲って来られたとしても、もはや逃げる気力がない。そうなれば終わりだ。

七海の心配をよそに、あれだけしつこかった鳥の攻撃はぴたりと止んだ。鳥の大群は相変わらず空を旋回しているのだが、まるでこちらに気付く気配はない。理由はよく理解出来なかったが、どうやらこれ以上の襲撃は免れたようだ。桃子に目を向けると、まだ意識を失っている。怪我の具合を確かめなくては。

体を動かそうともがくと、沖野が首を横に振った。

「高井さんも少し休んでいて下さい。三上さんは、呼吸はしっかりしているよ。手当ては私がするから」

沖野はリュックサックの中からタオルを取り出すと、ミネラルウォーターで濡らした後、桃子の後頭部に当てた。さらに消毒液を取り出し、鳥の攻撃で傷ついた桃子の体の手当てを始めた。沖野の体も傷だらけだ。

本当は体を起こして、桃子と沖野の傷の手当てをしてあげたかった。けれど、自分の右腕一つ持ち上げることが出来そうもない。

沖野はペットボトルを摑むと、七海の隣に膝をついた。頭の下に手を入れて支えると、静かに水を飲ませてくれた。決して冷たくはなかったが、体中の痛みが引いていく。涙が出そうだったが、どうにか抑えることが出来た。

目を閉じてしばらく休んでいると、桃子が身じろぎした。体をわずかに動かしただけだが、生存を確認出来、心の底から安堵した。

再び強い睡魔に襲われて夢と現実を行き来していると、桃子の声が聞こえた。

一瞬で覚醒し、隣で横になっている桃子を見るとぼんやりとしているが、しっかり目を開けている。気が付いてくれた。

「桃子、大丈夫？　体は痛くない。鳥に襲われて気を失っていたのよ」

「アジサシ……」

桃子の目はいまだにどこを見ているのか、焦点が定まっていない。何かうわ言を言っているのだろうか。

「桃子？　大丈夫？　私のこと分かる？」

「違うって。襲ってきた鳥の大群は、アジサシという名前なの。全く信じられない。アジサシに殺されかけたじゃない。背骨も肋骨も無事で良かった」

桃子は苦痛に顔を歪めながら、上半身を起こした。後頭部に当てたタオルはそのまま右手で押さえている。

「アジサシはこの島でコロニーを作って繁殖している鳥よ。でも、ムクドリのようにあれほど集団で飛行することは考えられない。そもそも海や川で餌を取るから、こんな場所にいるはずないのに」

「それじゃ、襲ってきたアジサシもレッドに感染しているということ？」

「それは後で調べましょう。ああ、私の怪我は沖野さんが治療してくれたのですね。ありがとうございます。七海の左足は怪我が酷い。消毒しないと」

桃子はガーゼの当てられた自分の右腕を見てから、七海の太ももに目をやって表情を曇らせた。既に出血は止まっているが、確かにズボンが裂けて嘴で抉《えぐ》られた生々しい傷が見えている。アジサシは落下というより、意図的に嘴を刺そうとしてきた。

「アジサシのこの行動は普段と全く違うの?」

沖野が消毒液を手に取ったので、自分で受け取って傷口にかけた。吐き気がするような痛みが走ったが、奥歯を噛んで耐えた。沖野から受け取ったガーゼを当て医療用のテープで固定する。さらに、痛み止めと炎症を抑える薬を各自が飲んだ。

「全く違うとも言い切れないかな。アジサシの餌は魚。普段の狩りは、上空から水中の魚を確認して、一気に水に飛び込んで捕まえるの。だから、基本的に獲物は飛び抜けて優秀な視力を使って捕捉しているのよ。動く物体に反応して、ダイブね」

「だから、木の下に隠れろと?」

さすがに立ち上がる気力はないようで、桃子は座ったまま頷く。沖野も自分の怪我の治療を一通り済ませると、桃子から少しだけ離れた位置に腰を下ろした。桃子の意図は理解出来たが、それでもやはり疑問が残る。

「アジサシが視覚を頼りにしているのは分かったけど、木の下に逃げ込んだのは見られているのよね。どうして追撃してこないの」

「条件反射。全ての鳥類とはいえないけど、鳥は複雑な条件反射の連続で行動しているの。例えば子育てでも、愛情に溢れているからヒナに餌を与えるわけじゃないのよ」

桃子は体が痛むのか、会話の途中でも背中に手をやり、顔を顰《しか》めている。

「あれは、ピンク色で三角を二つ組み合わせた形に反応しているだけ。つまり、ヒナの口の中を見ると、条件反射で餌を突っ込んじゃう。だから、自分の子供ではないカッコウのヒナだろうと、餌を入れてしまうのよ」

「つまり、餌を取るために落下してくる行動は、最初に視覚的なスイッチが入らないと発生しないという意味?」

その通り、と桃子が頷く。

「鳥は見えない部分を想像して行動することは出来ない。人間なら、隠れた相手がどこにいるか、経験から予測して動くでしょ。これはとても高度な反応なのよ」

「隠れてしまえば見えない。見えない以上、その次の行動は起こせないのね」

「そういうこと。だから日が暮れるまではここで待機して、夜になったら次の森まで移動しましょう。で、夜間森の中の移動は危ないから明朝から再始動ね。まあ、さすがに体中が痛くて、一晩寝ないと無理よね」

「そうか、鳥だから薄暗くなると視力を失うのね」

「それはよくある誤解ね。ほとんどの鳥は暗くても人間程度には見えている。ただ、暗順応には人間よりずっと時間がかかるみたい」

桃子はそれだけ言い終えると、再び体を横たえて目を瞑った。考えなくてはいけない問題は山積みだが、ひとまず体力の回復を優先し、七海も目を閉じた。

白い鳥が空から落ちてきて地面に叩きつけられていく。真っ白なコンクリートの上に羽毛と内臓と朱色の血液が広がる。白くて細い管のように見えるのは消化管だろうか。見てはいけないと思うのだが、なぜか目が離せない。鳥は音もたてずに降ってきて、コンクリートに赤いまだら模様を作っていく。まだら模様はいつしか赤い発疹となり、自分の腕に浮かび上がった。

悲鳴を上げる直前で目を覚ました。体中に冷や汗が浮いている。知らぬ間に一時間ほどは寝ていたのだろうか。周囲は日が陰り、あれほどの数で飛んでいたアジサシも、まるで幻だったかのように跡形もない。体を起こしてみると、手足をどうにか動かせる。この場所に逃げ込んだ時に比べれば、だいぶましな状況だ。

桃子と沖野の姿がなかったので周囲を見回すと、十メートルほど離れた場所で地面に落ちた何かを拾っている。七海の姿に気が付いた桃子が左手を上げて、戻ってきた。グローブを着けた右手には数羽のアジサシを摑んでいる。

沖野も両手に手袋を着け、アジサシの残骸を抱えて七海の元に戻ってきた。二人はアジサシの死骸を七海が見えるように地面に並べていく。全部で八羽だ。体が激しく損傷し、原形を留めていないものもあるが、比較的状態の良い個体もあった。

真っ先に目に入ったのは、他の個体と比べて明らかに体の大きなアジサシだった。他の七羽が頭から尻尾まで三十センチ程度であるのに対して、一・五倍ほど大きい。ただ、圧倒的に異常だったのは大きさではなく、体の後半部分を覆う銀色のウロコだ。そして、桃子が異常な個体の首元の羽毛を持ち上げると、予想通り、魚類によく似たエラがあった。そして、羽毛の下に見える肌は鮮やかな桃色。体毛の生えたヘビのような生物と酷似している。

「こいつはこれだけじゃないのよ。ここをよく見て」

桃子は両手で翼を持つと、大きく開いて見せた。その翼は一見普通に見えたが、よく見ると羽毛の様子がおかしい。一般的な風切羽《かざきりばね》の表面が柔らかな白い体毛で覆われている。これはマウスの体毛だ。

桃子は大きなため息をついてから、アジサシを地面に置いた。

「このウロコはヘビに近いですね。そしてエラは魚。体毛はマウスに似ている。ここまで来ると、もはやこの生物を鳥と呼んでいいのか分からない。基本的な体の構造はアジサシに間違いないけど」

「残りの七羽は感染の兆候があるの？」

桃子は頷いて、羽毛を引き抜いたアジサシの肌を見せてくれた。無残に潰れてはいるが、見た目に問題のないアジサシには、白い肌にはっきりと赤い斑点が浮かび上がっていた。

これで、アジサシの攻撃的行動がレッドの影響であるとはっきりした。おそらく、感染した小型の動物をアジサシが捕食して感染したのだ。桃子の予想通り、島中の生物が同じ状態にあるのだろう。

桃子はウロコのある大型のアジサシをビニール袋にしまうと、自分のリュックサックに入れた。荷物をまとめて、出発の準備をしているようだ。

「もう十分日も落ちたから移動しましょう。この鳥もどきとヘビもどきとマウスもどきについての議論は安全な場所を確保してからね」

沖野も異論はないようだ。七海も立ち上がり、体の調子を確かめた。体中がぎしぎしと痛むのは否めないが、どうにか歩けそうだ。

桃子はヘッドランプを七海と沖野に手渡してから歩き出した。

これまでと同じように、桃子の後ろに七海が、その後ろに沖野が続いた。大木の目隠しから出る瞬間、思わず空を見上げてしまったが、そこにアジサシの姿はなかった。七海は一度深呼吸すると、足元に注意を払って歩き始めた。

時刻は午後六時を過ぎ、太陽は沈んだものの西の空に不穏な朱色を残している。まだヘッドランプは必要ではなかったが、すぐに暗闇が訪れるだろう。

どこか遠くから叫び声のような鳥の声が聞こえるたびに、心臓が熱くなった。

上空からの鳥の襲撃に加え、足元からはヘビが襲ってくる可能性もある。それでなくとも蒸し暑く、体中から汗が出て体力を奪われていく。緊張と高温で神経をすり減らしながら一歩ずつ歩いて行った。

右側を流れる緩やかな川は、心なしか川幅を狭めながら続いていく。二十分ほど歩くと、岩が緩く隆起して川の水が白く砕ける場所が出てきた。遠くに見えていた森にも近づきつつある。周囲が暗くなってきたのでヘッドランプを灯《とも》した。

周囲が暗くなると、余計に恐怖が増していく。足元を照らす明かりは小さなヘッドランプだけで遠くまでは見えない。少しずつ地面に傾斜が出てきたようで、二十センチほどの岩の段差があった。足を乗せようとしたのだが、茂った草が不自然に揺れた。心臓が熱くなり、思わず体をのけ反らせた。

だが、草が動いたように見えたのはただの風のようだった。恐怖の正体は想像力だと自分に言い聞かせて、足元のみに集中して歩を進めていく。

無言のまま一時間ほど歩いただろうか。顔を上げると七海の目の前に真っ暗な森が広がっていた。目の前にある木はヘッドランプに照らされているが、その先はまるで見えない。

桃子は荷物を下ろすように指示すると、リュックサックから袋を取り出した。寝袋に見えたが、取り出された中身はテントのようだ。手伝うまでもなく、桃子は驚くほど短時間で三人分の寝床を設営していった。十五分もせずに三張りのテントを設置し終えた桃子は、手際よくガスボンベをセットしてお湯を沸かし始めた。

「さあ、ひとまず食べるものを食べて、体を休めましょう。カップ麺でいいですよね」

異論があるはずもなく、七海と沖野は桃子が用意してくれた食事が出来上がるのを大人しく待った。カップ麺にお湯が注がれると、こんな状況だというのに、食欲が出てくる。七海は三分待つのももどかしく、フライング気味に食事を開始した。よく考えてみたら、昼食を食べていなかった。麺を口に入れると一気に空腹感が増し、やや恥ずかしい勢いで食べてしまった。

桃子は七海の様子を見て、少し笑っている。

「それじゃ、問題の形態異常生物について分かっている点をまとめていきましょうか。まずは、ノーマルな野生種には存在しない器官がある」

「最初に桐ケ谷所長が発見した、体色が薄紅色のヒメツバメウオ。実験用マウスはエラ。ヘビはエラと体毛。アジサシはエラとウロコと体毛ね。皮膚の色が鮮やかな桃色なのは全てに共通」

「ここから推測出来ることは？　三人の知力を使って考えていきましょう」

まず、こういった問題を考える方法は単純化。複雑に見える現象は単純な事象の組み合わせで起きている場合が多い。魚類、爬虫類、哺乳類、鳥類。この全ての形態異常生物に共通で起きている現象を考える。

「形態異常生物は肌の色が鮮やかな桃色に変化する。これは決定でいいと思う」

「私もそこに異論はないですね」

桃子の言葉を受けて沖野も頷いた。

「私が気になるのは、赤い発疹だね。あの発疹がさらに悪化して、全身に広がるとは考えられないだろうか」

確かに赤系統の色という点では同じだが、七海が色から受けた印象が全く違うのだ。

「発疹の赤は炎症による赤みだと思います。クラゲに刺された場合の炎症に似ていると感じました。色味も赤に近い。一方で形態異常生物の皮膚の色は、熱帯魚のように鮮やかな桃色です。炎症ならまだらになると思いますが、肌は均質な色でしたから」

「そう言われると確かにそうだね。そうなると、形態異常生物はこの世に生まれた時点であの体だったと考える方が妥当かな。何かの影響で徐々に体が変化したわけではないという意味なんだが」

これに関しては、難しい。桃子も考えをまとめるように、唸っている。そもそも異常性が高すぎて、どこまで現存する生物を参考にしていいか、全く見当がつかない。ただ、発疹の出た個体が変化したと考えるのは不自然ではないだろうか。

「そうですね、例えば両生類のように体の作りが成長に伴って大きく変化する場合も考えられますが、最初からこの形だったと考える方が自然です。だから、発疹が現れた個体と形態異常生物は完全に分けて考えた方がいいと思います」

「私も七海の意見に賛成です。体の異常が発生した原因は不明だけど、仮にこの変化が徐々に進むなら、エラや体毛がもっと中途半端な個体が見つかるんじゃないかな、と思った次第です」

桃子のような発想はなかったので、とても納得出来た。確かに、細かなヒダの付いたエラは魚そのもので完璧に再現されていた。

桃子はリュックサックの中から厳重に梱包されたビニール袋を取り出すと、中に入っていた形態異常のアジサシを地面に出した。体の半分をウロコに覆われた異形の鳥の死骸は、ただ哀れに見えた。

「異形の生物の共通点だけど、皮膚の色の他にもう一つあるのだけど気が付いた?」

桃子の言葉を聞いて頭の中にそれぞれの特徴を思い浮かべてみた。だが、皮膚の色以外に共通点は見つからない。

「桃子、ギブアップよ。答えは何?」

「エラよ。全部立派なエラがあるでしょう。まあ、ヒメツバメウオは実際に見ていないけど、魚だからあるでしょう」

「え、待って。ヒメツバメウオは元から持っているじゃない」

体の構造異常なのだから、魚のエラは特に問題がないように思う。確かにエラは共通しているが、桃子の意図が飲み込めなかった。

「ちょっと考えてみて。体に見られた変化の数、増えているでしょう。しかも、追加されているように思えない？」

七海は頭の中で桃子の言葉を考えてから、哀れな生物の体を思い出していく。杏のノートに記されていたヒメツバメウオは皮膚の色のみ、つまり変化は一つ。次にマウスは、皮膚の色に加えてエラ。変化は二つ。そしてヘビは、皮膚の色とエラと体毛。つまり三つ。そしてアジサシは、皮膚の色と体毛、エラに加えて、ウロコ。これで四つ。

「驚いた。確かに体の異常個所が見事に増えている。しかも、少しずつ追加されている……これは何？」

「謎ね。全く分からないな」

桃子の答えを聞いて、沖野は大きなため息をついた。結局根本的な解決にはならないのだが、それでもずいぶん整理されてきた。

車座になる三人のヘッドランプの明かりが異形の鳥の姿を照らし出している。空を見上げると黄金のコインのように輝く満月が昇っていた。桃子が残ったお湯で、温かい紅茶を淹れてくれた。夜になっても湿った空気は肌にまとわりついてきたが、意外にも温かい飲み物は心地よかった。

「それじゃ、ちょっと状況をまとめてみましょうか。まずはレッドに感染した個体についてね。感染の兆候はまず発疹が肌に現れる。そして、異常な食欲を示し、それに伴い攻撃的な行動に出る。餌の対象は正常時と大きく異なる。あとは、桐ケ谷所長の記録によると、生存日数がおよそ一・八倍に延長する。そして、レッドは卵巣に移動している。で、なぜこんな現象が引き起こされるのか、分子生物学メカニズムは私にはお手上げと」

改めて状況を整理すると、レッドの恐ろしさが際立つ。感染すると、相手を選ばず自分の命も顧みずに、攻撃を加えてくるのだ。

「そして次は、体の構造に変化が表れた個体ね。まずは皮膚が鮮やかな桃色を示す。そして基本的な体の構造は、魚類、爬虫類、哺乳類、鳥類だけれど、他の生物の特徴が複数表れている。採食行動は攻撃的で寿命は不明」

杏のノートに記載されていた実験内容に関しては、七海が整理した方がいいだろう。内容はほとんど暗記している。

「桐ケ谷所長のノートにあった内容を付け加えます。皮膚が薄紅色になったヒメツバメウオの遺伝子には、アルベオラータ生物群に分類される、フィエステリアとマラリア原虫の遺伝子が組み込まれていました。これは攻撃的な行動を取ったヒメツバメウオの卵巣から見つかったレッドの遺伝子と一致しています」

「こうなると、体の構造変化についてもレッドの影響だと考える方がよさそうね。でも、野生の動物なら、寄生虫が体にいる方が普通でしょ。問題は、レッドの遺伝子が組み込まれた点ね。ここで何が起きたのか。私じゃ分からないなあ」

桃子は飲み終えたマグカップをひっくり返して、水滴を振り払った。桃子の指摘した点については、七海も何度も考えた。だが、どうしても納得の出来る答えにたどり着けないでいる。追加されていく体の構造異常も何かの手がかりになるはずだ。

「それに、桐ケ谷所長の実験によれば二十八度以上ではレッドは生きていけない。でも、実際にマウスやアジサシの体内で生存しているようだし。これ以上の答えは、今は出せないと思います」

桃子と七海の議論を聞いていた沖野は納得した様子で頷く。

「いや、ずいぶん理解が進んだと思う。あとは実際に桐ケ谷所長が問題の魚を発見した入り江に行ってみれば、分かることもあるかもしれない。ただ、高井さんは、怪我が酷いからこのテントで休んでいた方がいいと思う。私と三上さんで調査をして戻るのはどうだろう」

「大丈夫です。骨折した場所はテーピングしてくれたおかげで、ずいぶん楽になりましたし、薬で傷の痛みも抑えられています。一晩休めば、また歩けますから」

桃子は七海の様子を心配そうに見ている。確かに嘴を刺された左足は、うずくように痛むし、骨折した親指は熱を持っている。だが、命に関わるほどの怪我ではない。

「そうね。この状況で一人にさせるのも心配だから、一緒に行きましょう。ここまでくれば、あとは滝を越えるだけだから。明日の日の出くらいには入り江に着けると思う。ゆっくり行きましょう」

「了解した。それじゃ、今日はもう休もう。本当に二人とも無事で良かったよ」

沖野は穏やかに微笑むと、自分の荷物を持ってテントの中に入って行った。ずいぶん疲れが見えるが、自分もそう変わらないくらいぼろぼろになっているのだろう。

「桃子、今日は本当にありがとう。明日もよろしくお願いします」

「やだな、改まって。私こそ、本当に死ぬところだったよ。さ、早く寝な」

桃子にもう一度礼を言ってから、荷物を持って自分のテントに入った。

靴を脱いで足を伸ばすと、それだけで体の中に溜まった痛みが抜けていくようだった。汚れたシャツと下着を脱いで新しいシャツを被る。汚れて破れたズボンも取り換えると、ようやく正常な世界に戻れた気がした。

広げた寝袋の上に体を横たえ、目を瞑ると沖野の疲れた顔が脳裏に浮かんだ。それと同時にリュックサックに入れたままのノートが思い出された。考えまいとすればするほど、三つの単語で思考が埋め尽くされていく。体が激しく疲れているのに頭ばかりが冴《さ》えわたる。七海は諦めると、テントを出た。

静かに移動して、テントの中で寝ている桃子に声をかけた。桃子も起きていたのか、すぐに中から顔を覗かせた。

「ごめんね。桐ケ谷所長のノートにあった内容で、どうしても気になる論文があって。スマホ少しだけ貸してもらえるかな。私の、崖から落ちた時壊れちゃって」

「いいけど。早く寝なよね。それ返しに来なくていいから、使い終わったら電源切っておいて」

桃子からスマートフォンを受け取りテントに戻ると、リュックサックの中から沖野のノートを取り出した。少し迷ってから、医学系の論文検索サイトにアクセスして三つの単語を一つずつ入れて検索してみた。agaga,tasi,palao'an。どれも似ている単語がヒットしてしまい、論文の絞り込みが上手くいかない。一度三つの単語を消して、ノートに走り書きされていたＳＯＤと記入してみた。おそらく何かの略語だろう。検索をかけると、思いがけず大量の論文がヒットした。

SOD: Superoxide dismutase. 文字を見た瞬間に鳥肌が立った。どうしてすぐに気が付かなかったのか。スーパーオキシドディスムターゼは体中に存在する酵素の名前だ。酸素呼吸の結果作られる、猛毒の活性酸素を分解する働きを持つ。この酵素が働かない場合、活性酸素が細胞の核を傷つけるため、致命傷となり得る様々な症状を引き起こす。高エネルギーを得られる酸素呼吸とセットで必ず発生する猛毒。活性酸素との折り合いをつけるために、太古の生物から発達してきた酵素だ。

そして別名、長寿の酵素。これは別名というより俗称というべきだろう。細胞の核を傷つける活性酸素は細胞を老化させる。この作用に着目した人々が、ＳＯＤを多く含む食品を取れば、若さを保てると考えたらしい。効果のほどは疑わしいが実際、ＳＯＤはサプリメントとして販売されている。

長寿の酵素。震える指先で、三つの単語とＳＯＤという文字を入れて検索をかけた。一瞬の間が空いた後、一本の論文が表示された。

北マリアナ諸島、アスンシオン島《とう》に自生するソフトコーラルに含まれるＳＯＤについて。二〇一〇年に書かれた論文のようだ。七海は画面をスクロールしながら内容を確かめていった。アスンシオン島の位置がはっきりしないが、その島では古くから、ソフトコーラルの一種を健康食品のように取り扱っていたと記述が続く。ソフトコーラルを食べる習慣は聞いた経験がないので、七海ではいまいち状況が摑めない。食べると長生きが出来る、赤い海の女神と呼ばれているとの記述がある。赤い海の女神、agaga,tasi,palao'an。間違いない。沖野はこの論文を読んだのだ。

食べると健康に良い食品なら、どの国や地域でもあるだろう。特に変わった話題ではない。ただ、読み進めて行くと、北マリアナ諸島の中でも、このソフトコーラルが自生しているのはアスンシオン島だけのようだった。そもそも、この論文の著者がアスンシオン島に着目したのは、十四ある島々の中でこの島の住民だけ明らかに平均寿命が長く、癌《がん》の発生率が低かったからだ。背中に嫌な汗が伝っていく。

そして、この著者が調べ始めたのが問題のソフトコーラルのようで、島の固有種とあった。つまり、アスンシオン島にしか生息しない。許可を得て、採取したソフトコーラルを分析したところ、特別な成分は発見されなかったものの、異常に高いＳＯＤ活性を示した。論文はＳＯＤ活性の高いソフトコーラルを食べ続ける島の習慣が、長寿に影響を与えているのではないかと締めくくられていた。

最後に載せられていたソフトコーラルの写真は、イソギンチャクによく似た形をした、血のように赤い生物だった。

スマートフォンの電源を切る指が震えている。

食べると癌の発生を抑え、寿命が延びる、赤い海の女神。血のように赤い生物。異形の動物たちの赤い肌。杏の腕に浮いた赤い発疹。

目の前の暗闇すら赤く染まりそうだ。

慈愛に満ちた視線を向けてくる沖野の顔を頭から追い払い、固く目を閉じた。

テントの外から七海を呼ぶ桃子の声で目が覚めた。夢も見ずに深い眠りに落ちたようで、まだ頭が上手く働かない。

右足の燃えるような痛みと、左足の疼《うず》きで昨日の出来事が現実なのだと認識出来た。テントの端に畳んであるズボンにもアジサシに襲われて破れた個所がある。動物に殺されかけたのも夢ではない。

「そろそろ出発するから、着替えを済ませたら出てきてね」

桃子はテントの外からそれだけ告げると立ち去って行った。七海はリュックサックの中からペットボトルを取り出すと、生ぬるい水を飲んだ。

昨夜遅くに読んでしまった論文が、頭の中から抜けてくれない。不安をかき立てられる内容ではあったが、問題のソフトコーラルに対する記述が少なすぎる。そもそもアスンシオン島の固有種であれば、今回の件とは無関係なのだろうか。

七海は沖野にもらった痛み止めを飲み込むと、新しいズボンに着替えてからテントを出た。昨夜は暗くてまるで分からなかったが、テントを張った右手側には川幅が五メートルほどまでに狭まった清流が流れていた。沢の近くから聞こえる音はカエルの鳴声だろうか。

両岸に迫った森の先に続く川は、正面の山肌に沿って水が白く砕けていた。あれが目指す滝だろう。空を見上げると巨大なヘゴの木が四方に枝を広げ、昇り始めた太陽の光を遮っていた。

桃子と沖野は既に自分のテントをたたみ終えている。桃子にスマートフォンを返してから、七海も出発の支度をした。まだ体中の痛みはあるが、一晩寝たことで歩ける程度には回復している。このまま鎮痛剤が効いてくれることを願うしかない。

桃子は二人の準備が終わったことを確認すると、虫よけスプレーを浴びせてきた。

「それじゃ、行きましょうか。昨日より少し道が険しくなるから、気を引き締めて下さいね」

艶やかな黒髪を一つにまとめた桃子は、トレッキングのガイドのようだ。それだけで、溜まった不安がわずかに減っていく。三人はこれまでと同じように、桃子を先頭に歩き始めた。

昨日より流れがやや速くなった川を右手に見ながら、ゆっくりとしたペースで歩き続ける。場所によってはソファーほどの岩を乗り越えて行かなくてはいけないので、なかなか距離が延びなかった。ただ、近くに川が流れているおかげか、暑さは昨日よりずいぶんましに感じる。

三十分ほど歩いたところで、桃子がリュックサックを下ろした。平らな岩棚で、ヘゴの木が作る日陰もある。

「少し休んで朝ごはんにしましょう」

桃子はリュックサックから、カロリーメイトとゼリー飲料を取り出した。それを受け取ってから、桃子の隣に腰を下ろす。川の上流に見える滝がよりはっきり見えるようになってきた。階段状に続く山肌を流れ落ちる川の水は、白い糸を束ねたようだ。周囲の濃い緑とのコントラストが目を見張るほど美しい。砕けた水しぶきに強い日差しがぶつかり、小さな虹がかかっていた。まるで楽園へ繋がる梯子《はしご》だ。

「桃子、北マリアナ諸島ってどの辺りにあるのか分かる？」

「ん？　瑠璃島から東に三百キロほど離れた場所にあるよ。本島よりよほど近いけど。どうかした？」

思わず息を呑んだ。沖野は七海の態度には気が付いていない様子で、腰を下ろして食事を始めている。想像していたより、この場所と問題の島はずっと近くにあったようだ。

桃子はスマートフォンを取り出して画面を覗いてから、顔を上げた。

「この論文のこと？　アスンシオン島はちょっと知らないけど」

昨夜、問題の論文を読んだ履歴が残っていたのだろう。桃子はそのまま、論文に目を通しているようだ。

「ソフトコーラルか……普通、食べないね。見た目は鮮やかできれいだけど、毒性が強い種類もあるから。触るのも嫌なレベルよ。そもそも美味しくなさそうよね」

「論文がどうかしたのかい？」

ゼリー飲料を飲んでいた沖野が声をかけてきた。

「桐ケ谷所長のノートの中に記載があった論文みたいですね。七海が気になって読んだみたいで。結構、面白い内容ですね」

「ええ、記載というより走り書きがあっただけ……少し気になって」

昨夜、とっさについてしまった嘘だが沖野のノートで見つけたとは言いにくかった。桃子は気にした様子もなく、論文を読み進めていく。

「うーん。いくらＳＯＤ活性が強くても、そこまで影響すると思えないけど。確かに、生存日数の延長は今回の件と似ているか。赤い海の女神？　知らないな。沖野さん、これ、知っていますか？」

桃子は立ち上がると、スマートフォンを持って沖野の元へ向かった。沖野は液晶画面に目を落としてから、一瞬時が止まったように目を見開いた。

「ああ、この論文か。ずいぶん懐かしくて驚いてしまったよ。だいぶ前に桐ケ谷所長に勧められて読んだね。すっかり忘れていた。所長もそこまで気にしているようには思えなかったな。まあ、面白い内容ではあるし、夢があるよね」

沖野は笑みを浮かべながら、桃子にスマートフォンを返した。ほっとしたような、肩透かしをくったような複雑な気分だ。沖野に対してわずかでも、疑念を持っていた自分が心の底から嫌だった。

簡単な食事を終わらせて、三人は再び歩き始めた。岩棚の上を伝い歩くように進んでいくと、次第に滝が近づいてくる。落差は二十メートル、滝の幅は十メートルほどだろうか。高さはさほどではないが、まるで人の手によって作り出されたような見事な階段構造をしている。一段一段から流れ落ちる豊富な水は、銀の糸となって滝つぼに注いでいた。

「あの滝は桐ケ谷所長のノートに、カンピレーの滝と書いてあった。神の座という意味で、桐ケ谷さんが付けたみたい。確かに神々《こうごう》しい風景ね」

桃子は立ち止まり、眩しそうに滝を眺めた。あの滝を越えれば、いよいよ杏が発見した入り江にたどり着く。そこで答えを見つけられるのだろうか。とにかく今は前に進むしかない。

それからしばらく足場の悪い岩場を進むと、ついに滝の真下にたどり着いた。流れ落ちる水の音と共に、砕けた飛沫が頬に当たる。森の奥から鳥の鳴声が響き、心臓が熱くなった。

「シャワートレッキングと言いたいところだけど、濡れないように行きましょう。岩の上は苔も生えていて滑りやすいから十分注意して下さい」

桃子は軍手をはめるように指示を出した。滝は階段状に続いているため、どうにか進めそうだが、これを登るとなるとロッククライミングに近い。階段といっても、一段一段が大人の背丈ほどあるからだ。

「私が登れそうな個所を確保しながら進みます。二人はゆっくり注意しながらついてきて」

「了解。なかなかのチャレンジだけど、頑張るから」

桃子は七海の言葉を確認すると、目の前に続く岩の壁に向き合った。桃子は岩に出来た裂け目に指をかけ、わずかな凹凸につま先を乗せて楽に登っていく。桃子の後に続き、同じように岩に手をかけた。だが、どうにも上手くいかず足が滑り落ちてしまう。

もがいていたところで、桃子が上から手を引いてくれた。後ろからは、沖野が足を支えてくれる。二人に手を貸してもらいながら、どうにか岩棚を登った。沖野は七海に続き、自力で上がってきた。滝を見上げると、この作業を十回以上繰り返さなくてはいけないようだ。

二人に迷惑をかけないようにと思うのだが、どうにも上手くいかない。それでも少しずつコツを摑んできたのだが、次第に腕に力が入らなくなってしまった。八段目を過ぎた頃には、ほとんど重い荷物を運び上げられるような有様だ。

そして、ようやく桃子が最後の岩棚を登り切ると、七海の手を引いた。沖野も、もはや何の躊躇もなく七海の体に手を回し、下から押し上げてくれた。

最後の岩棚に登ると、突然目の前に広大な風景が開けた。三人が登って来た岩棚の先には、舞台のような平らな空間があり、端は崖となっている。

はるか彼方、水平線の先には、朝の光を浴びたコバルトブルーの海がどこまでも続いている。手前には白山を形作る峰がいくつも重なり、深く柔らかな緑の絨毯《じゅうたん》を形成していた。

桃子は崖の突端に向かって歩いて行く。七海と沖野もその後ろに続いた。

「入り江はそこから見えるの？」

怖いほど崖の端に近づいた桃子は、眼下を凝視していた。足元に注意しながら桃子の横に並び、視線の先を追う。

崖の真下には、両側を森に囲まれた丸く小さな美しい入り江があった。

ああ、だが、そこで何があったのか。

緑の森に囲まれた、サンゴの白浜が続く美しい入り江。

その秘密の入り江は、まるで大量の血を流し込んだように赤く染まっていた。

三章　捕食者

眼下に見える入り江は、その先にあるコバルトブルーの海と相まって、鮮烈な深紅に見えた。

「桃子、あれは何？　何が起きているの」

「分からない。ただ、赤潮ではないと思う。赤潮なら、外海との境界面で混じり合うはず。あれほどはっきりと分かれていない。ともかく下に行きましょう」

沖野も崖下の入り江を無言で凝視している。桃子は崖の縁を歩きながら、下を覗き見ている。おそらく下山するルートを確認しているのだろう。

「何とか下りられそうね。気を引き締めて行きましょう」

桃子は崖から離れると、右側を流れている川沿いに歩き始めた。川はさらに上流に続いているが、三人は左側の斜面に沿って下りていく。山歩きは慣れてきたが、山道と呼べるものは最早なく、少しでも緩やかな個所を探しながら崖を下っていく。

太いシダ植物の茎に摑まりながら、一歩一歩足を慎重に下ろす。足を滑らせれば簡単に転げ落ちてしまうだろう。頭の中は、岩棚の上から見た深紅の入り江で埋め尽くされていく。あの入り江は一体何で満たされているのか。まるで鮮血のような色をしていた。あれが、この忌まわしい現象の原因なのだろうか。杏のノートには確か神の入り江と書かれていた。神の——

下ろした右足の下にあった石が崩れ、体が滑り落ちる。とっさに木の根を摑みどうにか落下は免れた。安堵した一瞬後に自分よりも下にいる桃子の顔が浮かんだ。七海が落とした石が当たったかもしれない。慌てて下を見ると、桃子が右手を振っていた。二メートルほど下にいる桃子のさらに下、まだ平らな地面までは十五メートル以上ありそうだ。目が眩みそうだ。

「七海、集中して。いくら早く下りたいからって、転げ落ちるのはなしよ」

自分が崖から落ちれば、桃子を巻き添えにする。頭に浮かぶ血の色をした入り江を思考からどうにか追い出し、自分の足を確実に運ぶ動作に集中した。

木の根やしっかりと土に埋まっている岩に手をかけ、右足を下ろす。下を見すぎると余計な恐怖が生まれるので、なるべく足元のみ確認する。ゆっくりと着実に崖の底が近づいてきた。土が湿っていて滑りやすく、足を踏み外すたびに冷や汗が出る。張り出した枝に右手をかけ、左足を伸ばしたところでついにつま先が平らな地面に着いた。思わず安堵のため息が漏れる。

七海に続いて、沖野が最後に飛び降りて、三人が無事に崖を下り終えた。

「さて、行きましょうか。桐ケ谷所長のノートにあるルートは崖からが分かりにくいの。目印になるものがなくて。上から方角は確かめておいたから、確認しながら行けばたどり着けると思います」

七海はポケットから取り出したコンパスを見ながら歩き始めた。今下りてきた崖を見上げたが、木々に覆い隠されて一番上までは見えなかった。

この先にある入り江に到達したら、答えにたどり着けるのだろうか。思考は哀れな姿をした生き物たちに向かっていく。

桃子はカモノハシを例に挙げて、一見すると多くの動物が合わさったキメラのような生物が存在すると説明した。キメラとは生物学上、異なる生物の遺伝子が一つの個体に存在する状態を言う。ただ、この島で目にした動物たちは、むしろギリシャ神話に出てくる、複数の動物の特徴を持ったモンスターのキメラに似ている。

複雑に見える現象は単純な現象の組み合わせ。この島の動物に起きている現象は大きく分けて二つ。一つはレッド感染が原因と見られる行動異常。もう一つはキメラのような体の異常。体の構造異常は増えていく。最も構造異常の数が多いのは何か。魚は一つ。マウスは二つ。ヘビは三つ。鳥は四つ。鳥は――

「桃子！　この島で生態系の頂点に立つのは鳥ね！」

背後からの突然の大声に驚いたのか、桃子は木の根に足を取られそうになった。だが、頭に浮かんだ答えを叫ばずにいられなかった。

「本当にびっくりさせないでよ。またヘビでも出たかと思うでしょ」

「ごめん。でも、前に説明してくれたよね。鳥が生態ピラミッドの頂点だって」

桃子は一瞬、言葉の意味を理解出来ないように呆気にとられた表情を見せた。

「ええ。そうだけど。この島は大型の哺乳類がいないから、頂点は鳥ね。あれほど巨大で凶暴なヘビもどきが出てきてしまったから、それも崩れたでしょうけど。それがどうしたの」

「形態異常の数よ。鳥が四つで一番多かったでしょ」

桃子は額の汗を拭いながら、一瞬黙した。頭の中で数を確認しているのだろう。

「確かにその通りだけど……」

「つまりね、魚、マウス、ヘビ、鳥と生態ピラミッドの順位が上がるにつれて異常の数が増えている。分かる？　捕食した相手の特徴がそのまま加算されて引き継がれているのよ。だから鳥が一番複雑な体をしていた」

ヒメツバメウオは皮膚の色だけ、マウスはヒメツバメウオの変化に加えてエラ、ヘビはマウスの変化に加えて体毛、鳥はヘビの変化に加えてウロコ。

「ちょっと待って。メカニズムは措《お》いておくとして、食べた相手の体の特徴を引き継いだと言いたいの？」

「そうよ。そうとしか思えない」

「その想定は最初がおかしいのよ。マウス、ヘビ、鳥は問題ない。でもマウスは魚を食べられないでしょう」

　確かに自然の状態でマウスが水中にいる魚を捕食するのは不可能だ。だからこそ、そこにヒントがあるのだろう。

「そこで何かがあったのだと思う。桐ケ谷所長が発見したレッドは、本来なら、汽水域の限定した場所だけに生息していたはず。そもそもマウスの体内では温度が高すぎて生存すら出来ないでしょう」

「つまり、水中にいたレッドが、陸上で暮らしていけるようになるきっかけがあった。それに関与したのがヒメツバメウオとマウスと言いたいのね。要するに人為的な介入ね」

　七海は大きく頷く。

「桐ケ谷所長はレッドの単離に成功している。あとは、どうにかしてマウスにレッドを感染させたい。ここで障壁となってくるのが、マウスの体温ね。どうやってこれを乗り越えさせたのか」

「そうね。でも、少し歩きながら考えましょうか」

　桃子は前を向くとコンパスに目を落としてから、入り江に向けて出発した。二十メートルはありそうなヒカゲヘゴが作る森は、直射日光こそ入らないが、湿った空気が体にまとわりついてくる。幸い道は平らだったが、濡れた泥を踏むと予想以上に足を取られた。樹冠に遮られているため、鳥の群れの襲撃は免れそうだが、恐ろしく凶暴化した毒ヘビがどれほどいるか分からない。一歩ずつ慎重に前に進んでいく。

　前を歩く桃子が、こちらを振り返った。

「メカニズムは分からないけれど、高温でも生存可能なレッドを作り出すのよね。そしてマウスに感染させる。でもその結果、出来るのは食欲旺盛で凶暴なマウス。キメラのような形態異常の生物ではない」

「そう。その通り。そこがどうしても分からないのよ」

熱に抵抗性のある寄生生物を作り出す方法がまず分からない。けれど杏は実際にマウスの体の中で生きていけるレッドを作り出したのだろう。だが、それ自体ではあの哀れなキメラの存在を説明出来ないのだ。答えは目の前にある。でもあとわずか、どうしてもたどり着けない。

思考を巡らせていると、いつの間にか沖野が七海の隣を歩いていた。

「桐ケ谷所長がレッド感染マウスを作り出し、島に放ったということだろうか」

沖野の言葉を聞いて、桃子が足を止めて振り返った。

「違います、と言いたいところですが、おそらくそれが正解だと思います。感染したマウスが桐ケ谷所長専用の実験室で見つかりましたから」

「残念だよ」

沖野の言葉を聞き終えると、桃子はコンパスを確認してから再び歩き始めた。視界を遮るほど、シダの茂った森を一時間ほど歩き続けただろうか、目の前の木々の先にコバルトブルーの海がわずかに見えた。ついに森を抜けて海に到達したのだ。早足になる気持ちをどうにか抑え、桃子に続く。

完全に森を抜けると、目の前にはサンゴ礁に囲まれた海特有の、眩しいほど白い砂浜が広がっていた。入り江の形は美しい円形で、白い砂浜が三日月のように囲んでいる。両側から森が張り出し、対岸には川が流れ込んでいた。

何もかもが美しい入り江。ただ、その海の色だけが毒々しく赤い。ここが杏のノートに記されていた神の入り江だ。熱帯の森の緑と白い砂浜、赤い海。全ての色が濃く、悪酔いしそうだ。

三人は横に並び、この美しくも常軌を逸した光景に目を奪われた。

だが、海面をよく見ると海水そのものが赤いようには見えない。海水の透明度が非常に高いため海底の色が見えているようだ。

「赤いのは海水ではないみたい」

「確かに、でもあれは何かしら……サンゴにしては妙ね。行きましょう」

桃子はやや下り坂となっている砂浜に向けて歩き出した。海に近づくにつれ、海底が真っ赤な絨毯で覆われているような光景が、はっきり見えてきた。サンゴほど形がはっきりとしていない。そして、海水の中にも何か赤い物体が多数漂っているように見える。赤潮であれば、もっとべったりと海水全体が赤くなるはずだ。

波打ち際まで来ると、白い砂浜に赤いゼリー状の物体が無数に転がっていた。

「クラゲ……海底にびっしり張り付いているのはヒドラね。なんて量なの……」

桃子は呆然と入り江を見ながら独り言のように呟いた。海岸線に沿って、まるで赤いラインのように死んだクラゲが打ち上げられている。海中には十五センチほどのクラゲが無数に漂っていた。クラゲの量が多すぎて、海底がよく見えないが、柔らかな糸状のヒドラで覆われている。

ヒドラはいうなればクラゲの元。海底で数を増やしてから、まるで花粉を飛ばすようにミニサイズのクラゲを放出していく。それにしても、入り江を覆い尽くすほどのこの量は何が起きたのか。

「桃子、これは普通じゃないのよね？　私には、これがどれほど異常なのか分からなくて」

「全く普通じゃない。ヒドラは確かに繁殖力が並外れているから、条件次第で爆発的に増加する。例えば、発電所の海水取水口の内部に入り込むと、パイプの中を埋め尽くすほど増える場合があるけど」

クラゲ類の並外れた増殖能力は知っていたが、やはり目の前で起きている現象は桃子の経験をもってしても異常なのだ。波間を漂うクラゲは、ミズクラゲによく似ていたが、傘の部分が血のように赤い。沖野も足元に転がる、形の崩れたゼリー状のクラゲを凝視している。

「三上さんは、このクラゲの名前が分かるかい？　私はこんな真っ赤なクラゲは初めて見たよ」

「形だけならミズクラゲによく似ていますが、ここまで全身が鮮やかな色のクラゲは知りません。ベニクラゲの消化管に色が近いですね。オレンジ色のクラゲならタコクラゲやサカサクラゲがいます」

タコクラゲやサカサクラゲと言われても、まるでどのようなクラゲだか分からない。クラゲと聞いてイメージする色は透明か白だ。

「そのクラゲに色が付いているのは意味があるの？」

「ああ、少し話したでしょう。タコクラゲやサカサクラゲは、渦鞭毛藻と共生しているのよ。渦鞭毛藻が光合成で作り出した養分を利用しているの。サンゴも同じで」

「渦鞭毛藻！」

本当にうかつだった。杏のノートにあったフィエステリアは渦鞭毛藻の一種だとあったのに。そして、サンゴに渦鞭毛藻が共生する事実は桃子から既に聞いていた。どうしてこれが結びつかなかったのか。

「ああ、そうか。このクラゲに渦鞭毛藻が共生していると言いたいのね。そうね。他にこの色は説明出来ないと思う」

その言葉を聞いて、沖野が桃子と七海の腕を引いた。

「海から離れた方がいい。桐ケ谷所長のノートに記載されていたフィエステリアに性質が似ているなら、揮発性の毒物が発生している可能性がある」

桃子は無言で頷くと、すぐに波打ち際から離れた。結局三人は二十メートルほど後退してからようやく足を止めた。

「すいません。つい目の前の現象に夢中になってしまって。確かに無防備でした。七海、体調は大丈夫?」

「私は今のところ平気。この入り江にいるヒドラとクラゲが、桐ケ谷所長が発見したレッドの発生源なのね」

「正確に言うと発生源ではないけれど、ここでヒドラを介してレッドが大量に増殖したのは間違いないと思う。ヒドラの体内にいれば、海中より安全に増殖出来るから」

赤く染まった入り江に目を向けると、海底に張り付くヒドラがまるでサンゴのように見える。赤い海の女神。北マリアナ諸島のアスンシオン島に伝わる長寿の源。それは、血のように赤いソフトコーラル。

「入り江にいるクラゲが、アスンシオン島から流れてきたと考えられる？」

「例の論文にあった島か。北マリアナ諸島なら逆よ。問題の島の位置と海流の関係を考えると、向こうから瑠璃島に来たのではなくて、この入り江から向こうに流れ着いたのね。引き潮になったら、この入り江のクラゲは外海に流れ出す。それが黒潮海流に乗れば、ちょうど北マリアナ諸島の端とぶつかる」

「そうなの。まるで逆を想像していた」

　論文に伝統的な食品だと記載されていたので、アスンシオン島が起源だと考えていた。瑠璃島は無人島だったから、発見されたのが後になっただけだろう。

　北マリアナ諸島は瑠璃島から東に三百キロに位置する。その移動が生物学的に見てどれほど難しいのか、七海には分からない。桃子の説明を聞く限り不可能ではなさそうだ。ただ、アスンシオン島で長寿の健康食品として扱われていたのはソフトコーラル、つまりサンゴであってクラゲやヒドラではない。

「この入り江のクラゲがアスンシオン島に移動したとして、ソフトコーラルに影響を与える可能性はあるの？」

「それは十分にあり得る。サンゴやクラゲと共生している渦鞭毛類の特徴として、共生している相手の体から脱出出来るの。サンゴの白化現象はよく知られているでしょう。あれは、体の中にいた渦鞭毛藻が体外に流れ出てしまった状態ね。だから、ここから流れたクラゲの体内から脱出した渦鞭毛藻が、アスンシオン島のソフトコーラルに取り込まれても不思議じゃない」

桃子の言葉を頭の中で想像してみる。目の前の入り江で繁殖したクラゲが、まるで花粉のように外海に流れていく。三百キロの旅の果て、死んだクラゲの体から大量の渦鞭毛藻が流れ出す。海中を漂う微生物は新しい主《あるじ》を見つけ、静かに増殖を続けていく。

「ただ、論文にあったソフトコーラルと、瑠璃島のクラゲに共生している渦鞭毛藻の由来が同一かどうかは、調べてみないと分からないな。まあ、瑠璃島のクラゲは見つけられたのだから、落ち着いたらアスンシオン島に行ってソフトコーラルを採取すればはっきりするでしょう。危険性の高い生物なら早いうちに世間に公表した方がいいと思います」

「それが、問題のソフトコーラルは消えてしまったはずだよ。確か、自生していた湾に流れ込む川がせき止められて全滅してしまったんだ」

沖野が赤い入り江を見つめながら言った。視線を左に向けると、入り江に流れ込む幅の広い川が見える。

「ソフトコーラルが自生していた環境は、この入り江と似ていますか?」

「私も実際にアスンシオン島に行ったことはないから、分からない。もしかしたら、よく似た環境なのかもしれないね」

川の入水量の変化で死滅したとなると、塩分の濃度に敏感な生物なのかもしれない。温度変化に弱い点や、北マリアナ諸島の中でもアスンシオン島にしか生息していない点を考えると、かなり限られた環境でしか生きていけない生物だと考えられる。桃子は入り江に流れ込む川に視線を向けた。

水面から直接植物が生える、熱帯の汽水域に特徴的なマングローブ林が見える。

「あそこの川に行って、ヒメツバメウオを探しましょう。おそらく、ヒメツバメウオはこの入り江のヒドラを食べて感染したのね。これだけ餌があれば、ヒメツバメウオも大量にいそうね」

桃子は沖野と七海の体調を再度確認してから、砂浜を歩き出した。純白の海岸にはヒルガオが、濃い紫の愛らしい花を咲かせている。靴底からは、ガラスの破片を踏むような軋《きし》んだ感覚が伝わってきた。

本来は、極めて限られた環境条件の海だけで繁殖していた寄生性の渦鞭毛藻。これが温度に対する耐性を得たことで陸上の動物に感染し、爆発的に増殖していった。そして、キメラ生物を生み出すきっかけとなったのか。

杏がこの場所を神の入り江と名付けたからには、新しい生物を生み出すメカニズムを理解していたのだろう。七海は無言で白い砂を踏みながら、杏のノートに書かれていた内容を思い出していく。杏はしきりに時間がないと記入していた。何をあれほど焦っていたのか。時間。普段時刻は気に留めても、時間そのものはさほど意識していない。杏は何に追われていたのだろうか。

そして杏の実験室にあった機材。

顕微鏡にアームを取り付けた装置は、目に見えない微細な対象を操作出来る。卵子の中の核を抜き取ることも、精子を一匹捕まえて中に入れることも可能だ。あの装置で生物学的にどのような実験が可能か。

まずは体細胞核移植技術を利用したクローンマウスの作成。ただ、苦労してクローンマウスを作ったところで、あまり意味を見出せない。

次にこの装置が最もよく利用される場面は、卵子に精子を入れて受精卵を作製する場合だ。けれど繁殖が目的なら手間をかける必要性が分からない。

ではなぜ手間をかけたのか。

通常の方法では妊娠しなかった場合だ。では本来なら容易に妊娠可能なマウスが、なぜ妊娠出来なくなったのか。さらに、杏が島に放ったと思われるマウスは実際に繁殖しているのだ。この矛盾を説明出来なければおそらく、答えにたどり着けない。

もう少しなのに。

思考が行き詰まったところで、問題の河口にたどり着いた。

透き通った海と違い、川から流れ込む水は舞い上がった泥で茶色く濁っている。今は潮が引いている時間帯のようで、オヒルギやメヒルギの特徴的な根が、無数の足のように伸びていた。

桃子は慎重に足元を確かめながら、川に近づいた。

「やっぱり相当の数がいるみたいね。泥で濁っているけど、魚影は何とか見える。一応水中に仕掛ける罠《わな》を持ってきたけど、網で十分だったみたい」

桃子が水面に右足を踏み込み、さらに水中を覗き込む。と、次の瞬間、濁った水面から何かが次々と飛び出してきた。驚いた桃子が体を引くと、水中から飛び出してきた物体は激しく泥の上を跳ね回った。ひし形の体が特徴的なヒメツバメウオだ。

驚いたことに、水面の動きに反応したのか、さらに水中からヒメツバメウオが飛び出す。桃子の足元には十匹以上の魚が、勢いよく泥を撥《は》ね上げている。一匹のヒメツバメウオが隣のヒメツバメウオの背びれに嚙みつき、引きちぎった。桃子は暴れ続けるヒメツバメウオの頭部を、取り出したナイフで刺し貫いていく。その間にも、折り重なった魚が激しく互いを牙で傷つけ合っている。痛みを感じていないのか、異常な興奮状態なのか、尾びれを嚙みちぎられながら目の前の仲間に牙を向ける姿は地獄のような光景だった。

桃子が飛び出してきたヒメツバメウオの頭部を全て破壊し、ようやく元の静けさが戻った。足元には動かなくなったヒメツバメウオの死骸とひれの破片が散乱している。桃子は大きく息を吐いてから、ナイフを鞘にしまった。

「とんでもない攻撃性ね。危ないから、川に近づかないで下さい。ああ、一匹ピンクの個体がいるわね。少し調べてみます」

よく見ると、体色がピンク色の個体が見つかった。そして、ピンク色の個体はその他のヒメツバメウオと比べて、明らかに体が大きい。

桃子は使い捨てのゴム手袋をはめると、無残な姿を晒しているピンク色の個体と、隣に転がる正常な個体を拾い上げた。土の上に並べると大きさの違いが際立った。

「体の大きさから考えて、この正常個体はメスだと思います。卵巣の状態をチェックしてからサンプルとして保存します」

桃子はリュックサックの中から解剖用のハサミを取り出した。ヒメツバメウオの肛門部分から刃先を入れ、腹部を真っすぐに切り開き胴部分の皮膚を大きく切り取っていく。ヒメツバメウオの腹に切開部分が広がっていくと、そこから溢れ出るように赤く染まった粒が出てきた。小さな粒は薄い膜に囲まれているようだ。おそらくこれは卵巣だろう。

　桃子がヒメツバメウオの片側の腹部の皮膚を完全に取り除くと、泥の上に深紅の卵巣が広がった。見た目は粒の小さなイクラのようだが、卵巣の大きさは体の半分以上を占めている。

「ヒメツバメウオの産卵期は夏から秋よ。今は産卵を終えたので卵巣はもっと小さいのに。これじゃ、まるで産卵直前のサケね。おそらく産卵周期も回数も異常になっているのかな」

「この卵巣はやっぱり普通じゃないのね」

　もちろんよ、と桃子は頷くとリュックサックの中から小さなガラス瓶を取り出した。中には薄いピンク色の液体が入っている。桃子はハサミで卵巣の一部を切り取ると、瓶の蓋を開けて中に入れた。

「これを持ち帰って調べれば、レッドの性質が少しは分かるでしょう」

　小さなガラス容器の中で、鮮やかな赤い卵巣が静かに揺れている。この中に、杏を殺したレッドがいるのだろうか。

　桃子は小瓶をリュックサックにしまうと、ピンク色の個体を解剖し始めた。同じように腹部を切り開いても卵巣が出てくる様子はない。片側の腹部の皮膚が完全に取り除かれたが、赤黒い肝臓と浮袋が目立つだけで卵巣は見えない。オスなのだろうか。

「おかしいな。卵巣も精巣もないみたい。それから、皮膚だけじゃなくて、筋層も赤いですね。この赤みは表面の色素ではないいな」

「未成熟で生殖腺が小さいということはないの？」

桃子はハサミを使って器用に臓器を外していった。肝臓、胃、心臓、腸、浮袋と取り出した臓器が並べられていく。

「ないわね。未成熟でもここまで影も形もないのは、おかしいと思う」

桃子は内臓を抜かれて空になったヒメツバメウオの体内を見つめている。

皮膚が赤くなった生物は、どれも形態異常が見られた。さらに、食物連鎖の上位に行くほど異常の個数は増えていき、最上位の鳥類では四種類の生物が交じり合っていた。鮮やかな赤い皮膚に、魚類のエラ、マウスの体毛にヘビのウロコ、そして翼を持った姿はまるで伝説上の生物であるキメラのようだった。実際に、ウマとロバを人工的に掛け合わせたラバや、ヒョウとライオンを掛け合わせたレオポンなどは存在する。種が近ければ、不可能ではないのだろう。

だが、この島で遭遇した異形の動物たちはその域を軽く超えていた。

ラバとレオポンを想像してみる。人工的に交雑が行われたとはいえ、生物としての違和感はさほどない。ラバの見た目はロバとよく似ているし、レオポンはネコ科の別種の動物のように見える。ただ、この二種に共通する難点がある。そこまで考えて、全身に鳥肌がたった。

「キメラは子供を作れない。レオポンもラバも一代雑種よ」

その言葉を聞いた桃子と沖野は、時が止まったように七海の顔を見ている。

おそらく言葉の意味を頭の中で解釈しているのだろう。先に口を開いたのは沖野だった。

「ラバは人間が家畜として都合の良いように改良した品種だから、確かに染色体の関係上、子孫は残せないね。それと同じ現象がこのピンク色のヒメツバメウオに起きているという意味かな」

「はい。そのヒメツバメウオに卵巣も精巣もないのは、そもそも卵子も精子も作れないからだと思います」

ウマとロバは染色体の数が異なるため、生存そのものは可能でも、複雑な染色体の分配が必要な精子や卵子は作れない。人工的に生み出された生物の宿命ともいえるだろう。桃子が腕を組んで七海を見つめる。

「そうなると、このピンクのヒメツバメウオは、何の動物とのキメラになると思う?」

「レッドよ」

自分でも生物学的に非常識な発想だと自覚している。案の定、桃子も沖野も呆気にとられた表情を浮かべている。桃子が頭の中を整理するように黙してから、七海を見た。

「その発想はなかったな」

「桐ケ谷所長のノートを思い出して欲しいのだけど、ピンク色のヒメツバメウオのゲノム解析の結果の部分。一般的なヒメツバメウオよりゲノム量が増えていたでしょう」

「大丈夫。そこはしっかり解説してもらったから。増えた遺伝子配列が、アルベオラータ生物群のフィエステリアやマラリア原虫とよく似ていた」

七海は腹部を裂かれたピンク色の魚に視線を落とした。オスにもメスにもなれなかった生物。この魚の体を構成する細胞一つ一つには、レッドの遺伝子が入り込んでいる。ポイントはそこにある。

「キメラの定義は複数の生物の遺伝子を併せ持つ、特殊な生物。ウマの卵子とロバの精子を使って二種の遺伝子を持ったラバを作り出す。ヒメツバメウオとレッドでもこの定義に合うのよ」

「でも、問題のキメラ魚は現実にこの場所で繁殖していたでしょ。そもそも桐ケ谷所長が発見した時には既に存在していた。誰かが人工的に作り出した生物ではないよね。繁殖不可能なキメラ生物が繁殖しているのは矛盾しない？」

桃子の言葉どおり、レッドとヒメツバメウオのキメラは五年前にこの場所で発見された。つまり、自然に生まれた生物だ。それでは何が起きて、このような現象が起きたのか。答えは一つしかない。

「まず、レッドがどうして卵巣にいたのか。私の推論では、卵子に寄生していたのではないかと思っています」

七海の言葉に桃子は首を捻って沈黙してしまった。沖野も困惑気味にこちらを見ている。やや日差しがきつくなってきたので、三人はひとまずオヒルギが作る日陰に移動することとなった。土中から突き出た根の隣に腰を下ろす。

沖野はペットボトルの水を飲んでから七海を見た。

「卵子に寄生はどう考えても無理じゃないのかい？　中にレッドが入り込んだら、卵子が内側から破壊されるのではないだろうか。少なくとも初期発生が正常に進まない気がするが」

「だから、寄生と言ってもレッドそのものが入り込むのではないです。ノートにあったレッドの写真を覚えていますか？」

凶暴な行動を取るようになったヒメツバメウオの卵巣を採取し、その中から取り出したレッドの光学顕微鏡写真。

「あれが卵巣にぎっしり入っていると思うと、鳥肌が立つけど。気持ちが悪かったからよく覚えている。ただね、渦鞭毛藻は環境によって驚くほど形が変わるのよ。だから、あれも一つの形態でしょうね」

「私があの写真を見て、一番目についたのは中心にあった核。かなりはっきり見えていたから。あの核さえ卵子の中に入れれば目的は達成出来ると思う」

「核を中に入れる？　どうやってそんな現象を起こすの？」

核を他の細胞に入れると言って最初に思いつくのはウイルスだ。その他にもいくつかあるが、大きく分けると細胞膜を融合させるか、無理やり打ち込むかだ。

「例えばゾウリムシなら、お互いの体を密着させて細胞膜を融合させてから核の一部を交換するし、人間の受精も精子の先端と卵子の細胞膜が融合して核を受け入れるでしょ」

「それは自然に起こる現象だから当然と言えば当然よね。受け入れる側も積極的に受け入れるから」

「反面、ウイルスが他の生物の細胞に核を注入する場合は、針を打ち込むようにして強制的に入れるよね。推測に過ぎないけど、今回は後者だと思う」

背後に広がるマングローブ林の奥から、甲高い鳥の鳴声が響いた。昨日の襲撃を思い出し思わず空に目を向けたが、鳥の影は見えなかった。桃子が森に目を向けてから、大丈夫、と頷く。

「レッドにそんな芸当出来ると思うの？」

「これも推測の域を出ないけど、フィエステリアの特徴に魚の体表に外部寄生して、針のような特殊な器官で刺すとあったでしょう。確か、ペダンクルという名前の器官でストロー状だとか。だから、この寄生生物にも同じような能力があっても不思議ではないと思うの」

なるほどね、と桃子が唸った。そして、卵子に寄生生物の核を全て注入出来れば、次のステップに進める。

「で、卵子に核を丸ごと入れるとして、その後はどうなると思うの？」

「おそらくそのまま待機。いずれ卵子は排卵されて精子と出会って受精する。その時を待っているのだと思う」

卵子と精子の核は普段細胞の中にコンパクトにまとめられているが、受精する場合に限り、かなり特殊な動きをする。

学生時代、クローンマウスを作製している研究室に研修に行った際、動物の初期発生を学び直した。卵子に接触した精子は頭部に収められている遺伝物質を卵子の内部に送り込む。この状態は顕微鏡で確認が可能で、母親由来の核と父親由来の核が卵子の中央に、二つの丸い核として確認出来る。

実際に見せてもらったが、満月のように丸い卵子の中に、白く輝く核が二つ並ぶ光景は神秘的に映った。

やがて十数時間を経た後、二つの核は融合して一つの受精卵が出来上がる。

「正常な受精の他に、ごくまれに精子が二つ卵子の中に入ってしまう場合があるみたい。この場合、遺伝物質の量は一・五倍になるのだけど、どういうわけか初期発生は正常に進む。そして三つの核が一つになった受精卵が完成する」

「つまり、高井さんが想定しているのは、卵子の内部に注入されたレッドの核とヒメツバメウオの雌雄の核が融合したということだね。受精卵の状態でレッドとヒメツバメウオのキメラが自然界で生まれたということかな」

沖野が七海の推論をまとめてくれた。この仮説を立てると、体色に変化のあった個体にレッドの遺伝子が全て含まれていた理由を説明出来る。

「レッドに感染した生物はキメラを生み出す母体として存在するわけね。この入り江で増殖したレッドがヒドラの内部に入り込み、ヒメツバメウオに広がる。その結果、キメラ個体が生まれたとして……このキメラ個体の役割が分からない」

「そしてこの説明でも体温の高いマウスで、レッド感染マウスが確認されている理由は分からない。本来なら生きていられないはずだから」

何をすれば高温に耐性のあるレッドを生み出せるのか。杏がそのために行ったことは何か。

再び森の奥から、甲高い鳥の鳴声が響き渡った。沖野が声の聞こえてきた方角に視線を向ける。

「ひとまず目的のサンプルも手に入れた。これ以上危険に身を晒す必要はない。疑問点は帰ってから検討しよう」

「確かにそうですね。ここでいくら議論を重ねても答えはでないでしょうし」

桃子は立ち上がると、リュックサックを背負い直した。ここに来た時より川の水が増えている。潮が満ちる時間になったのだろう。

これでようやく安全な場所に戻れる。

緩やかに流れる川を見ていると白く長い物体が上流から流れてきた。ずいぶん太くて長い。流れてきた白く長い物体はオヒルギの根に絡まり、ゆらゆらと揺れている。

桃子も気が付いたようで、川に向かって歩き始めた。七海と沖野もそれに続く。

「ちょっと待って。あれは七海を絞め殺そうとしたへビじゃない」

水中には凶暴なヒメツバメウオがいる。七海は慎重に距離を取りながら可能な限り川に近づいた。

桃子は器用にオヒルギの根の上を伝って、水面に揺れる異形のへビを掴むと七海たちの元へ戻って来た。黒いグローブを着けた桃子の手に、水に濡れた大型の体毛の生えたへビが握られている。へビは川を流れる間に傷つけられたのか、体が半分辺りで千切れている。それ以外は七海が襲われた体毛を持つ巨大なへビと同じようだ。桃子はへビを地面に置いて、千切れた傷口を凝視している。

「水かさが増えたから、途中に引っかかっていたへビが流れてきたのかな。それにしても、この傷口。どう見ても他の動物に攻撃された痕だけど、この巨大なへビを殺せる動物はこの島に存在しないはずなのに」

「共食いではないの？」

「違うと思う。基本的にへビは獲物を丸吞みにするから。このへビのように、組織がずたずたに切り裂かれるような傷はつかないはず」

桃子は川の上流に目を向けている。緩やかな流れの先は、濃密な緑に包まれた熱帯の森の中に消えていた。さらに森の先には三人が越えてきた峰とは別の小高い峰が見える。

「二人はここで待っていて下さい。私はこの川の先を見てきます。なるべく木の下に入って体を休めていて」

「三上さん。私だって気になるが、これ以上は危険だ。いったん研究所に戻るべきだ」

「大丈夫。すぐに帰ってきますから。自分の身は自分で守れます」

桃子は沖野を真っすぐ見つめている。穏やかに流れる川は、まるでミルクティーのように泥で濁っている。平常時であっても、水中にどれほど危険な生物が潜んでいるのか、七海には分からない。ましてや、無害な生物であったヒメツバメウオですら、水中から襲ってくる異常な状況だ。

「桃子、どうしても行くなら三人で行きましょう。どこから何が襲ってくるか分からない状況で、ばらばらになるのは危険すぎる」

「七海は怪我をしているし、フィールドに慣れていないでしょう。悪いけどここからは、一人の方が動きやすいのよ」

桃子の声が消えないうちに、沖野のため息が重なった。

「上流に向かうなら、三人で行動するのが条件だ。最初に単独行動は禁止すると伝えたはずだが」

「ここまで来て確かめずに戻りたくはない。深追いはしません。今日中に研究所に戻れる時間と体力をよく考えて探索します」

「その配分は三上さんにお任せするけど、君の予想以上に私に残された体力はないとお伝えしておくよ」

桃子は了解しましたと真顔で返事をしてから少しだけ笑った。沖野は冗談だろうが、七海自身の体力は怪しいものだった。定期的に消炎鎮痛剤を飲んでいるため、右足の指の骨折や多数の切り傷の痛みは我慢出来る程度に治まっているが、体がどこまで持つか。むしろ、何度も死にかけながらここまで来られた方が、奇跡に近い。

桃子はリュックサックの中から新しいミネラルウォーターのペットボトルを取り出すと、沖野と七海に手渡した。

「それじゃ、川沿いに上流に向かいます。何も発見出来なければ、そのまま方向を修正して、峰を越えて研究所に戻りますね」

桃子は泥の上に転がる千切れた異形の大蛇に視線を落としてから、歩き始めた。足元はマングローブ林を形成する木々の根が飛び出していて、気を抜くと躓《つまず》きそうになる。

「カヤックでもあれば良かったけど。ぼやいても仕方がないから地道に行きましょうね。今は十時だから、三十分歩いたら休憩にします」

足元は悪いが、茂みが少ない分ヘビの攻撃に怯《おび》えないで済む。自然に思考は異形の生物に向かった。レッドは宿主の卵巣に移動すると、卵子の中に己の核を注入する。そのまま静かに時を待ち、卵子が無事に受精するとオスとメスの核の融合に紛れ込む。この結果生まれるのがキメラ個体。ここまでの仮説は理解出来た。ここで、一つの疑問が浮かぶ。

「桃子、キメラ個体は何の目的で存在すると思う?」

「目的?」

先頭を歩いていた桃子が振り返って言う。カーキ色の登山靴の横を、小さなカニが通り過ぎていった。早足で桃子に追い付き、横に並ぶ。

「そう。存在理由でもいいいんだけど。レッドにとって、何かメリットがなければキメラは存在しないでしょ」

「うーん。難しい質問ね。確かにキメラになってメリットがあるかと言えば、分からないな。ヘビの体に体毛が生えたって、こんな暑い島なら意味ないしね。かえって、体温が高くなりすぎて大変そう」

「そうなの。アジサシのキメラも翼がマウスのような体毛に覆われてしまったら、上手く飛べずに生存には適さないと思わない？」

頭の中でいくらイメージしても、異形の体のメリットが浮かばない。

「しかも子孫を残せるわけでもないとなると、確かに何のために存在しているのか生物学的な意味を見出《みいだ》せないかな」

「キメラのその先が見えてこなくて。途切れちゃうでしょ」

桃子は分からないな、と呟きながら先を歩き始めた。川幅はやや狭くなり始めたが、マングローブの湿地帯が続く。歩く速度は速くないのだが気温が上がり始め、シャツが汗で体に張り付いてくる。足元の砂浜には白っぽい小型のカニが忙しそうに歩き回っている。七海ではメスかオスか判断出来ないが、メスは腹に卵を抱え、子供を孵《かえ》し時期がくれば海に放つ。生命は循環しているのだ。分裂で増殖する生物に循環はないが、増加する流れは途切れない。

一方でレッドはキメラで終了してしまう。循環も流れもない。これでは生物として存続出来ない。

何かが間違っているのだろうか。

思考が絡まったまま濡れた森を進んでいく。ここにたどり着くまであれほど三人を悩ませた生物の気配はまるで感じられない。日が落ちるまでうるさいほどに聞こえていた鳥の鳴声もぴたりと止んでしまった。

「一度休憩にしましょう」

桃子の号令に従って、三人はリュックサックを下ろした。桃子は周囲を見回してから、大きなオヒルギの根の上に腰を下ろした。七海と沖野も桃子の隣に並ぶ。桃子からもらったミネラルウォーターを飲みながら、額に浮いた汗をタオルで拭った。周囲の木々は一様に続いていたオヒルギに交じり、ビワやヘゴの木もわずかに見られるようになってきた。マングローブ林の端に近づいてきたのだろうか。

周囲を見回していた桃子は大きなため息をついてから立ち上がると、一メートルほど離れたオヒルギの根元に転がっていた泥で汚れた塊を抱えて戻ってきた。七海と沖野の足元に放り投げられた塊は、ばらばらになった動物の残骸だった。それを詳しく観察すると、白い羽毛に交じってマウスによく似た体毛が見つけられた。昨日三人を襲ってきたアジサシとアジサシのキメラだろう。

「これも一緒ね。体がばらばらに食い荒らされている。引きちぎられているからこれもヘビの仕業じゃない。それに気が付いた？　鳥の声があまり聞こえない」

熱気を帯びた森の中で桃子の声だけが聞こえる。トカゲの姿も、お互いを確認するように鳴いていた鳥たちの声もまるで聞こえない。豊かな水と緑の森の中で、陸上の動物だけが全て食い尽くされてしまった世界のようだ。

「この先に何かいると思うの？」

「分からない。でもそれを確かめないと」

「危険が生じた場合は、速やかに退避すると誓ってくれ。それを約束してもらえないならこれ以上は行かせられない」

桃子は無言で頷いた。足元に転がっている残骸に目を向けると、中にはこの森で見かけた様々な生物が交じっていた。七色の金属光沢を見せるトカゲの尾に、マウスの足、あの赤と黒の模様はイワサキワモンベニヘビのウロコだろうか。まるで好みの部分だけを食い散らかし、あとは捨ててしまったゴミのようだ。

身震いするような恐怖と嫌悪感に襲われ目を逸らすと、流木に生えた小さなオレンジのキノコに気が付いた。確か、ウスベニコップダケという名前だった気がする。はるか昔のように感じるが、昨日桃子が教えてくれた。

半透明のガラスのような愛らしいキノコを眺めていると、何かのイメージが七海の頭に浮かんだ。キノコは菌類だ。それなのになぜこのような形をとるのか。わざわざ傘を作ってこの形を形成するにはエネルギーが必要だ。意味がなければ作らない。ではその意味は？

胞子を飛ばすため。胞子は今見ているウスベニコップダケとは似ても似つかない形をしているが、まぎれもなく同じ生物だ。

「桃子！　胞子よ。キメラは胞子を飛ばすための仮の姿！」

「ちょ……ちょっと待って落ち着いて。何を言っているかさっぱり分からないって」

桃子は突然の大声に驚いたのか、持っているペットボトルを落としてしまった。沖野も目を丸くしてやや体を引いている。

だが、ようやくたどり着いた答えに興奮してしまい、上手く思考を言葉に変換出来そうになかった。今回も逆だ。キメラ体に変化するのが目的ではなく、結果としてキメラになってしまっただけなのだろう。あの体では、たとえ様々な能力を得られたとしても、おそらく長くは生きられない。

「だからね、沢山の生物が交じり合った体は結果なのよ。あの体が欲しかったわけじゃない。分かる？　なってしまっただけ」

「えーっと……ごめん。じゃあ、目的は何」

「胞子。つまりね、複数の生物の遺伝子が入り交じった新しいレッド。これを、胞子のようにまき散らすのが目的」

桃子は眉をひそめて七海の顔を見ている。言葉が伝わらないのが酷くもどかしい。気持ちを落ち着けるために一度大きく息を吸い込んだ。

「まずキメラ体が保有しているのは、レッドの遺伝子フルセットと宿主の父母由来の遺伝子。だからね、キメラはレッドを作り出せるの。イメージとしてはウイルスのようにね」

「それはちょっとさすがに、にわかには信じ難いな」

「桃子、ゴム手袋をもらえる？」

桃子から手袋を受け取り、両手にはめる。

七海は足元に積まれた動物の残骸の中から、キメラと思われるアジサシの頭を拾い上げた。羽毛をかき分け、鮮やかなピンク色に染まった皮膚を露出させる。

「何かの色に似ていると思わない？」

「ピンク色に近い赤……あの入り江の色」

「その通り。あの赤い入り江の色そのもの。クラゲと同じように、体の中でレッドが生きているのだと思う」

体の中で、まるでウイルスが増殖するように増えていくレッド。ただし、この増殖はキメラ生物そのものに、何のメリットもない。

桃子が七海の手にある異形の鳥の頭部を凝視してから顔を上げた。

「だからキメラ個体は種類に限らず全て赤いのね。この体の中でレッドを作り続ける。そしてこのキメラが死んだ後、無数のレッドが外部にまき散らされる」

「それでは、キメラごとに交ざり合う動物の種類が変化している理由はなんだろうか。私には想像がつかない」

沖野も七海の手にあるキメラ個体の頭部に視線を向けている。千切れた鳥の頭部の付け根には魚と遜色のないエラがあった。

「これは遺伝子の残骸が発現した結果。キメラ個体の中でレッドが作られおそらく宿主の遺伝子も巻き込んでしまうのではないかと思います。その結果、元のレッドとは少しずつ遺伝的に異なるレッドが生まれる」

「そんな現象が起こり得るの？」

「例えば、クマムシは乾燥すると休眠状態になるのだけど、この時染色体が切れるのね。で、水分が加わって復活する時、周囲に存在する菌の遺伝子を切れた個所に取り込むの。こうすることで、乾燥地帯でも生存出来る菌の特性を自分のものに出来るの」

桃子は面白い、と小さく呟いた。

「この島で起きている現象を分かりやすく説明すると、感染個体とキメラが交互に現れる。感染個体はキメラを生む母体となるのだけど、これが色々な生物をまたいで繫がっていく。そして生物種が変わるたびに、母体の遺伝子が持ち込まれていく」

一見、死に絶えてしまうように見えるキメラだが、体内のレッドは少しずつ変化しながら子孫を増やしていく。キメラ体はただの哀れな乗り物に過ぎない。本体はこの赤く見える小さな生物なのだ。

「納得した。だから生態系で上位にいる動物のキメラほど、色々な生物の特徴が見られたのね。キメラ生物を乗り継ぐほどレッドは遺伝的な多様性を得るのか」

「もしかしたら、それが目的なのかもしれない。レッドにしてみれば、バリエーションが増えるほど、生き残れる可能性が上がるから」

そもそも有性生殖は、少しずつ子孫を変化させるために存在する。これと全く異なる戦略をとったのが無性生殖だ。こちらの場合は分裂などにより爆発的に増殖する。杏が発見したレッドは無性生殖でありながら、他の生物の遺伝子を少しずつ取り込んでいくという方法で、ダイナミックな変化を手に入れたのだろう。

「最後の問題は、どうやってこのレッドが高温に耐性を持ったか。これについて、沖野さんはどう思いますか」

「そうだね。桐ケ谷所長の実験では、二十八度以上で全てのレッドが死亡していた。この実験はかなりの回数行っていたようだから、おそらく正しい」

そもそもレッドをマウスに食べさせたとしても、死んでしまい卵巣にたどり着けないはずだ。だが、実際はマウスの体に魚類のエラが付いたキメラが存在した。つまり、マウスが母親となりキメラのマウスを生んだのだ。この矛盾をどのように解消すればよいのか。

「マウスのキメラが生まれるために必要な条件は何か……」

「レッドに感染したマウスじゃないの？」

桃子が川の上流に目を向けてから、七海を見た。

「でも、これだとマウスの体内でレッドが死ぬ。困ったね。まるで卵が先か、ニワトリが先かの議論みたい。まず絶対に必要なのはマウスの卵子と精子ね。そしてレッド。この三つが交じり合って生まれるのがキメラでしょう？」

「そう。必要なのはその三つ。もっとシンプルに考えると、卵子の核と精子の核とレッドの核。この三つの核が上手く融合してくれればキメラは生まれる」

七海の頭の中に、三つの丸い核のイメージが出来上がった。これを一つに纏《まと》めるにはどうすればよいか。

「桃子ありがとう。分かった。卵子の核と精子の核とレッドの核を一つに集めればいいだけ。マイクロマニュピレーターを使って、全ての核を卵子の中に入れればいい。とてもシンプルで単純な手法よ」

桃子は目を閉じて、記憶を手繰るように沈黙した。

「桐ケ谷所長の実験室にあった大型の顕微鏡システムか。あれを使えば可能なのね」

「あの機材を使えば核だけを取り出して、卵子の中に入れるのは難しくない。精子はそのまま入れてしまって大丈夫だし、レッドの核ははっきり見えていたから取り出しやすいと思う」

実際にクローン動物を作製する際は、卵子の核を取り除き、代わりに目的とする動物の核を入れる。将来キメラになる受精卵を作製するには、この技術をそのまま応用出来る。

「マウスの卵子の中に精子とレッドの核を入れる。そして活性化させるために電流を流す。全てあの実験室にあった実験器具だけで完結する。そして、分割が進んだ受精卵をマウスの子宮に戻す。これで感染マウスがいなくても、マウスからキメラが生まれるというわけ」

「感染マウスより、キメラマウスが先に生まれたというわけね。でも、レッドの核そのものは熱に弱くないのかな」

桃子の推測ももっともだ。そもそも、レッドは陸上での生息を想定していない。だが事実としてキメラは生きていた。

「レッド単体では熱に弱いかもしれないけど、マウスの核と融合することでその弱点を克服したのだと思う。体の基本構造はマウスなのだから当然マウスの体温には耐えられるはずでしょ」

「ようやく全てが見えてきた。キメラが引き継いでいくのは、見た目の構造だけじゃなくて、生理的な機能面もある。つまり、マウスのキメラが完成した時点で、レッドは陸上で生きる能力を手に入れた。ここが耐熱性を得た瞬間ね」

七海は頷いた。このマウスのキメラは体内で、耐熱性を獲得したレッドを大量に作る。このキメラマウスが他の生物に捕食されることで、瑠璃島全体にレッドが広がっていったのだろう。全体像は摑めてきたが、反面、杏が行った行為の悪質性が浮かび上がってしまった。

杏は自分が発見したレッドを改変し、おそらく森に放ったのだろう。全てを知った上で島中の生物に感染を広げたのだ。その結果、五名の研究者が命を落とす結果となった。杏の罪は重い。そしてこれだけのことをした理由が全く分からなかった。

七海と桃子の会話に黙って耳を傾けていた沖野が、苦しそうに息を吐いた。

「桐ケ谷所長は一体何をしたかったのだろう。二人のおかげで現実に起きている悪夢のような現象は分かってきたけれど。四年以上毎日顔を合わせて、私は何も気が付いてあげられなかった。本当に情けないよ」

沖野はまるで独り言のように呟いた。心なしか顔色まで悪くなっている。

どうにか沖野を元気づけてあげたかったが、杏を擁護出来る材料がなかった。もしかしたら杏は、自分が発見したレッドの特殊な能力に気が付き、虜《とりこ》になってしまったのかもしれない。科学者の性《さが》として、倫理的に間違っているとしても行いたい実験はある。実際、このレッドが持つ、別種の生物の能力を取り込む特性は、応用次第で医学的な利用価値が無限に広がる。

桃子が腰を下ろしていたオヒルギの根から立ち上がり、沖野に目を向けた。

「あまり考えたくはありませんが、桐ケ谷所長はこの島を一つの実験場にしたのではないでしょうか。倫理的に許されることではないですが、生物学者としては魅力的なプランです。ましてやご自分が発見した新種の生物ですから、実行に移したくなる気持ちは理解出来ます」

「待ってくれ、それはあまりにも酷い。桐ケ谷所長はそんな非道な振る舞いが出来る人間ではない。そんな人じゃないんだ。マウスのキメラを作製してしまったのはおそらく彼女だろう。でも、そこから先はきっと何かの間違いだ。そうだよ、事故の可能性だってあるじゃないか」

沖野は絞り出すような声を出した。桃子だって、杏がそのような振る舞いをしたとは思いたくないだろう。七海だって同じ気持ちだ。ただ、あの実験室からキメラマウスが逃げ出すとは考えられない。最も可能性が高い答えは、杏がわざと放ったということになる。

桃子は臆することなく、沖野の目を見続けた。とてもではないが、七海には出来ないだろう。杏を信じていた沖野には残酷すぎる。

「桐ケ谷所長が意図的に行った行為だとしても事故だとしても、今この島で起きている結果に変わりはないです。レッドが外部に漏れれば、極めて危険です。何としても防がなくては」

「何か良い方法があるのかい？」

桃子は腕を組んで静かに流れる川の上流に目を向けた。

「まず、入り江のレッド自体は天然に存在していた生物ですから、さほどの危険はないと思います。ただ、今後の安全のために駆除します。方法はこの川のせき止め。アスンシオン島の例を参考に、入り江の塩分濃度を上げて死滅させます」

「この島に広がった生物はどうする」

「ひとまず、人の出入りを禁止して最終的には森を焼き払うしかないと思います。七海が言うように、キメラはおそらく短命でしょう。でも感染動物が多すぎますから」

島を焼き払う。島の外にレッドが広がれば、全ての野生動物が狂犬病にかかったように人を襲い始めるのだ。当然必要な対策だが、本当にこの広大な森全てを燃やせるのだろうか。

「レッドを完全に駆除するためにも、この辺り一帯の生物を食べ尽くした犯人を見つける必要性があると思います」

「それは理解したが、絶対に無理はさせられない。生きて東京に戻ることを最優先にしよう」

「ええ、もちろんそのつもりですよ。絶対に二人を無事に戻らせます。さあ、そろそろ行きましょう」

桃子はオヒルギの根の隣に置いてあったリュックサックを拾い上げた。沖野もゆっくりと自分の荷物を背中に背負った。七海は念のため体中のチェックをした。昨日アジサシに突き刺された左足の太ももは痛むものの、幸い化膿はしていないようだ。右足の親指も骨折している割に、痛み止めのおかげか想像よりははるかにましな痛みだ。七海の体は予想以上に頑丈に出来ているようだ。両親に感謝しなくてはいけない。

父親がソファーで横になり、本を読んでいる姿が浮かんだ。いつも本を読んでいる人だった。絶対に帰ろう。

七海は気合を入れ直してから、桃子と向き合った。

「川の近くは危険だし、足元がぬかるんで危ないから川を見失わない範囲で森の中を進みましょう。ヘビがいつ出てもおかしくないから、十分注意して」

桃子の号令に従い、三人は森の中へ移動を開始した。ヘゴの木が生い茂る森は日差しが遮られ助かるが、鳥の鳴声一つ聞こえない奇妙な静寂に包まれていた。

杏は本当に瑠璃島の全てを巻き込んで壮大な実験を行ったのであろうか。何のために。その疑問が何度も頭の中に浮かぶ。例えば、複数の動物に対する影響を調べたければ、実験動物を複数用意して実験室で反応を見ればいい。森の中に解き放ってしまっては、影響する要因が多すぎて正しい結果は調べられない。杏がその程度の事実に気が付かないはずはないだろう。

マングローブの湿地帯を抜けてきたのか、周囲に生える植物の種類がさらに増えてきた。二メートル近くある里芋の葉によく似た植物の下を潜《くぐ》り抜け、先へ進む。

この混沌《こんとん》とした森の中に、何の目的で自分が作り上げたレッドを放ったのか。実験室と森の中とでは何が異なるのか。

まずは広さ。そして植物を含めた生物の多様さ。さすがに、実験室では七海を絞め殺そうとしたヘビ型のキメラは飼育困難だろう。アジサシの感染個体にしても、実験室では群れの行動観察までは不可能だ。

神の入り江。杏はあの赤い入り江をそう名付けていた。生物を乗り継ぐごとに、遺伝子の一部を引き継いでいくレッド。レッドによって生み出されるキメラ個体は、まるで神が気まぐれに作り上げたように哀れだ。杏はこの島の神になりたかったのだろうか。あの現実主義の科学者が？　考えるほどに、杏の目的は混沌とした森の中に消えていった。

再び歩き始めて三十分ほどになるだろうか。緩い傾斜を登り続けているうちに足元にぬかるみはなく、いつの間にか見慣れた熱帯の森に戻っていた。桃子がリュックサックを下ろし、まるでベンチのように太い木の根の上に腰を下ろした。七海と沖野も荷物を下ろし、手近にある木の根の上に座る。

「少し早いけど、お昼ご飯にしましょう。血糖値が下がると集中力が低下して怪我をしやすいからね」

桃子はリュックサックから缶詰を取り出すと、七海と沖野に手渡した。ずいぶん軽いと思ったら、缶にはパンの写真が付いていた。メープル味の菓子パンらしい。

「さすがに食料もそろそろ尽きてきたから、必ず夜までには戻りましょうね。もう少し川を遡《さかのぼ》って、川幅が狭くなるポイントがないか探します。それにしても、キメラどころかヘビもトカゲも見当たらない。鳥の声すらしない森なんて初めてよ」

缶詰の蓋を開ける音が静かな森に響く。あまり食欲はなかったが、無理やりにでも甘いパンを口に運んでいく。杏も同じように、川辺で非常食を食べていたのだろうか。杏が初めてこの島に上陸した日の記録を思い出していく。

杏のノートに書かれた内容で印象的だったのは、時間がないという言葉だ。滞在時間は二週間あったのだから、十分に時間はあったはずだ。それにもかかわらず、杏の記録からは焦りしか感じられなかった。

「桐ケ谷所長はこの島に来た時、何をあれほど焦っていたんだろう」

桃子は千切ったパンを口に運びながら、小さく唸った。

「確かに。初めてこの島に長期滞在した時の記録は少し変だった。もしかしたら、研究所の建設に向けて悩んでいたのかもしれないけど。桐ケ谷所長は十分に結果を出せていたのだから、功を焦る必要はなかったはず」

「そうなの。仮に研究の成果を出せていなくて、追い詰められていたならあの焦りは理解出来る」

上陸早々に時間がないと書かれていた。例えば二週間の間に行う実験計画があり、過密スケジュールならば分かる。だが、あのノートの内容を見る限り、上陸の目的は島内の生物種の大まかな調査だ。動植物の全てを調べるのは、到底一人で可能な作業ではなく、実際に杏もヒメツバメウオを発見してからは他の生物のサンプル回収を行っていない。

もし七海だったら何を焦るだろう。

やはり、結果を出すプレッシャーが第一。次に、こなさなくてはいけない具体的な業務内容があり、それが非常に難しく思われる場合だろうか。杏の場合、一番目は除外出来る。

他に上陸の目的があった、ということだろうか。もしも、杏がこの目的を果たせていないとしたら、偶然に見つけたヒメツバメウオの観察を滞在期間いっぱいまで行うだろうか。それはあり得ない。

それではヒメツバメウオの観察自体が上陸の目的だったのか。

「桃子。海流を考慮すると、漂着物がどこから来たか推測出来るの？」

「また唐突な質問ね。何を想定している？」

「つまりね、アスンシオン島に生息していたレッドが瑠璃島から流れてきたと推測出来るかという問題」

アスンシオン島で全滅してしまったレッドを手に入れたいとすれば、海流の上流を辿るか下流に向かうかになる。

「アスンシオン島周辺にレッドが生息していなかったのだから、探すなら海流の上流域になると思うの。実際に瑠璃島はそこに当たると思うのだけど。それが予測可能なのかどうか、全く分からなくて」

桃子はパンの最後のかけらを口に放り込んで、ペットボトルの水を口に含んだ。頭の中で何かのシミュレーションをしているのか、眉をひそめて黙している。

「不可能ではないけれど、ものすごく根気のいる作業だと思う。だって該当する島は相当な数になるでしょう。その中から、例えばレッドの生育条件に合致する島を選んで、絞っていくしかないから」

「つまり偶然の発見はあり得ないと思う？」

「桐ケ谷所長の上陸はレッドの発見が目的だったと言いたいのね。うん。そう言われてみると、桐ケ谷所長の焦りや、その後の行動は完全に理解出来る」

沖野が息を呑んでこちらを見る。

「それじゃ、桐ケ谷所長は最初からレッドが目的だったということかい？　そんな馬鹿な。この場所は彼女が発見したホットスポットに最も近い島だ。だからこそ、この地に研究所を建てた。それじゃ、彼女が皆を騙していたとでも言うのか」

沖野の叫び声が静かな森の中に響き渡った。普段の穏やかな沖野からは想像もつかない攻撃的な声に、言葉が出なかった。桃子もわずかに体を引いて、目を見開いている。沖野は乱暴な言葉を発してしまった自責の念からか、苦しそうに顔を歪め、謝罪の言葉を小さく呟いた。

桃子が首をゆっくりと横に振る。

「謝らないで下さい。全てが偶然であった可能性もありますから。それに、レッドの発見が目的で悪いとは言えません。桐ケ谷所長の真意はまだ分かりませんが、何か納得のいく理由があったのかもしれないし」

「いや。おそらく、君たちの予想が正しいのだろう。桐ケ谷所長は研究を偶然に任せる性格ではない。あの論文を見つけた時点でレッドに目をつけたのだろうな。そして、全ての条件に合う島を探し出して調査し、この島でついに見つけた」

沖野はそこまで一息に言うと、体力を使い果たしてしまったかのように項垂れた。元々肌の色が白い沖野だったが、今はさらに青白く痛々しく見えた。

杏は新たなホットスポットを発見してから、一気に研究者としての成果を出し始めた。そこまで考えて、七海の思考が止まる。これも逆なのではないだろうか。

「桐ケ谷所長はこのレッドを探し続けていく過程で、ホットスポットにたどり着いたのではないでしょうか」

「つまり、ホットスポットを発見する以前から、レッドを探していたと言いたいのね。その発想はなかったな。いずれにしてもこの生物は危険すぎる。もう少しだけ上流に行って調べましょう。湿地帯は抜けたようだから、川沿いに向かいます」

七海はパンの空き缶をリュックサックのサイドポケットに突っ込んでから荷物を背負った。沖野も深いため息をついて、緩慢な動作でリュックサックを拾い上げた。

ヒカゲヘゴの森は、風が葉を揺らす音ばかりで静まり返っている。川を遡り始めてから目にした生物は、わずかな昆虫とカニだけだった。視界を遮るほどの巨大なシダ植物の横を通り抜け、朽ちて倒れた大木を越えてしばらく進むと森を抜けて川辺に出た。

目の前を流れる川は、対岸まで十メートルほどに狭まっていた。両岸は岩盤で覆われ、水底まで見えるほど水が澄み切っている。思わず飛び込んで、体中にまとわりついた汗を流したいほど美しい川だった。

上流に目を向けている桃子の視線を追うと、緩やかに流れる川は百メートルほど先で山肌に開いた洞穴の中に消えていた。

「鍾乳洞かもしれないね。近くまで行ってみましょう」

桃子の指示に従って、川沿いに進んでいく。近づくと洞穴の巨大さがよく分かるようになってきた。洞穴《ほらあな》の天井部分から、垂れ下がるように岩が見えるので、やはり桃子の言葉通り鍾乳洞なのだろう。

天井までの高さは十メートル以上あるだろうか、穴の先は光が届いていないので分からないが深く続いていそうだ。周囲を深い木々で囲まれた洞穴は、まるで違う世界に繋がる入り口のように見える。三人は無言のまま洞穴の入り口の前に立った。

　そのまま吸い込まれるように内部に広がった空間に進む。外から見た入り口は十メートル程度に感じたが、一歩中に入ると、さらに広い空間が広がっていた。最も高い場所で二十メートルほどはあるのだろうか。外から入り込む光が乏しく、はっきりとは見えない。よく観察してみると、天井から植物の根のような鍾乳石が無数に垂れ下がり、下部で結合した結果、天然の吊《つ》り棚のような構造が多数見られた。鍾乳洞全体を覆う壁は乳白色で、所々に柱のような鍾乳石が形成され、まるで幻想的な教会の中にいるようだ。その中央を流れる川は、光の関係か目の覚めるような青色を呈し、さらに鍾乳洞の奥に続いていた。全てが美しく息を吸うのも苦しい。

　不意に桃子が七海の肩を叩き、口の前に指を一本立ててから足元を指さした。

見ると、白い砂利が続く地面に、奇妙な黒い塊が落ちている。長さ三十センチほどの細長い塊で、動物の残骸で出来上がっているようだ。動物の死骸を袋詰めにして固めてから、絞り出したようにも見える。

　驚いて足元周辺を見回すと、同じような塊が無数に落ちていた。あまりの異様さに全身に鳥肌が立つ。

　桃子は無言のまま、鍾乳洞の入り口を素早く指さした。そして再び口の前に指を立てる。静かに外に出ろという意味だ。

逃げろということか。一歩踏み出そうにも、緊張で足が出ない。この塊は休憩時間に木の根元で見つけた動物の残骸とよく似ていたが、大きさは倍以上ある。一見すると、動物の糞《ふん》のようにも見えるが、粗く未消化のように感じる。

いずれにせよ、これを作り出したのは何かの生物に違いないだろう。巨大なヘビのキメラを真っ二つに引きちぎるほどの力を持った生物がこの近くにいるのか。大粒の汗が額を伝い目に入った。視界が曇り目が痛んだが、恐怖で拭うことも出来ない。桃子が鋭い視線で七海を見てから、再び出口を示した。

逃げなければ。頭では理解出来ていても心臓が恐ろしいほどの速さで脈打ち、緊張で体が思うように動かない。震える足で一歩踏み出す。

細かく砕けた石が登山靴の下で滑り、思いがけず体勢が前のめりになった。口から漏れる悲鳴はどうにか抑え込んだ。が、次の瞬間、鍾乳洞中に高い金属音が鳴り響いた。七海のリュックサックのサイドポケットから、空き缶が転げ落ちたのだ。

硬い地面に叩きつけられた空き缶は、二度三度と跳ね返り、派手な音を立てる。己の間抜けさを呪うより先に頭上から異様な音が聞こえてきた。まるで繁殖期のアマガエルが大量に鳴いているような、胸の悪くなる音。

天井を見上げると、垂れ下がった鍾乳石と鍾乳石の間から白い何かがこちらを見下ろしていた。

「逃げて！」

桃子の叫び声でようやく体が前に出た。出口までは二十歩もないというのに、明るい日差しの降り注ぐ世界が果てしなく遠く感じる。五歩走ったところで沖野に肩を掴まれた。頭上に風圧を感じた次の瞬間に、前髪をかすめて巨大な塊が落ちてきた。白い砂利の上に真っ赤な血しぶきがまだら模様を描く。地面に落ちて叩きつぶされたのは、巨大な翼を広げた白い鳥だった。ねじれて折れた黒い両翼は七海の身長よりはるかに大きかった。首が不自然な方向に曲がっているというのに、表情のない目がしっかりと七海を捉えている。

「早く逃げて！　上に大量のアホウドリがいる。すぐに次が襲ってくるから！」

桃子の悲鳴が鍾乳石の壁に当たり、何重にも反射して響いた。思わず両手で耳を塞ぐ。アホウドリ。桃子が繁殖地から消えていたと話していた。この場所に集まっていたのか。でも、本当になんて大きい鳥……声も知らなかった……

「七海！　しっかりして」

耳に当てた右手を桃子に掴まれ無理やり外された。そのまま乱暴に手を引かれる。風圧を感じた次の瞬間に左足に衝撃が走った。自分の意思とは無関係に、悲鳴が上がり、体が前に突き飛ばされた。どのように倒れたのかも分からないうちに、額に恐ろしい痛みが走る。これは地面に顔をぶつけただけ、それだけだ。

顔を持ち上げると、砂袋を落とすような重い衝撃が地面に走り、生暖かい液体が降りかかった。目の前で潰れているアホウドリの体が、屋上から落下してきた職員の歪んだ死体と重なる。血があんなに溢れて。早く助けてあげないと死んでしまうのに。いや、皆死んでしまったのだ。

桃子、桃子はどこにいるのか。

どうにか体を起こし、座った姿勢のまま周囲を見回す。顔に降りかかったアホウドリの血液が白い石の上に滴り落ちた。桃子、桃子を探さないと。

薄暗い洞穴の中を見回すと、前方に見える鍾乳石の柱の陰に桃子が倒れていた。出口に向けて逃げている最中に攻撃を受けて倒れてしまったのだろう。うつぶせになったまま、全く動く気配がない。

「桃子！　桃子……」

頭の上で石を転がすような鳴声が響く。見上げると、天井から垂れ下がった鍾乳石の岩棚から、一匹のアホウドリが身を乗り出すようにして七海を見下ろしていた。と、次の瞬間真っ白な塊が頭を下にして、急降下してきた。殺される。

死への本能的な恐怖が体を動かす。左半身をかすめて落下してきたアホウドリは小石を撥ね飛ばし地面に激突する。跳ねた石と土埃が体中に降りかかる。風圧を感じ、前方に体を投げ出すと直後に新たなアホウドリが七海のいた場所に落ちてきた。

何としても桃子を連れて、この恐ろしい怪鳥の巣から逃げ出さなければ。

全身に力を入れて立ち上がる。桃子に近づこうと一歩踏み出すと、まるでそれを阻むように上空からアホウドリが二匹落下してきた。重い衝撃と鈍い音が響く。地面に貼り付けられたように翼を広げた一匹が、薄桃色の嘴を大きく開いている。隣でももがいていた一匹は、よじれた翼を無理やり動かし七海に飛び掛かってきた。無我夢中で蹴り飛ばしてから、頭を何度も踏みつける。骨の感触が靴から伝わり、強烈な吐き気に襲われた。

天井を仰ぎ見ると、薄暗い岩棚から数え切れないほどの白い顔が七海を見つめていた。どのアホウドリも同じリズムの鳴声を上げながら、こぼれ落ちそうなほどに身を乗り出している。感情の読めない目が落下する直前の杏の瞳を思い出させた。似ているのではない。まさしくこの状況そのものだ。

七海は覚悟を決めると、桃子が倒れている場所に向けて走り出した。自分の頭すれすれに風圧を感じたが、もはや気にしていられない。背中を何かがかすめていく。あと二メートル。

伸ばした桃子の左手がわずかに動くのを確認した。良かった、まだ生きている。本当に良かった。安堵したせいで集中力が切れたのか、足がもつれて再び地面に転がってしまった。体を起こそうともがくと、風切り音が頭上で響いた。もうだめだ。本当に死ぬ。桃子を助けられなかった。

死を覚悟した次の瞬間に、何かが体に覆いかぶさった。沖野だ。状況が飲み込めないうちに、激しい衝撃が体中に走った。一瞬で肺の空気が押し出され頭が割れるように痛んだ。圧痛を感じるより早く七海は意識を失った。

ショルダーバッグの中に実験ノートが入っていない。面倒だけれど部屋に戻らなくては。沖野と心美に断ってから、研究所の外に向かった。瑠璃島はいつものように日差しがきつくて、真島にラボ組は暑さに弱いと冗談を言われた。日に焼けた真島の体に刺すような日差しが降り注ぎ、白いコンクリートにくっきりとした影が出来ていた。返事をしようとした瞬間に海から強い風が吹きつけて、金属のバケツが転がって大きな音が……ああ、真島が死んでしまった。どうして……

「バケツの音だ」

自分自身の呟き声が静まり返った空間に響き渡った。思わず右手で口を押さえる。頭が激しく痛み、記憶が混乱している。体を押さえつけていた重りは消えたようなので、ひとまず体を起こす。違う。重りではない、沖野だ。沖野がアホウドリに襲われている七海の上に被さり、身を挺《てい》して守ってくれたのだ。

アホウドリの気配がしない。体を持ち上げようとして、異様な臭気にようやく気が付いた。不快で生臭い、よく知っている臭い。

体を起こして周囲を見ると、洞穴の地面一面にアホウドリだった生物の残骸がまき散らされていた。引きちぎられた羽毛、原形を留めない臓器、千切れた頭部、ピンク色の肉片。乳白色の壁と床に飛び散った鮮血。まるで爆発が起きたような光景が目の前に広がっていた。

あまりのことに叫び声も出ない。

沖野は？　桃子は？　二人の姿を求めて周囲を見回す。いた。桃子は目の前の鍾乳石の柱に、半ばもたれかかるようにして倒れている。体中の骨がばらばらになりそうな痛みに耐えて立ち上がると、桃子の元へ体を運んだ。崩れるように桃子の横に膝をつき、肩を揺らす。二度揺すっても反応がない。

涙がこぼれそうになりながら、再度体を揺らすと桃子が激しく咳き込み出した。桃子の体をどうにか反転させ、仰向けにする。しばらく苦しそうに咳をしていた桃子が、ようやく目をしっかり開けて七海を捉えた。

「桃子大丈夫？　沖野さんがどこにもいないの。私も今まで気を失っていたみたいで。外に逃げてくれていればいいけど」

桃子は怯えた様子で周囲を見回している。あまりの光景にやはり言葉を失っているようだ。

「大丈夫。理由は分からないけど、アホウドリは全滅したみたい」

「本当に？　これは何が起きたの……」

「分からない。私も少し前に意識が戻ったから。ただ、今この場所に生き物の気配はないと思う」

桃子は再び周囲に目を向けてから、大きくため息をついた。

「ごめん、私がうかつだった。あの動物の死骸を固めた物体はペリットね。鳥類学者が聞いて呆れる。鳥類は食べた餌の未消化部分を固めて吐き出す習性があるのよ。普通はせいぜい五センチ程度だから分からなかった」

桃子が上半身を起こして柱にもたれかかり、地面に転がっている動物の残骸を固めた物体を指した。これをペリットと呼ぶのか。鍾乳洞周辺で生物の数が少ないように感じたのは、レッドに感染したアホウドリが食い尽くしたからだろう。

「桃子、体は大丈夫なの？　私は沖野さんのおかげでどうにか生きている」

「私はあまり大丈夫じゃないかな。我ながら運が良かったけどね。七海と手が離れてしまって、転んだ先にこの柱みたいな鍾乳石があったの。ただ、一発食らって気を失ったみたい。少し休まないと歩ける自信がないな」

天井を仰ぎ見る桃子につられて上を見る。桃子が寄りかかっている鍾乳石は、巨大なキノコのような形をしていた。柱の根元に身を隠すことでアホウドリの追撃は免れたのだろう。

「少しだけ休んだら、私が沖野さんを探してみる。それから、信じてもらえるか分からないけど……」

「これだけ異常な現象が続いているのに、今さら何を聞いても驚かないよ」

桃子は疲れ切った笑みを浮かべて、深いため息をついた。

フィールドに慣れない七海と沖野をここまで連れてくるのは、並大抵な苦労ではなかったはずだ。さらに、沖野の行方が分からない。おそらく桃子は自分を激しく責めているのだろう。もっと自分がしっかりしなければ。

「色々考えてみたのだけど、研究所の皆が屋上から飛び降りたのは、バケツの音がきっかけだと思う」

「待って、意味が分からない。レッドの影響で錯乱状態に陥ったのではなく？」

「レッドの影響には間違いないとは思うのだけど、あの瞬間の状況を思い出したの」

次々に職員が落下してきた衝撃で見落としていたが、それ以前に目を向ける必要があったのだ。まず、前日まで全員が一切異常なく生活していた。これも重要な点だ。

「生物の行動を操る寄生虫がいるって、桃子が説明してくれたでしょう。普段は全く問題のない生活をしながら、ある条件を満たすと発動する行動」

「条件反射ね。ハリガネムシに寄生されたカマキリは一定の波長の光を見ると、そこに向かってダイブする。水面に反射する光の波長ね……まさか人間にその現象が起きたというの？」

桃子は柱に寄りかかっていた体を起こし、目を見開いて七海を見ている。

「あの日、屋上から飛び降りた職員は全員、飛び降りる瞬間まで何の問題もなく生活していた。私の考えでは、ある条件が揃ってしまった結果引き起こされた現象だと思う」

「その条件がバケツの音？」

「それは最初の条件が引き起こされるきっかけね」

あの日空から人間が落下してきた出来事も、この鍾乳洞でアホウドリが襲撃してきた現象も、開始の合図は大きな音だった。

「まず、私が必要だと考えた条件は高度。高さね。それから眼下に動く物体があること。そして、それを目視で捉えること。この三条件が満たされた時、獲物となる生物を捕食するため、動く物体に向かってダイブする」

「それって、アジサシの捕食行動？　まさかそれが人間に現れたというの？」

「ここのアホウドリが襲ってきた状況があの瞬間によく似ているの。私が空き缶を転がしてしまってから、鳥の攻撃が始まったでしょう。あの日は私が研究所から外に出た途端に強い海風が吹いた。そのせいで金属のバケツが飛ばされて、かなり大きな音がしたのを覚えている？」

桃子は記憶を手繰るように目を閉じた。

「思い出した。あの時、私は真島君の少し先に立っていた。七海が出てきたことに気が付いて、振り返った時に確かにバケツが飛ばされて音がした」

「あの時、おそらく最初の犠牲者が屋上の柵から下を覗き込んだのよ。そのタイミングで私が動いてしまった。高さと動く物体、そして目視。この三条件が揃ってしまった結果、その人物は条件反射が発動して真島君に向かって飛び降りた。その後は、私が叫び声を上げて、屋上にいる人たちを呼び寄せてしまった」

桃子はあまりのことに言葉を失っている。あの日、屋上から飛び降りた四人は、正確に下にいる人物を狙って落ちてきた。あれは、錯乱した生物の行動ではない。目的に沿って計算された動きだ。

「私を見下ろしていた桐ケ谷所長の目。まるで感情の読めない不思議な目をしていた。それが天井から私を見つめていたアホウドリの目によく似ていた」

「待って。アホウドリにはそもそも上空から降下して獲物を仕留める習性はないのよ。餌は海面に浮いた状態で取るのね。海面にダイブして餌を取る方法は一部の鳥の習性。この島ではアジサシね」

そこまで気が回らなかったが、確かに海鳥でも海岸にいるカニやゴカイを食べるタイプもいる。必ずしも猛禽類のように振る舞うわけではない。

「レッドを介して伝播《でんぱ》していくのは、やっぱり形態学的な性質だけではなくて、習性や能力も含まれるのね」

「それが正しいなら、生態系の上位に位置する生物ほど色々な生物の特性を持ち合わせているのかな。素晴らしいけど恐ろしい。生物はそれぞれ、驚くような能力を持っているから。夜行性生物の視覚、優れた嗅覚や聴覚。コウモリのエコーロケーション。数え上げたらきりがないもの」

桃子が苦しそうに咳き込んでから、ため息をついた。

「でもそうなると、桐ケ谷所長たちが感染したのは少なくとも、アホウドリ以上の上位生物まで感染を繰り返したレッドね。感染経路を突き止める手がかりになるかもしれない」

桃子はわずかに興奮した様子で話し終えてから再び咳き込み始めた。

どこか、大きな怪我をしていないか心配で仕方ない。無理をしてでも明るく振る舞うのが桃子だが、その余裕もないのだ。

「桃子は休んでいて。私、沖野さんを探してみるから」

「ごめんね。お願い出来るかな。私ももう少し休んだら動けると思う」

近くに落ちていたリュックサックの中からミネラルウォータを取り出して、桃子に飲ませた。やや苦しそうに水を飲んだ後、桃子はリュックサックを枕にして、体を横たえた。

鍾乳洞から無事に脱出した可能性を考えて外に出てみた。突然日差しの強い空間に出たので、しばらくは周囲が真っ白に見えて目が痛いほどだ。

目が慣れて来ると、次にむっとするような大気が襲ってきた。外は空気が肌にまとわりつくように湿度が高く、一瞬で体力を全て奪われそうになる。大声で名前を呼べば、再びどのような危険に見舞われるか分からない。見える範囲を確かめてみたが、沖野の痕跡は見つけられなかった。

七海と桃子をこの場に残して立ち去るとは考えにくいが、助けを呼びに行った可能性もある。いずれにしてもこれ以上、鍾乳洞を離れるのは得策ではない。

ひとまず外部の捜索は諦めて、鍾乳洞の中に入った。目が再び慣れるまで真っ暗闇に放り込まれたような視界になる。一度目を瞑ってから開けると、ようやく鍾乳洞内部の世界がはっきり見えてきた。

　急いで桃子の元に向かう。桃子は目を瞑ったまま、規則的に呼吸をしていた。少しでも休ませた方がいいと判断して、声をかけず鍾乳洞のさらに奥へ進むことに決めた。自分のリュックサックからヘッドランプだけを取り出し、桃子の横に置いた。鍾乳洞を二分するように流れている清流は、奥に行くにしたがって青から深い緑色に変わっている。川に沿って歩きながら周囲を見回すが、アホウドリの死骸ばかりで沖野の気配はない。鍾乳洞はラグビーボールのような形をしているのか、奥に進むにつれ天井が低く周囲が暗くなってきた。これ以上は危険だろうか。

　天井から垂れ下がり、地面に着いてしまった鍾乳石の柱の横を通り過ぎると、足元に見覚えのある帽子が転がっていた。思わず声が出そうになるのをどうにか飲み込み帽子を拾う。さらに先を見ると、リュックサックが放置されていた。心臓の鼓動が速まるのを感じながら、リュックサックを確認する。間違いなく沖野のものだが、本人の姿はない。鍾乳洞は光の届かないさらに先へと続いている。

　沖野がこの奥にいるのか。七海が立っている場所でも、既に入り口からの光はわずかに届くだけだ。目の前に続く洞穴は天井までの高さが三メートルほどまで低くなり、まるで出口のないトンネルのようだ。

　目の前にぽっかりと開いた穴のような漆黒。流れる川も色を失い、黒い帯のように深い穴に吸い込まれていく。そこから流れる風は生暖かく、得体の知れない獣の臭気に満ちていた。生理的な嫌悪感から全身に鳥肌が立った。

この先に行くべきではない。動物としての本能が警戒音を激しく鳴らしている。足が震え、今すぐにでもこの場から逃げ出してしまいたかった。湿度の高い不快な大気と恐怖のためか、額から流れ出た汗が頰を伝っていく。無残に嚙みちぎられたヘビの死骸に沖野の笑顔が重なる。最早、全てが手遅れなのかもしれない。頭に浮かぶ恐ろしい想像を無理にでも追い出した。

静まり返った洞穴内に七海の呼吸音だけが響いた。気持ちを落ち着かせるために、ゆっくりと深呼吸してからリュックサックを拾う。静かにファスナーを開けて、拾った帽子を中にしまいナイフを取り出す。リュックサックを背負うと沖野の匂いが体を包んだ。気を失う直前、確かにこの匂いに守られていた。大丈夫。沖野はきっと生きている。

沖野が七海の体に覆いかぶさった後、激しい衝撃が襲い気を失ってしまった。沖野はアホウドリの攻撃を直接受けたのだから、きっと怪我をしている。一刻も早く救出に行かなくては。

七海は心の中で何度も大丈夫と呟いてから、暗闇の中に向かった。

ヘッドランプの明かりだけを頼りに、トンネルのような道を進んでいく。流れる川から水の気配がするが、聞こえるのは七海の呼吸音だけ。天井からは鍾乳石がつららのように垂れ下がり、水滴を落としていた。

ヘッドランプの明かりは、わずか二メートルほど先にしか届かない。転ばないように足元を照らすと、巨大な甲虫《こうちゅう》が壁際に逃げて行った。思わず悲鳴を上げそうになり左手で口を塞ぐ。心が落ち着くまで立ち止まってから、再び足を前に進めた。

この穴がどこまで続くのかまるで分からない。振り返ると、既に入り口の明かりは見えなかった。暗闇に押しつぶされてしまうような閉塞感で息が詰まる。まるで目を瞑ったまま、森の中を歩いているような不安と恐怖でパニックになりそうだ。左手を体の前に出しながら、一歩ずつ前に進んでいく。何もない空間を左手が探っていく。

不意に襲ってくるパニックを理性で抑え込む。本当に沖野はこの洞穴の奥にいるのだろうか。いくらアホウドリの体が大きくても、成人男性を持ち上げるなど不可能だろう。人間でも、一人で大人を運ぶなどかなり厳しいはずだ。ライオンやハイエナがいるはずもなく、クマの類いもこの島には存在しない。だが、何かがいる。

得体の知れない恐ろしさと不安で涙が溢れてきたが、構わない。誰かに見られているわけでもなく、誰の助けも来ない。一人で沖野を助けに行くか、桃子と沖野を見捨てて逃げるか。選択肢はこの二択。

シンプルで分かりやすい。今すぐに決めろ。時間を無駄にすればするほど、成功率を下げるだけだ。

七海は深呼吸をしてから、空間に開いた黒い穴のような洞穴のさらに奥へ進んだ。

どれほど歩いたのか。恐怖と緊張のため、時間が正確に把握出来ない。一歩ずつ進むと、唐突に視界の先に青いかすかな光が見えてきた。

思わず歩調を速めると、右足が思い切り岩にぶつかり体勢を崩してしまった。何とか転倒は免れたが、右手にナイフを握りしめているだけに心臓が熱くなった。ここまで来て、自分に刃物を刺してしまったら目も当てられない。落ち着けと自分に言い聞かせてから再び光に向かって歩き出す。

トンネルの終わりは突然やって来た。次第にはっきりしてきた青い光に向かって踏み出すと、七海の体は広い空間に放り出された。そこで目にしたのは現実離れした光景だった。研究所がすっぽりと入ってしまうのではないかと思われる広い空間に青白い光が満ちていた。洞穴の天井はまるで夜空のように点々と青白い光が灯っている。

そこから垂れ下がる鍾乳石も輪郭に沿って、幻想的な淡い光に包まれていた。そして、洞穴の中央に形成された小さな湖は、天井から落ちる青い光の雫《しずく》を受けている。ここが川の源泉だろう。なんて美しく妖しい空間だろうか。地下水も湧いているのかもしれない。天井から垂れ下がった鍾乳石は、洞穴の所々で壁から張り出した岩棚を形成している。さらにその岩棚からは植物の太い幹のような鍾乳石が地面まで続いていた。

この目を奪われるような光の正体は、おそらく発光バクテリアだ。特徴的な青い光はウミホタルなどに見られる生物発光物質ルシフェリンだろう。

七海は足音を立てないように注意しながら、沖野の姿を探した。ヘッドランプと発光バクテリアの明かりを頼りに洞穴の中を進むと、鍾乳石の柱の横に血にまみれた大きな羽毛の塊が落ちていた。漏れそうになる悲鳴を抑えてヘッドランプで照らしてみると、どうやらアホウドリの翼のようだった。付け根の部分から、無残に引きちぎられている。さらに二メートルほど先にヘッドランプを向けると、白い羽毛が小さな山のように、一か所に積み上げられていた。風の影響で集まったとは考えにくく、意図的に作られているように見える。周囲を確かめるため、ヘッドランプを左右に動かすと、虚ろな黒い瞳に明かりが反射した。小さな悲鳴が喉から漏れ、恐怖で思わず目を閉じる。

沖野の目だ。なんてこと。

沖野が殺されてしまった。やはり遅かった。強い吐き気を覚えながら、気力を振り絞って目を開ける。明かりが反射した場所にゆっくりヘッドランプの光を当てていくと、再び淀んだ瞳が確認出来た。黒い小さな瞳の周りに羽毛を見つけ、安堵のため息が出た。千切れたアホウドリの頭だ。

ゆっくりと呼吸を整えてから羽毛の元に向かう。ヘッドランプの明かりが届くにつれ、周囲の様子が見えてきた。その異様な光景に思わず息を呑んだ。

目の前には大人の身長ほどの高さに積まれた羽毛の山が、見渡す限り無数に作られていた。そして、その羽毛の頂点は噴火口のように沈み込み、二十センチはありそうな巨大な卵が置かれていた。ここが感染したアホウドリの産卵場所になっていたのだ。繁殖場所にアホウドリがいないと桃子が確かに言っていた。

羽毛の山の間を進んでいくと、まるで迷路の中に迷い込んでしまったように方向感覚が分からなくなってきた。右側にある湖を見失わないようにしながら沖野を探していく。この羽毛の山は、湖から一定の間隔を保って並んでいるようだ。材料に使われたアホウドリの残骸が、ゴミをまとめるように積まれている。鳥小屋に放り込まれたような悪臭が酷く、眩暈がする。

自分の位置を確認するため湖側に移動していくと、ヘッドランプの光が黒い登山靴のつま先を捉えた。

「沖野さん！」

もはや声を我慢出来なかった。地面に倒れたまま動かない沖野の元に走り寄り、ナイフを放り投げた。仰向けになった沖野の肩に手をかけると、なぜか全身がぐっしょりと濡れていた。川に落ちたのだろうか。

「沖野さん、起きて下さい。沖野さん……」

沖野の頬は温かく、呼吸もしている。生きている。命の温もりを感じた瞬間に緊張の糸が切れてしまった。止まっていた涙が溢れ出し、沖野の体の上に落ちていく。沖野の頭部や、腹部を調べたが細かな切り傷はあるものの、幸い大きな怪我はなさそうだった。自然に目が覚めるまで休ませた方がいいのかもしれないが、こんな場所に長居する気はない。

沖野の頬を二度叩くと、ようやく薄《うつす》らと目を開けてくれた。

「沖野さん、分かりますか。体のどこかに怪我をしていませんか」

沖野はようやく開いた目を、眩しそうに細めて七海を見た。慌ててヘッドランプの光を沖野の顔から体に移す。

「元気だとは言い難いかな……ひとまず生きているようだね。ここは？」

「鍾乳洞の内部です。桃子も無事ですから早くここを出ましょう」

「そうか……高井さんの体に覆いかぶさった後から記憶がなくてね。川にでも落ちたのかな。体中が濡れている」

「ありがとうございました。おかげで私も生きています」

沖野は体を起こしてから、周囲を見回した。あまりの光景に言葉を失ったのか呆然としている。

無理もない。まるで異世界に入り込んでしまったような空間だ。

「ここは感染したアホウドリの産卵場所のようです。早く逃げましょう」

沖野は無言で頷くと、苦痛に顔を歪めながらゆっくりと立ち上がった。

沖野の肩の下から手を回して体を支えようとしたのだが、左足の刺し傷が痛み膝の力が抜ける。そのままバランスを崩し、積み上げられた羽毛を突き崩してしまった。白い綿毛が舞い上がり、卵が転がり落ちると岩にぶつかり殻が割れた。粘度の高い、どろりとした液体にまみれていたのは、最早、生物とは言い難い肉の塊だった。握り拳ほどの大きさの塊からヘビに似た尾と、鳥の小さな翼が生えている。一部にはマウスの体毛らしきものも見えるが、頭部は形を形成する前に崩れてしまったのか、濁った眼球が垂れ下がっていた。

思わず目を背けたくなるほど哀れな生物だ。

「おそらく、アホウドリに至るまでに多数の動物の遺伝子が混ざりすぎたのだろうね。その結果、このキメラは、体の形成過程に無理が生じた」

「もういい、とにかくここを出ましょう」

「そうだね。後で通路の狭くなっている場所を塞いでしまえば、仮にキメラが生まれても出てこられないだろう」

本来であればここにある卵を破壊した方がいいのだろうが、今は三人の命が最優先だ。手にしたナイフを鞘に納め、リュックサックに入れる。

沖野の体を支えながら、湖に沿って歩き始めた。湖を正面に見て右回りに進めば外に繋がる洞穴の入り口がある。沖野に肩を貸しながら一歩ずつ進んでいく。言葉には出さないが、沖野のダメージは大きいのか、七海に遠慮なく体を預けてくる。一刻も早く、この忌まわしい鍾乳洞から脱出して、桃子と沖野の手当てをしなくてはいけない。

はやる気持ちを抑えながら慎重に歩いていると、突然背後から嵐のような風と水しぶきの音が聞こえた。驚いて振り返ると、突風と大量の水が顔面に降りかかる。思わず目を閉じてからゆっくり開けると、そこには悪夢のような光景があった。湖の上空で羽を広げた巨大な生物を、どのように認識すべきか七海には全く分からない。ただ、圧倒的な恐怖の前で魅入られたように全身が動かなくなった。あれは何だ……

広げた両翼は十メートル近くあるだろうか。翼の先端から滴る水が妖しく光っている。二度三度と羽ばたくたびに、突風と水しぶきが、まるで嵐のように顔面にぶつかった。柔らかそうな羽毛に覆われた頭部は、巨大なアホウドリそのものだが、首の根元から胸元にかけて毒々しい赤いウロコで覆われている。翼と腹部は純白の羽毛で覆われ、目を奪われるほど美しい。けれど、腹部の先には太い大蛇の尾が垂れ下がり空中で揺れていた。

逃げなくてはいけない。一刻も早く。あの生物から離れなければ命がない。ああ、でもどうしてだろう。足はおろか、瞼すら閉じられない。強大な捕食者の前で、喰《く》われる側は逃走すら出来ないのだ。

キメラ生物が嘴を広げると、ヘビのような鋭い牙が青白く輝いていた。そして一瞬の後、発せられた咆哮《ほうこう》は、鍾乳洞全体を揺るがすほどの威力があった。思わず両手で耳を塞ぐ。

キメラそのものの声が大きいのか、空間に反響しているのか。空気が震えるほどの音に、全ての気力が奪われていく。膝の力が抜けて、ついに座り込んでしまった。キメラの叫びは長く尾を引き、容赦なく死を突き付けられた。

あんな生物から逃げられるわけがない。

せめて痛みがなく楽に死ねますように。

全てを諦めて地面に体を放り出していると、上空にホバリングしていたキメラが、首を傾《かし》げてこちらを見た。

だめ、こっちを見ないで。どうか私たちを見逃して。あなたの邪魔はしないから。許して下さい。

キメラの瞳が七海を捉えると、翼を一度強くはためかせてから急降下を始めた。

七海は目を逸らすことも出来ず、自分に向けて落下してくる巨大な生物をただぼんやりと見上げていた。

四章　赫き女王

何と美しく神々しい、生き物だろうか。薄暗い洞穴の中で青白く発光する翼。鎧《よろい》のように胸を覆う深紅のウロコ。純白の羽毛から伸びる大蛇の尾。敵を引き裂く獰猛《どうもう》な鉤爪《かぎづめ》。流線形の体が自分に向けて降下してくる。

恐怖を超えた感情が心を支配し、七海は一点を見つめたまま動けなくなった。

巨大な嘴が開き、鋭い牙が目の前に迫ってくる。

顔面に水しぶきがかかるのと同時に、体に衝撃が加わった。体当たりしてきた沖野に抱えられながら地面を転がる。次の瞬間、爆風のような風と砂利が体中に降りかかった。沖野に引きずられるようにして立ち上がると、七海が座り込んでいた場所にキメラが叩きつけられていた。吸い込んだ埃のせいで激しい咳が出て止まらない。

　キメラは死んでくれたのか、頭を地面に着けたまま動かない。あまりの恐怖に体が震える。と、動きを止めていたキメラの太い尾が激しく地面を打った。鞭を打つような乾いた音が響き、吹き飛ばされた砂利が体中にぶつかる。

「走れ！　外に向かう通路に逃げ込めば、あいつは入れないはずだ」

　沖野に右手を摑まれ強く引かれた。足がもつれ、転びそうになりながら、右側にかろうじて見える洞穴の入り口に向かう。ヘッドランプの明かりだけでは心もとなく、砂利で足が滑りそうになる。恐怖に負けて振り返ると、十メートルほど離れた場所にいるキメラは完全に体を起こして翼を広げていた。こんな暗がりでこちらが見えるのか、キメラは感情のない目で正確に七海との距離を測っているようだ。キメラが広げた翼を大きく羽ばたかせると、一陣の風が吹き、その巨体が宙に浮いた。

「後ろを見るな！　前だけ見て走れ！」

　沖野の声に我に返り、全力で走り出す。だが、その直後に激しい風に吹き飛ばされて、体が前方に投げ出された。沖野に摑まれていた手も離れ、そのまま鍾乳石の柱に激しく体がぶつかった。体の側面を強打し、視野が暗くなっていく。意識が混濁する中、銀色の何かが顔面のわずか上の空気を薙ぎ払った。何が起きたのか頭で理解するより早く、体を回転させてその場から遠ざかる。次の瞬間に重量感のある物体が叩きつけられる音と、岩が転がり落ちる破壊音が洞穴内に響いた。キメラが太い尾を振り回し、鍾乳石の柱を破壊しているのだ。

二度の打撃で鍾乳石の柱は、半分ほどが削られた。崩れる。沖野はどこ。

七海は立ち上がると、わずか前方で仰向けに倒れている沖野に覆いかぶさった。

轟音《ごうおん》と共に支えを失くした鍾乳石が天井から崩れてきた。柱の真下から離れていたため、巨石の下敷きになるのは免れたようだが、背中に石が降り注ぐ。頭を守るため覆った両手に容赦なく鋭い岩の破片が刺さった。最早痛みはさほど気にならないが、生暖かい血液が流れているようだ。激しい音の反響が止み、不気味な静寂が広がる。体の下で沖野が動いたのを確認して、立ち上がった。右手の甲が引き裂かれて出血が続いている。七海の右手からこぼれた血液が、沖野の頬に落ちた。

沖野が目を見開いて七海を見上げている。

「なんて無茶なことを……怪我をしたのか」

「いえ、大したことはないです。早く逃げましょう」

沖野は立ち上がると、崩落した鍾乳石の山に目を向けた。七海も立ち上がり、ヘッドランプで照らすと、乳白色の岩の下から翼の一部と銀色の尾が見えた。

「良かった……岩の下敷きになって死んだみたい。でも早くここから出ましょう。桃子も怪我をしています」

「分かった。急ごう」

沖野は七海の背負っていたリュックサックからハンドタオルを取り出すと、切れた右手に当ててくれた。入り口に向かって歩き始めると、背後から石の転がる小さな音が聞こえた。氷水を浴びせられたように、体が震える。

振り返ると、崩れた鍾乳石の下で銀色の尾が激しく動いていた。尾が動くたびにキメラの上に乗っている岩が転がり落ちていく。

そこからは声をかけ合うこともなく一気に走り出した。壁に開いた穴に見える入り口までは十メートルほどだ。あれほどの衝撃を受けても、いまだに生きている。七海の脳裏に、体が半分に千切れても襲い掛かってきたヘビの姿が浮かんだ。あの蛇は感染個体だったが、キメラにもあの生命力は宿っているのだろうか。

鍾乳石の崩れるひと際大きな音と共に、女性の悲鳴のような咆哮が響き渡った。翼が風を切る音が頭上から聞こえる。沖野に左手を摑まれ、半ば放り込まれるように外部へ続く穴に転がり込んだ。勢いが付きすぎて穴の中に倒れていると、沖野が走り込んできた。ほぼ同時に、横穴の入り口に激しい衝撃が加わった。地面が振動で揺れる。キメラが体当たりしたのだ。

穴の入り口にぶつかったキメラが忌々しそうに耳障りな鳴声を上げる。あまりに不快な鳴声に思わず両耳を塞いだ。

一瞬の沈黙の後、突然キメラの頭が横穴の内部に突っ込まれた。ヘッドランプの明かりに照らされたキメラの首が沖野の足首に迫っている。表情の読めない小さな黒い目を見開いたキメラは、巨大な嘴を開いた。

「沖野さん！　足元！」

沖野は、嘴が閉じる直前に前方に跳んだ。獲物を取り逃がしたキメラの嘴が、寒気のする乾いた音を立てて閉じる。

「前に進め！　崩れる危険性がある」

沖野の言葉を裏付けるように、キメラは首を引き抜くと、入り口付近の壁に向かって体当たりを繰り返し始めた。鍾乳洞に激しい衝撃が加わり、破壊音が反響する。七海は前もよく見えないまま、沖野に左手を引かれて走り抜けた。

途中で足元の岩に何度も躓きながら、どうにか外部に繋がる空間に抜け出した。助かった。

緊張と混乱の中から抜け出した安堵感で、七海はその場に座り込んでしまった。息が切れて、言葉が出てこない。顔を膝の間にうずめて命がまだある現実に感謝した。

「大丈夫か？　あいつは出てこられないと思うが、早く研究所に戻ろう。あまりに危険だ」

沖野に肩を叩かれ、ようやく顔を上げられた。周囲にはアホウドリの死骸が散乱し、酷い有様だがようやく死の空間からは抜けられた。

「桃子を……桃子は入り口の近くに寝かせてあります。怪我をしているので診てあげて下さい」

重い体をどうにか持ち上げて立ち上がった。沖野を桃子の元に連れて行かなくてはいけない。あれだけ気丈な桃子が非常に辛《つら》そうだった。一見大きな怪我をしていないように見えたが、七海には判断が出来そうもない。とにかく研究所に連れて帰って、休ませてあげなくては。

七海は沖野の前に立ち、桃子を寝かせてある鍾乳石の柱のそばに向かった。広い空間は引き裂かれたアホウドリの残骸で溢れている。七海と桃子が気を失っている間に、何が起きたのか見当もつかない。

鍾乳洞の入り口に近づいていくにしたがい、外部の光が差し込み周囲を明るく照らしている。ようやく、本物の太陽の光が見え始めたのだ。沖野も無事に生きている。恐怖に負けて洞穴の奥に向かわなければ、沖野は助からなかっただろう。あのキメラが巨大になり過ぎて奥の空間から抜け出せなくなったのは不幸中の幸いだ。繁殖場所に残された卵は心配だが、沖野の指摘通り、後日通路を塞いでしまえばいい。それがいつになるのか分からないが。ひとまずは残された職員の安全が最優先だ。

桃子を寝かせたのは、天井に向かって上部が広がっている特徴的な鍾乳石の柱のそばだった。出口に近い場所に見覚えのある形状の鍾乳石を見つけ、思わず早足になる。あれに間違いない。柱に寄り添うように寝かせた桃子の足が見えた。

「あそこです。桃子を寝かせてあります」

沖野も確認出来たようで、七海を追い越して桃子の元へ走った。桃子の元に急ぎたいが、既に走る体力は残っていない。全てを沖野に託して、後に続いた。

桃子の元にたどり着いた沖野は、なぜかそのままの状態で立ち尽くしている。全身の状態をチェックしているのだろうか。それならば、まず座ってから、桃子の体調を確認しそうなものなのだが。まだ寝ているのだろうか。

「来るな」

静かな洞穴内に沖野の低い声が響く。言葉の意味が分からず、さらに数歩進む。沖野の体が邪魔で桃子の様子が確認出来ない。

「沖野さん？　桃子の様子はどうですか。まだ寝ています？」

体を反転させた沖野は、七海の方へ歩いて来る。沖野の体で視界が遮られ、桃子の様子が確認出来ない。

「来ちゃだめだ。君の責任ではない」

「何を言っているんですか……」

だから、と沖野が苦しそうに声を荒らげた。

「いいかい、落ち着いて聞いてくれ。三上さんは死亡している」

「嘘よ」

沖野は痛みに耐えるように、首を横に振る。

「自分の目で確かめます」

沖野を振り払い、足を進める。心臓が激しく拍動し、周囲の音が消えていく。

桃子の声も笑顔も艶やかな黒髪も、肌の温もりも全て覚えている。

「桃……」

その場所に桃子はいなかった。沖野が背後から七海の目を手で塞ぎ、強引に引き戻した。

「君のせいじゃない。悪いのは私だ。全て私の責任だから」

沖野の青ざめた顔が目の前にある。

「桃子の手当てをしないと」

「頼む……しっかりしてくれ。高井さんも確認しただろう」

ああ……そうか。桃子はもう手当ても治療も必要ない。

だって、体が半分なかった。

腰から上が千切れて……白い砂利の上に赤黒い大量の血液が……

気が付くと、沖野に抱きかかえられながら悲鳴を上げ続けていた。

目を閉じても叫んでも暴れても、桃子の血の色が視界から消えない。

何かが桃子の体を食べて……

完全に体の力が抜けて、沖野の腕に崩れ落ちた。そのままゆっくりと地面に下ろされる。沖野が膝をついて、七海の顔を正面から見据えた。

「この島で起きたことは全て私の責任だ。屋上からの転落事故も三上桃子さんの件も。私を助けてくれて心から感謝している。一緒に生きて帰ろう」

「桃子が……私のせいで……」

沖野が首を横に振ってから、静かに抱き寄せてくれた。その後は感情の制御が利かず、意味のある言葉を発せなかった。桃子を失った喪失感で体がばらばらに壊れてしまいそうだ。ただ、沖野の温かさだけが、粉々に砕け散ってしまいそうな心をどうにか繋ぎ止めていた。

「酷なことは分かっている。でも今は生き残ることだけを考えて欲しい。お願いだから、私のために生きてくれないか」

「沖野さんもどうか死なないで。もうこれ以上誰かに死んで欲しくない」

「分かった。最大限の努力を約束するよ」

沖野は青ざめた顔色で、無理やり平静を装っているように見えた。この人は私がいなくては崩れてしまう。杏を亡くした上に、たった一人で残された職員の命を守ろうと戦ってきたのだ。

桃子を思うと、この場で死を選んでしまいたくなる。だが、この危険な森で生きる気力を失えば、望むまでもなく死が速やかに訪れるだろう。

今は生き残ることに集中しよう。桃子の死を嘆き、自分自身の愚かさに打ちのめされるのは、生き残った後存分に味わえばよい。それが妥当な罰だ。

七海は呼吸を整えると、自力で立ち上がった。

「心配をおかけしました。帰りましょう」

沖野は安堵した様子で頷くと、ゆっくりと立ち上がった。

「三上さんのリュックサックを取ってくる。彼女にタオルもかけてあげたいからね。少し待っていてくれ」

桃子の元に向かう勇気は持てなかったので、静かに沖野の背中を見送った。

改めて薄暗い鍾乳洞内に目を向けていると、中央を流れる川に白い泡が集まっている。魚影だろうか。そう思った次の瞬間、水中から巨大な影が現れ水柱《みずばしら》が上がった。川の上、鍾乳洞の天井付近にいたのは両翼を広げたアホウドリのキメラだった。小さな黒い目が七海の姿をしっかりと捉えている。食べ残した獲物を狩りに来たのだ。そうか、あいつが桃子を。

このキメラは川を外界との連絡路として利用していたのだ。そして、この場にいたアホウドリを捕食したのも桃子を殺したのもあいつだ。

「早く！　こっちだ！」
背後から叫ばれて体がすぐに反応した。振り返ると、沖野が柱状になった鍾乳石の横に立ってい
る。その場所は壁際に沿って複数の鍾乳石が天井と床から柱状に伸びていた。天然の檻《おり》のような構
造になっているため、中に入り込めばキメラの攻撃から一時的に身を守れそうだ。背後から咆哮が
聞こえたが、体は臆することなく動いた。
「奥に入って！」
沖野に手を引かれて石柱と石柱の間を進んでいく。すぐに怒りに満ちたキメラの体当たりが始ま
った。やはり、体が半分になっても襲ってきたヘビと同様に、捕食に対する本能が暴走しているの
だ。太い尾が鞭のように石柱に襲い掛かり、手前の一本が崩れ去った。天井から落ちてきた岩の塊
がキメラの体に当たっても、勢いが止まらない。
凄まじい衝撃で、足元の床から振動が伝わってくる。
「これじゃ、持たない……私がこの場にこいつを引き付けるから、高井さんは隙を狙って、鍾乳洞
の外に逃げてくれ。外なら隠れる場所が沢山ある」
振り返ると、鍾乳洞の入り口が見えた。柱の隙間を抜けて、二十メートルほど行けば外に出られ
る。だが、今身を隠している柱の陰から出てしまえば、出口までは何もない空間が広がっている。
上空に舞い上がったキメラの恰好《かっこう》の餌食となるだろう。狙いを定められた時点で、逃げ切れる距離
ではない。

不意に頭の中で桃子の声が響いた。懐かしい明るく聡明《そうめい》な声。思わず涙が出てきた。分かった。それに賭けてみるよ。

「沖野さん。私が外に出るまでの間、キメラをお願いします。合図をしたら、安全な場所まで下がって下さい」

「待て、何をするつもりだ？　外に出たら可能な限り遠くまで逃げるんだ。危険な真似《まね》はするな。自分の命を最優先にしてくれ」

「大丈夫。そのつもりですから。だから、沖野さんも無理はしないで」

沖野の返事を待たずに、柱の隙間を抜けて壁際に沿って走った。背後では沖野が大声を出しているのが聞こえた。大丈夫、キメラはまだこちらに気付いていない。

足音を殺して走り続け、ついに鍾乳洞の外に出た。数時間ぶりに暗闇の世界から抜け出し、太陽の光を浴びると視界が白く消し飛んだ。あまりに眩しくて涙が出てきたが、あえて空を見上げて太陽に目を向けた。三秒間目を見開いてから、足元に視線を戻す。一度固く目を閉じてから開けると、明順応が完了したため、白一色だった視界が正常に戻った。これで目の準備は終了。

背負っていたリュックサックからナイフと手袋を取り出し、身に着ける。ナイフの鞘を外してから、鍾乳洞の中に向けて叫び声を上げた。息を吸い込み、可能な限り高い声で叫び続ける。沖野の声をかき消すように、七海の声が薄暗い洞穴内に響き渡った。

仮にこの声で森にいる危険な動物を呼び寄せてしまったら、七海に生き残る術《すべ》はない。いずれにせよ、短時間で決めなくては。

「沖野さん下がって！」

　呼吸を整えてその瞬間を待った。自分でも不思議なほど恐怖心はなく、体も落ち着いている。十秒を待たずにキメラが鍾乳洞の中から滑空して飛び出してきた。が、次の瞬間、キメラはバランスを崩して地面に叩きつけられた。巨大な体が河原にぶつかり砂利が飛び散る。キメラは苛立《いらだ》ったように、太い尾を振り回して暴れている。七海は鞭のように飛んでくる尾を避けながら、キメラの背後から近づいた。鳥は鳥目《とりめ》ではないが、明順応に長く時間がかかる。今、目の前にいる巨大なモンスターは視力を失った状態だ。

　キメラの体に触れるほど距離を詰めてから、一気に首の後ろに飛び乗った。突然の攻撃を受けたキメラは、七海を振り落とそうと激しく暴れる。

　大人の胴体ほどある首に左手と両足を絡めて必死にしがみ付きながら、右手に持ったナイフをキメラの右目に突き刺した。

　ぷつりと膜を破る感触が右手に伝わり、さらに深く刃を進める。刃先が骨に当たったので、角度を変えて柄にぶつかるまで渾身《こんしん》の力を込めた。

　女性の金切り声のような鳴声が森に響いた。キメラは怒りに任せて両翼を羽ばたかせた。突風で体のバランスを崩しそうになったが、突き刺したナイフの柄に右手をかけて耐えしのいだ。痛みのためかキメラが高い声で叫び、一瞬羽ばたきを止めた。

　その瞬間を見逃さず、右手に握ったナイフを一気に引き抜く。左手は首の羽毛をしっかり握ったまま、左の眼球にナイフを突き立てた。キメラの咆哮が一段と激しくなり、体をよじらせて暴れ始めた。ここで仕留めなければ、意味がない。目だけでは不十分だ。もう少しナイフが長ければ、眼窩《がんか》から脳を破壊出来たはずだが、残念ながら致命的な個所には届いていないようだ。

それならば、首を攻撃する他ない。どれほど生命力が強くとも、首を切断されて生きていられる生物はいないだろう。切断しないまでも、ある程度傷をつければ出血で殺せるはずだ。

左目に刺したナイフを引き抜こうと力を込めたのだが、筋肉に刺さってしまったのか全く動かない。どうにかナイフを抜こうと焦っていると、突然背中に衝撃があった。何が起きたのか理解する前に、体が宙に浮いた。

振り回した尾が背中に当たったのだと気が付いた時には、三メートルほど先の地面に叩きつけられていた。胸を強打したため、呼吸が上手く出来ない。

痛みで吐き気に襲われたが、それ以上に呼吸の苦しさが耐え難かった。

「なんて無茶を……摑まって。早く逃げよう」

右腕を摑まれて顔を上げると、沖野の姿があった。無事で良かったと、声に出したくても激しい咳ばかりで体が動かない。キメラの尾が地面に叩きつけられる、乾いた音が体のすぐ横で鳴った。

「さあ、早く！」

沖野に支えられてどうにか立ち上がると、そのまま引きずられるようにして森の中に入った。だめだ、まだ足りない。

摑まれた沖野の手を振り払ってから、その場に座り込み呼吸が落ち着くのを待った。沖野の手が背中に触れる。この温かさがあればそれだけでもう十分だ。

「ここで、あの化け物を仕留めます。このまま生かしておけば、研究所まで来てしまうかもしれません。これ以上誰も死んで欲しくない」

「それはそうだが……どうやって。これ以上危険な目に遭わせるわけにいかない」

沖野はキメラから七海を隠すように膝をついて座った。真っ青な顔色だと思い改めて沖野を見ると、Tシャツの右脇腹付近が引き裂かれている。驚いて裂かれた服の奥をよく見ると、皮膚を削り取られたような生々しい傷痕があった。まだ出血が続いている。急いで背負っているリュックサックの中身を調べた。清潔なタオルとサージカルテープが使えそうだ。

沖野のTシャツをめくって、傷口に消毒薬をかけた。爪で抉られたのか、四本の深い傷口が開いている。タオルを当てて、体の周囲をサージカルテープで何重にもきつく巻いた。沖野が苦痛のうめき声を漏らす。

「ありがとう。爪を引っかけられた。大した怪我じゃないと思っておくよ」

「無理をしないで。ただ少しだけ手伝って下さい」

木の隙間から見ると視力を奪われたキメラは、頭をしきりに振って眼球に突き刺さったままのナイフを外そうとしている。これ以上時間が経てば、回復のチャンスを与えてしまう。

「鳥類は獲物を捕らえる時、飛び抜けて優秀な視力を使うと桃子に聞きました」

「つまり、視力を失ったあの状態ではこちらを見つけられないということだね」

「そう。あとは聴覚ですが、それを利用します」

周囲は熱帯の森。視界が阻まれるほど密に樹木が生えている。広い空間で戦えば、再び尾の餌食になる。この森の中なら飛翔もままならないだろう。沖野の身が守られて、時間が稼げる場所はないか。考えろ。これがあのモンスターを倒す最後のチャンスだ。失敗すれば、全員が死ぬ。

神経を研ぎ澄まし、森の中を見回した。この場所にあるもので何が出来る。桃子の言葉を思い出し、心を落ち着かせる。そして素晴らしく最適な檻を見つけた。


沖野と手筈《てはず》を整えてから、息を殺してその時を待った。これまでの人生で神に祈った経験などなかったが、今回ばかりはすがりたい気分だ。神の存在は分からないが、いるならどうか沖野の命を守って欲しい。

両手には鞘から出した桃子のナイフを握っている。汗や血液で手が滑らないように、桃子が使っていた黒いグローブもはめた。あの怪物が桃子の命を奪ったと考えると、体中が怒りで震える。だが、今は冷静に対処しなくてはいけない。おそらく、チャンスは一度しかない。

不意に沖野の大きな声が森の中に響き渡った。この場所からは沖野の姿が見えないので、無事を祈るよりない。声が聞こえている間は少なくとも生きている証拠になる。怒りに満ちたキメラの咆哮も聞こえてきた。

「ほら！　ここだ！　餌はこっちだ！」

ついに木の合間から沖野の姿が確認出来た。沖野は大木を上手く盾《たて》にしながら、キメラを誘導している。視力を失ったキメラは怒りのままに、太い尾を振り回し、周囲の樹木を薙ぎ倒しながら沖野の後を追い始めた。尾の攻撃も今のところ上手くかわしているようだが、生きた心地がしない。

七海の計算通り、キメラは大きな体が徒《あだ》となって、翼を広げられないようだ。少し両翼を開いては、木にぶつかり混乱している。もう少しだ。

予定のポイントまであと十メートルほどになった時、沖野が何かに足を取られて転んだ。口を衝《つ》いて出そうになった悲鳴をどうにか呑み込む。キメラが振り回した尾の先端が沖野の体をかすめた。

助けに向かいたい衝動と戦っていると、沖野が体を回転させてどうにかキメラと距離を取ってくれた。思わず、大きな吐息が漏れる。

「ほら、どこ見ている！　ここだ！」

立ち上がった沖野はさらに大きな声を出し、目的のポイントまで到着した。あとはどうか上手く隠れてと、心の中で叫ぶ。キメラは三メートルほど先まで来た。眼球にナイフが突き刺さったままの頭を振り、沖野の声を探しているように見える。さして、痛みを感じていない様子に鳥肌が立った。

わずかの間静寂が辺りを包んだ後、沖野の叫び声が足元から響いた。沖野を見失っていたキメラが、餌のありかを発見し突進してくる。そのままの勢いで走ってきたキメラが木の幹に体当たりし倒れた。振動で体が落ちそうになるのを堪《こら》えてから、体勢を立て直す。沖野が、倒れたキメラに向かって再度声を上げた。

キメラはゆっくりと立ち上がり、沖野の元に向かう。左目からナイフの柄が生えているキメラは、自分の足元付近から聞こえる獲物の音に気が付き、白い羽毛に覆われた首を伸ばした。

今だ。七海は絞め殺しの木の幹から、二メートルほど下にいるキメラに向かって飛び降りた。沖野はかご状になっている幹の内側で身を隠しているはずだ。

ある程度の衝撃を覚悟していたが、羽毛に覆われたキメラの体は上手く落下の勢いを吸収してくれた。キメラは突然体に落ちてきた物体に驚き、首を上げたが、振り落とされる前に渾身の力で白い羽毛にナイフを突き立てた。見る間に真っ赤な血が溢れ出し、キメラの首を染めていく。キメラの恐ろしい叫び声が響き渡り、ナイフの刃が骨に当たった。

鳥の骨は飛翔に特化しているため、内部が空洞で他の脊椎動物に比べるともろい。その特徴が残されているなら七海の力でも十分破壊出来るはずだ。

さらに体重を乗せて、ナイフを深く突き刺す。わずかな抵抗の後に二十センチほどある刃が深々と刺さった。迷った後ナイフを引き抜き、血濡れた傷口の隣にあてがうと再び体重をかけた。キメラは咆哮と共に激しく首を振り回す。

振り落とされそうになりながら、突き刺さったナイフの柄を必死に掴んだ。これを抜かなくては。両手で掴んだナイフを思い切り引くと、裂けた皮膚の間から、鮮血が噴出した。キメラは怒りに満ちた甲高い鳴声を上げると、ひと際激しく頭を振った。

七海はキメラの足元の地面に叩きつけられた。顔に生暖かい液体が降り注いでくる。キメラの血液だ。耳が痛むほどの咆哮が響き渡り、鋭い鉤爪が土を抉る。白い羽毛が舞い上がり、まるで雪のように降りかかる。振り回される尾を避けて、どうにか体を起こした。

耳を覆いたくなるほどの叫び声が続き、ついにキメラが倒れた。いつの間にか、七海の隣に沖野が寄り添っている。

キメラは最後の叫び声を上げると、完全に動きを止めた。

「良かった……やっと死んでくれたみたい」

沖野は無言でキメラに近づくと、頭部を足で押さえながら眼球に刺さったナイフを引き抜いた。キメラは全く動かず、まるでSF映画に出てくる作り物のモンスターのようだ。

沖野はキメラの血で汚れた首にナイフの刃を当てると、登山靴のかかとを打ち下ろした。その瞬間、電気が走ったようにキメラの全身が硬直し、やがてゆっくりと弛緩《しかん》していった。

「念のため、首を切断しておいた。本当にありがとう。高井さんのおかげで命拾いした」

「いえ、桃子が私に色々教えてくれたからです」

「さあ、研究所に戻ろう。明日の朝には救助の船が着く」

沖野はナイフをしまうと、リュックサックを背負い直した。振り返ると、空高く枝を広げるイチジクの木、絞め殺しの木が見えた。沖野を守ってくれた残酷な大木に心の中で感謝の言葉を伝えた。生きて帰る。それだけが、七海と沖野を導いてくれた桃子に対する恩返しだ。


沖野と二人で川を下り、ヘビ型のキメラを見つけた場所までどうにか戻った。日はまだ残っていたが、既に傾きかけている。心身共に余力のない沖野と七海にとって、皮肉なことにアホウドリのキメラが一帯の感染動物を食べ尽くしてくれたのは幸いだった。今の状態でさらに大型のヘビに襲われれば、あっさりと命を失うだろう。

たった半日前に、ここで桃子と言葉を交わしたなど幻のようだ。あの時止めていれば桃子は今も生きていたのか。それとも三人ともあのモンスターの餌食になり死んでいたか。桃子の悲惨な姿が脳裏に浮かび、激しい吐き気に襲われた。思わず口に手を当てていると、沖野が七海の肩に手を置いた。

「君は悪くない。全て私の責任だ。私を恨んでくれて構わないよ」

顔を上げるといつもと変わらない、少しだけ困ったように見える柔らかな瞳が自分を見つめていた。

気が付くと沖野の胸に顔をうずめて子供のように泣いていた。桃子が鳥の群れに襲われた時は、沖野と二人で桃子を守った。桃子はもう二度と笑ってくれない。希少な生物を見つけて、目を輝かせて喜んでいた桃子の声が頭の中で響く。どうして一人にしてしまったのか。どうしてこんなことに。

沖野が両手で体を抱き締めてくれた。手のひらの温かさに包まれていると、さらに涙が途方もなく溢れてくる。

「大丈夫。君は守るから。必ず生きて帰ろう」

泣くのはこれで最後にする。そう心の中で誓ってから、感情の嵐が過ぎ去るのを待ち続けた。

まだこれほど涙が残っていたのかと思うほど泣き続けてから、ようやく顔を上げられた。沖野は何も言わずに体を離すと、リュックサックの中からコンパスを取り出した。コンパスで確認しながら、目の前に広がる森の稜線を見ているようだ。

「研究所の方角は三上さんに聞いていたから、何とかなるはずだ」

沖野の顔色は良くなかったが、表情は落ち着いていた。

「沖野さん、怪我の具合は大丈夫ですか」

「正直ベッドで休みたい。そろそろ限界かな。だから早く戻ろうか」

沖野はわずかに笑みを浮かべると、七海に背を向けて歩き始めた。まるで桃子のような振る舞いに、息が詰まりそうになる。沖野の背中を見ながら歩き出すと、必ず生きて帰れるのだと不思議な安堵感が広がっていった。

桃子のいない密林は恐ろしい場所であったが、幸い生物の気配はなかった。沖野が方角を確かめながら、比較的緩やかな山道を登っていく。三十分歩いては、休むという桃子の教えを守りながら、先を急いだ。

桃子が山の歩き方を七海に教えてくれたので、激しい疲労の中でもどうにか歩を進められている。足元にオレンジ色のウスベニコップダケを見つけて、胸が刺すように痛んだ。生き残った皆を必ず島から脱出させる。桃子に出来る恩返しはそれしかない。

歩き始めてから二時間が経過した。横倒しになった大きな木の幹に腰を下ろしながら、最後のペットボトルに口を付けた。時刻は午後六時を回り、太陽は既に沈んでいる。沖野がヘッドランプを七海に手渡してきた。

「おそらく、あと二時間ほど歩けば研究所に戻れると思う。怪我は大丈夫？」

「はい、何とか。鳥の声が聞こえてきましたね」

鍾乳洞の周辺は見事なまでに無音だったが、今は遠くから低い鳥の鳴声が聞こえてくる。あのモンスターも島全体の生物を食べ尽くすには至らなかった。アホウドリのキメラにあったエラは飾りではなく、実際に機能していたのだろう。改めて、二人が無事だったのは運が良かったのだと思い知った。

「暗いから、十分注意して向かおう。何事もないことを祈るよ」

七海は頷いてから、ヘッドランプの明かりを灯す。薄暗くなった森の中に、一筋の光の道が示された。

ああ、ついに帰ってきた。熱帯の森を抜け、研究所の裏手に沖野と二人で立った。ここを出発したのは昨日の早朝だと誰が信じてくれるだろう。

研究所はまるで何事もなかったように、暗い空間にそびえている。心美と門前が利用しているのか、一階は電気が煌々《こうこう》と点《つ》いていた。二階以上の階は、常夜灯の小さな明かりが見える。

自然の力が支配する死と隣り合わせの密林から、ようやく人間の世界に戻ってこられた。あの頑丈な建物の中に入れば、凶暴化した野生動物の襲撃から命を守れる。これだけで、何とありがたいことか。

「ひとまず中に入ったら、怪我の手当てをしないとだな。足の怪我は大丈夫かい」

「私より沖野さんが先です。怪我をした場所の手当てをやり直さないと」

沖野の顔色はさらに青白く、立っているのも限界のように見える。もしかしたら、出血が止まっていないのかもしれない。沖野にもしものことがあったらと想像すると、全身に鳥肌が立った。とにかく早く休ませなくては。

七海は沖野の体を支えながら、研究所の正面入り口に向かった。

職員五人が命を落とした現場には、コンクリートの上に赤茶色の染みがわずかに残っていた。知らなければ気が付かない程度の汚れだが、悪寒が走る。

沖野がリュックサックから職員証を取り出し、鍵を解除してようやく安全な研究所内に踏み込んだ。

空調が効いた館内は涼しく湿度も抑えられている。一歩中に入っただけで、生き返った心地がした。すぐに冷水器に向かい、呼吸を忘れるほど大量の冷たい水を飲んだ。水を飲み終わってから、沖野の存在を忘れていたと気付き、場所を代わった。沖野も夢中で水を飲んでいる。

沖野と自分の手当ての前に、ひとまず心美と門前に戻った件を伝えなくてはいけない。そう思って休憩室に目を向けると、なぜか扉が開け放たれていた。

「心美さんと門前さんの様子を見てきますね」

乱雑に開いた扉に胸騒ぎを覚えながら、廊下を急ぐ。

「心美さ……」

放った言葉は無人の部屋にむなしく響いた。休憩室の電気は点いたまま、部屋の中央にあるテーブルの上に飲みかけのペットボトルが置かれている。手前にあるパイプ椅子が引かれた状態だった。状況から、椅子に座っていた人物が慌てて部屋を飛び出したように見える。

「いないのか……探してみよう」

七海の後ろから沖野が心配そうに部屋の中を見た。一階に部屋は複数あるが、会議室などには用事がないだろう。廊下に戻ってから、反対側にあるトイレに向かった。声をかけてみたが、人の気配はない。念のため個室の扉を開けていったが、やはり心美の姿はなかった。

トイレから戻ると、沖野が食堂に向かって歩いていた。わずかに迷ってから、七海は会議室が並ぶ正面玄関から向かって、真っすぐに延びる廊下を走った。手前から順に扉を開いては中を確認していく。

会議室、多目的室、どの部屋も電気が点いておらず心美の姿もない。最も奥にある動物舎まで調べてから、走って食堂に向かった。電気が点いている食堂の中に沖野が立っている。七海に気付いた沖野は静かに首を横に振った。

「宿泊棟に戻っているのかもしれないね」

「そうですね。私が見てきます」

沖野に告げてから、早足で廊下を急いだ。あれだけ怯えた状態の心美を一人にしない方がいいと門前も分かっていたはずだが。一日経過したので、落ち着いたということだろうか。

考えを巡らせながら正面玄関前の吹き抜けのホールまで来ると、上階から何かが倒れる音が響いた。反射的に音のした方向に目を向けたが、人の姿はない。

七海の後を追ってきた沖野も音に気付き、上階を見上げている。

「門前さん、心美さん、そこにいますか」

停止しているエスカレーターの下から声をかけてみたが、返事はない。沖野と顔を見合わせてから、エスカレーターをかけ上っていった。

エスカレーターを上り切り、薄暗い廊下に出る。暗い廊下の先を見て、背筋が凍り付いた。床にタールのような赤黒い液体が何かを引きずったように続いている。血液だ。

「沖野さん……これ血」

「私の後ろに下がって」

沖野は一歩前に出ると、床に付いた液体をじっくりと観察している。

「確かにこれは動物の血液だ。二人のものだと決まったわけではない、落ち着いて」

沖野は小さな声で告げると、血の跡をたどって歩き始めた。血は途切れながらも、長い廊下に点々と続いている。一歩一歩、足音を殺すように沖野の後を追った。リュックサックの中にしまったナイフを静かに取り出し、鞘を外して右手にしっかりと握った。沖野の右手にもいつの間にか同じようにナイフがある。

何かが研究所の内部に入って、二人を襲ったのだろうか。冷静になれと言われても最悪の事態しか想像出来ない。ただ、入り口の鍵はしっかり閉めていた。どこかの窓ガラスが破られたのか。緊張で心拍数が上がり、あれだけ水を飲んだというのに喉が張り付くように渇く。沖野がいなければ、恐怖に押しつぶされパニックに陥っていたかもしれない。どうか二人に生きていて欲しい。

沖野が振り返り、七海を気遣う視線を向けてきた。しっかりと目を見て、自分は大丈夫だと頷いてみせた。沖野は納得した様子で正面に向き直った。

血液をたどって廊下をさらに進んでいくと、突き当たりにある低温室の前に着いた。見ると扉の前に血だまりが出来ている。血液は既に黒く変色し乾いているが、最も大量にこぼれていた。廊下は左側に続き、さらに奥まで血液の跡が続く。この中には杏たちの遺体が横たえられているというのに。

「君はここで待っていてくれ。私が中を確認してくる」

静かに首を横に振ると、沖野は大きなため息をついてから扉のノブに手をかけた。重い扉を開けた瞬間に冷気が流れ出てくる。低温室に広がっている光景を見て、悲鳴を抑えることが出来なかった。左手で口を押さえても声を止められない。なんてことを……

さして広くない低温室は、部屋全体が赤黒く染まっていた。飛び散った血液や体の一部が低温により、シャーベット状に凍り付き壁に張り付いている。

ブルーシートに安置されていた職員の遺体は、獣が食い荒らしたような惨状だった。腹部に穴が開き、赤黒い肝臓や小腸が体から出ている者、太ももや頰の肉が食いちぎられている者、真島の肘から先がなかった。

杏は？　杏はどこにいるのか。震える視線で部屋全体を見回すと、左の壁際に杏の遺体が転がっていた。

ブルーシートの上に丁寧に横たえられていたはずの杏は、無残に腹部が裂かれ周囲に血液が飛び散っていた。ロイヤルブルーのフレアスカートはウエスト部分が引き裂かれ、太もも付近に絡まっている。白いシャツと白衣はどす黒い血液に染まり、露になった白い下腹部はへそから下が裂けていた。あまりに恐ろしい惨状に、体が強張《こわば》り視線が逸らせなかった。

そして、裂けた腹部から二十センチほどの丸く赤黒い塊が引きずり出されている。その塊から伸びる青白い紐は途中で引きちぎられている。一瞬、臓器の一部が露出しているのかと思ったが、それは紛れもなく胎盤とへその緒だった。

「見ては駄目だ。どうか落ち着いてくれ」

沖野に体を抱えられるようにして廊下に引き戻された。あまりの恐怖に全身が震え、ナイフが床に落ちた。激しい眩暈がして立っていられず、その場に座り込む。両手で口を押さえても嗚咽《おえつ》が漏れてしまう。

杏は妊娠していたのだ。

杏の腹部から胎児が無理やり取り出されていた。いや、あれは獣に食べられてしまったのだろうか。なんて残酷な仕打ちだろう。

「どうしてあんな……酷すぎる」

「今、考えるのは止めた方がいい。残酷な言い方に聞こえるかも知れないが、桐ケ谷所長は亡くなっていた。何に襲われたにせよ全員、亡くなった後だ」

沖野は周囲に目を向けながら、囁《ささや》くような声で呟いた。それは確かにそうだろう。だが、杏は妊娠していた。この事実が重くのしかかって来る。もちろん、屋上から落下した時点で胎児の命もなかっただろう。でも、だからと言って獣に食べられていいわけがない。

「二人を探してくる。君はどこかの部屋に隠れていた方がいい」

「いいえ。私も行きます。二人を助けないと、桃子に申し訳ない」

沖野は小さくため息をついてから、手を引いて立ち上がらせてくれた。落としたナイフを拾ってから、深呼吸をして心を落ち着かせる。沖野は七海の様子を確認すると、左手に続く廊下の血痕をたどり始めた。

薄暗い廊下の両側に実験室が並ぶ。沖野は手前から順に扉を開けて室内を確認していった。無人の廊下は、天井に付けられた空調の音だけが静かに響いている。手前から一つ目と二つ目の実験室には特に異常はなかった。そのまま息を殺して進む。三つ目の実験室の前で沖野の歩みが止まった。

沖野の視線の先にあるドアノブは、赤黒い血液で汚れていた。心臓の鼓動が一気に跳ね上がり、体が震える。低温室の凍り付いた血液が目の前に見えた。

沖野がナイフを右手に構えてから、ゆっくりとドアノブを回して扉を開けた。実験室の中は常夜灯と窓から差し込む月明かりでほの暗く照らされていた。

「門前さん……」

部屋の中央にある正方形の実験台の上に、腹を食い破られた門前の姿があった。露になった腹部はみぞおち付近から大きな裂け目が開き、青白い肋骨が見えている。さらに、何かが千切ったのか、赤黒い肝臓の一部らしき物体が床に落ちていた。実験台の上に広がる血液が溢れて床に滴り、そのまま乾いている。何かが生きたまま門前を食べたのだ。

激しい吐き気に見舞われて流し台に向かったが、空の胃袋からは何も出てこない。胃が絞られるように痛んで涙が溢れてきた。顔を上げて改めて部屋の中を見回すと、悲惨な状況が理解出来た。

実験室に並んでいた椅子は全て横倒しになり、壁際に並ぶ棚は扉が開き、床に割れたビーカーの破片が飛び散っていた。さらに、実体顕微鏡が放り投げられたかのように、壁の下に落ちていた。おそらく門前はこの場所で自分を襲ってきた何かと戦い、殺されてしまったのだ。

「出よう。この場にいても仕方ない。長瀬さんを探そう」

沖野は血にまみれたドアノブに手をかけると、廊下に出た。七海も後に続く。

廊下に点々と血液が続いている。どうか心美だけでもどこかに逃げ延びていて欲しい。沖野と七海が倒したアホウドリのキメラが、まだ他にもいたのだろうか。五人の死体を貪《むさぼ》った上に、門前を殺したモンスター。七海が倒したあのキメラが一匹だとは限らない。どうか心美には無事でいて欲しい。

さらに暗室と培養室の中を確かめてから、沖野が次の部屋の扉を開けた。青い月明かりの差し込む実験室は他の部屋と同様に人の気配がなかった。そのまま扉を閉めようとしたところで、何かがぶつかる小さな物音が響いた。沖野と顔を見合わせ、音を立てないように静かに室内に入る。緊張でナイフを握る右手に汗が浮き、滑り落ちそうになった。

音は部屋の隅の白衣を入れてあるロッカーからのようだ。沖野も気が付いた様子でロッカーに近づくとナイフを構えてから、一気に扉を開いた。狭いロッカーの中には、白いTシャツの胸元を赤く染めた心美がうずくまっていた。

「心美さん！　心美さんしっかりして！」

沖野は素早く実験室のドアに向かい、鍵をかけてから戻ってきた。二人がかりで心美をロッカーから出し、床に横たえた。裂けたTシャツの下から三本の深い傷が見える。沖野の体についた傷とよく似ていたが、心美の傷は数段重傷に見えた。左胸の下から右の脇腹にかけて痛々しい傷口が開き、出血が続いている。沖野はロッカーから使われていない白衣を取り出すと、心美の体の下に敷いた。沖野は、さらしを巻くように白衣を心美の体にきつく巻いていった。最後に袖の部分を利用して縛ると、心美がうめき声を上げて薄らと目を開けた。

「心美さん……しっかりして。私たちが戻ったからもう大丈夫よ」

「く……る。あいつが……」

心美は虚ろな瞳で七海を捉えると、一粒の涙を流してから静かに目を閉じた。

「心美さん！　心美さん！」

心美の肩をゆすっていると、沖野が七海の手を止めた。振り向くと、沖野は静かに首を横に振った。見る間に心美の体に巻き付けた白衣が赤く染まっていく。心美は深いため息をつくと、静かになった。

沖野が心美の頭の近くに移動して、呼吸を確認しゆっくりと首を横に振る。

門前も心美も殺されてしまった。

仲間たちの体もめちゃくちゃに傷つけられた。杏の体まで。

低温室で見た光景と心美の痛々しい姿が重なり、怒りで頭の芯が白くなっていく。恐怖より、怒りで涙が溢れてきた。

そこまで考えて強い違和感を覚えた。腹部が裂かれた門前の無残な遺体。目の前で息を引き取った心美。血に染まった低温室。胎盤とへその緒。

何かがおかしい。そうか血液だ。

門前と心美は生きていた。

「低温室に寝かされていた人は亡くなっていた」

心美の体に新しい白衣をかけていた沖野は、振り向いて七海を見た。

「こうなってしまったのは君の責任じゃない。本当に辛いが、皆、殺されてしまった。二人だけでも何とか明日まで持ちこたえよう」

「違う。低温室に安置されていたのは遺体だと言っているの。それに、桐ケ谷所長は妊娠していた」

低温室に並べられていたのは死体だ。生きた状態で襲われた門前や、心美とは状況が違う。あまりの恐怖と混乱で状況把握が出来ていなかった。なぜ気が付かなかったのだろうか。恐ろしい結論にたどり着いてしまいそうで、目を逸らしたかった。

七海は心を落ち着かせるために大きく息を吐いた。七海の態度を落ち込んでいると捉えたのか、沖野が隣に立つと背中に手を置いた。

「桐ケ谷所長の件は忘れた方がいい。妊娠週数が浅ければ気が付かなくて当然だからね」

「そうじゃないの。なぜ死亡していたのに、あれほど出血していたの？　しかも低温室ですよ。どう考えてもおかしい」

通常死亡すれば体内の血液循環が止まり、重力に従って血液は体の下になっている部分に溜まるはずだ。確か、死斑はそのような原理で生じると何かの本で読んだ覚えがある。つまり、死体を切り刻んでも低温室で見たような惨状にはならないはずだ。

「つまり、何が言いたいのか教えてもらえるかな」

「真島君以外は、全員生きていた。そうでなければ、あれだけの出血の説明がつかない。もちろん、動いたり話したりはしない。でも体は生かされていた」

「まさか……そんなはず」

七海の脳裏に、体が半分に千切れながら襲い掛かってきたイワサキワモンベニヘビが浮かんだ。この島に広がっているレッドに感染すると、異常な食欲に支配され、さらに生命力が尋常ではないほど強くなる。

「以前桃子から聞きましたよね。寄生生物に感染した場合、死亡してもおかしくない状況下で生存し続ける生物が実際にいると。屋上から落下した職員はこの状態だったのではないでしょうか。つまり、酷い外傷で死亡しているようにしか見えなかったけれど、わずかな生命活動を続けていた」

「ああ……なんてことだ」

沖野は両手で顔を押さえ、椅子に座り込んだ。七海も実験台の前にあった椅子に体を預けた。緊張で忘れていた体中の痛みが一気に襲ってくる。最早、どこがどのように痛むのかさえ分からない。

「本当に恐ろしいことだが、亡くなってしまったんだ。これ以上考えない方がいい。明日まで生き延びることだけ考えよう」

小さく頷くと実験室のドアに目を向けた。今は鍵がかかっているが、このドアがあの巨大なキメラの攻撃に耐えられるだろうか。七海が倒したアホウドリのキメラが紛れ込んでいるとすれば、尾の一撃で壊れてしまう。

銀色のドアノブを見つめていると、再び強い違和感に襲われた。

ああ、分かった。これほど単純な間違いに気が付かないほど、激しい疲労が思考を蝕《むしば》んでいたのか。自分の愚かさが悔やまれる。

「沖野さん、皆を襲ったのは私たちが殺したアホウドリのキメラではないです。全く別の生物です。だって巨大すぎて実験室のドアを抜けられない」

あの怪鳥と戦った際、狭い空間に何度も逃げ込みどうにか命を守った。特に、低温室のような狭い場所では、仮に内部に入り込めても身動きすらままならないだろう。沖野はわずかに沈黙してから、首を捻った。

「確かにその通りだが、体がもっと小さいとは考えられないだろうか。どれほどの大きさに育つかは、不明ではないかな」

「でも、ドアノブを回していますよ。殺された人々は、全員部屋の中で襲われています。そして、ドアは壊されていない。少なくともノブを回して扉を開けるだけの知性を持ち合わせた生物です」

「なるほど。どうすべきか少し考えさせて欲しい。休んでいてくれるかい」

沖野はそれだけ言うと、体力を使い果たしたように再び両手で顔を覆った。

猿のような生物ならドアノブを開けられるだろうが、この島に猿はいない。どのような生物であっても、ドアを潜り抜けられるサイズなら、巨大なモンスターに比べて力も弱い可能性が高い。そうであれば、この実験室にこもっていた方が安全だろうか。

七海は鍾乳洞に入ってから恐ろしいキメラと遭遇するまでの記憶を再生していった。消えた沖野を追って、鍾乳洞の中に入り巨大なモンスターに遭遇した。

沖野と暗く狭い洞穴を抜けモンスターの追撃を振り切った先で、変わり果てた姿の桃子を見つけた。

何か小さな違和感が頭の隅に引っかかっている。とても大切で単純な事実を見失っているような、まるで道に迷ってしまったかのような不安が押し寄せてくる。鍾乳洞に入ってからの三人の行動を反芻してみる。桃子の死を何度も突き付けられ、心が砕けてしまいそうになるが、もう少しで答えにたどり着ける気がする。思いつめているように見えたのか、沖野がわずかに困ったような目をして七海を見ている。

沖野の色素の薄い瞳を見ていると、不意に違和感の正体がはっきりと分かってしまった。鍾乳洞の最奥《さいおう》で発見した沖野の全身は濡れていた。つまり、手前の洞穴内で意識を失っていた沖野はキメラに捕獲され、川に引きずり込まれて最奥の空間に運ばれたのだ。だったらどうして。

「どうしてあの鍾乳洞にあった横穴の存在を知っていたのですか？」

七海の言葉の真意を理解出来ないのか、沖野は一瞬言葉を失った。

「横穴とは何だい？　急にどうしたの」

「鍾乳洞の中で鳥形のキメラに襲われた時、逃げ込んだ横穴です」

沖野は記憶を手繰るように眉根を寄せてから、ああ、と頷いた。

「見えただけだよ。君が呆《ほう》けてしまって危なかったから、見回して逃げ込めそうな場所を見つけただけだ」

「それはないですよ。あの暗さでは距離が離れていて入り口は見えなかった。ましてやキメラが入り込めないほど狭いなど、詳しく知っているはずないじゃないですか」

「本当にどうした。見えたとしか言いようがないな」

沖野は姿勢を正して、七海の目を正面から見据えている。なぜ沖野がこのような嘘をつくのか、どうしても理解出来ない。ヘッドランプを着けていた七海ですら、鍾乳洞の中では自分の位置を見失うほどの暗さだった。正しい方向に走れたのは、自分が実際に通過してきた場所だからだ。沖野は広い空間のどこに脱出口が位置するのか正確に把握していた。

つまり沖野は自分の足で鍾乳洞の内部まで入った経験があるのだ。

そしてもう一点、沖野の言葉に強い疑問が生じてしまった。

「桐ケ谷所長の妊娠をご存じだったのですか？」

「それは、君が言ったからだよ」

確かに杏の妊娠については七海が言及した。それは七海が杏の遺体から見えていた胎盤とへその緒に気付いたからだ。沖野はあの時、パニックになった七海を低温室から外に出すだけで精一杯だったはずだ。杏の妊娠を告げられたら、驚くのが普通の反応ではないだろうか。

「それでは桐ケ谷所長の妊娠を全く知らなかったのに、私が初めて伝えた時、なぜ驚きもせず妊娠週数が浅いと言ったのですか」

「ちょっと待ってくれ。一度落ち着いて欲しい。こんな状況では混乱するのも無理はないが、どうしたんだ」

　沖野は全ての体力を使い果たしたように笑う。沖野はあの鍾乳洞の存在を知っていた可能性が高い。ならばなぜ黙っていたのか。そもそも入り江に向かおうと主張したのは桃子だ。沖野ではない。考えれば考えるほど、沖野の言動が不自然に思えて来る。でもその一方で、七海の身を守ってくれたのは沖野だ。そこがどうしても分からないのだ。

　沖野が首を振ってから、立ち上がった。本能的な恐怖を覚え、七海も思わず椅子から立ち上がる。実験室の出入り口は背中側にある。我慢出来ず一歩後ろに下がった。沖野が大きなため息をつく。

「どうして私から逃げようとする。私が君の体を傷つける理由がない。ずっと守ってきたと思うが、違うかい？」

「だから余計に分からない。なぜ私を守ってくれたのに、嘘をつくのか。桐ケ谷所長の妊娠もあの鍾乳洞も知っていましたね」

「全て誤解だよ。明日になれば助けが来る。それまで二人で身を守ろう」

　沖野がさらに一歩、近づいてくる。七海は身を翻して、ドアノブに手をかけた。そのまま廊下に逃れようとしたが、ノブが回らない。沖野が鍵をかけたのを忘れていた。すぐに鍵を開けて廊下に逃げ出そうとしたが、沖野の手に押さえられてしまった。

「君を守ったのは、君が大切だからだ。確かに嘘はついていた。それは謝罪する。桐ケ谷所長が妊娠していたのは知っていた」

沖野は七海の右手を強引に摑むとドアノブから遠ざけた。

沖野の手は力が入りすぎて、痛みすら感じる。あれだけ心地よく、安心感を与えてくれた手との違いに体が震えてしまう。

ただ、沖野の瞳は今までと全く変わらない優しさで満ちていた。疲弊した心は沖野に全てを委ねてしまえと繰り返し訴えてくる。心美と門前を残酷に殺した何かと一人で戦えるわけがない。

痛むほど強く握られた右手の力が緩む。

沖野の瞳だけを見ていると、全てはただの誤解であると思えた。沖野は三年前からこの島で研究をしているのだから、島内の探索をしていても不自然ではない。あの鍾乳洞も単純に内部を調べた経験から、構造を知っていた可能性もある。そもそも身を挺して七海を何度も助けてくれた。沖野の言うように、七海に危害を加えるつもりなら、どのタイミングでも出来たはずだ。

杏の妊娠についても、仕事上のパートナーであれば告げられていても不思議はない。口止めされていれば、他人に伝えもしないだろう。全ては七海の邪推に過ぎないのだろうか。

命の危険に晒され続け、心も体も限界まで疲れてしまった。何も考えたくない。全ての痛みと恐怖から解放されたい。自分を守ってくれるなら、それが誰であろうと構わない。

七海は顔を上げて沖野を見つめた。考えるのを止めよう。

「桐ケ谷所長から妊娠の件を聞いていたのですか」

「ああ、そうだよ。父親は私だからね」

沖野の瞳は、七海のよく知る慈愛に満ちた穏やかさに溢れたままだった。

その瞬間に目の前にいる男の異常性をはっきりと認識出来た。疲労で霞《かすみ》がかかっていた頭がようやく動き出し、沖野から逃げろと告げてきた。この男は自分の子供が食い散らかされたと知っても顔色一つ変えなかった。まるで他人事《ひとごと》のように、妊娠週数について話していた。

そして、君が大切だと告げた相手に杏との関係を暴露している。

実験室内は涼しく快適だというのに、嫌な汗が背中を伝っていく。耐え切れず摑まれた右手を払いのけた。

沖野は乱暴に扱われた自分の手を不思議そうに見てから、顔を上げる。

「何か気に障ったのなら謝るが……ああそうか。桐ケ谷所長と私の関係を不快に思ったのかな。だとしても、もう亡くなった人だ。それを理由に君と私が仲たがいするのはどうかと思うね」

「なぜそこまで落ち着いていられるの。あなたの子供が酷い目に遭ったのに。まるで悲しんでいないじゃない」

沖野は言葉の意味を理解出来ないのか、腕を組んで数秒黙した。何かの考えに至ったのか、わずかな笑みを浮かべている。

「なかなか上手くいかないものだよ。まさか、鳥類の条件反射が発動して高所から飛び降りて採食行動に移るとは予想もしなかった。君が解明してくれなかったら何が起きたか理解出来なかったな」

「あなたは何を言っているの……」

「だから、杏が飛び降りたのは本当に残念だった。大切な子供を育てていたのに。でも君を大事に思う気持ちは本心だから。信用して欲しい」

沖野の目を見ていると、何が正しいのか分からなくなってしまう。この人は単に他人に対する愛情の示し方が、著しくずれているだけなのだろうか。

杏の死を悲しみ、危険な生物の排除のために戦ってくれた。入り江に繁殖したレッドの排除には沖野の協力が必要だ。まだ実行に移せていないが、あの川をせき止めれば入り江のレッドは死滅する。

そして何より、七海を救ってくれた。この人を信じたい。わずかに感情表現が苦手なだけだ。きっと悪意はない。

不意に暗いテントの中で見た桃子の携帯電話の画面が脳裏に浮かんだ。agaga,tasi,palao'an,SOD。この全ての文字を含む論文は一本だけだった。

アスンシオン島にのみ生息するソフトコーラルについては、圧倒的に資料が足りなかった。専門に研究していたなら分かるが、沖野は論文をだいぶ前に読んだだけだと言っていた。その上、アスンシオン島に行ったこともないと確かに発言していた。

ではなぜアスンシオン島のソフトコーラルが川のせき止めにより、全滅したと知っていたのだ。どのように考えても世の中に広く伝わるニュースではない。

杏が知っていたのならば理解出来る。沖野は杏から全てを聞いていたのか。知っていて何も知らないと桃子や七海を騙していた。

優しく自分を見つめる沖野の胸を両手で思い切り突き飛ばした。沖野が数歩後ろに下がった隙に、鍵を開けて廊下に飛び出す。扉の隣にあったロッカーを力任せに押して、出口を塞いだ。すぐに突破されてしまうだろうが、少しでも時間を稼ぎたい。

どちらに向かって逃げれば正解か。わずかに迷ってから、廊下の先にある階段を目指した。背後から扉が乱暴に叩きつけられる音が響いてくる。天井に灯った小さな常夜灯と、窓から差し込む満月の明かりを頼りに廊下を左手に折れた。階段を駆け上がる直前に、研究所中に響き渡る破壊的な音が響いた。ロッカーが倒されたのだろう。

上に行くか、下に逃げるか。迷っている時間はない。七海は一気に階段を駆け上がった。

三階に向かう途中で階下から七海を呼ぶ声が聞こえた。母親が迷子の我が子を探し求めるような、切迫した、それでいて慈愛に満ちた声だ。

「高井さん、一人でいては危ない。私が君を傷つけるつもりはないとどうして分かってくれない」

恐怖で体が動かなくなりそうだったが、どうにか階段を上り続けた。ロッカーを倒した音のせいで、心美たちを殺した化け物がこちらの存在に気付いたはずだ。扉と鍵がしっかりした部屋に逃げ込みたい。脳裏に杏の実験室が浮かんだ。

あの部屋であれば所長室と合わせて二重の防壁がある。窓もないので外部から危険な生物が入り込む危険性もない。七海は所長室のある五階まで一気に階段を上っていった。

五階にたどり着き、廊下を右に折れて杏の部屋に向かう。突き当たりを再度右に曲がれば、エスカレーターの吹き抜けのホールがあり、その正面に所長室がある。薄暗い廊下の窓から差し込む月明かりに影が落ちた。思わず息を呑んだが、窓の外を見ると月が雲に隠れただけのようだった。

一度呼吸を整えてから廊下を走る。まるで同じ場所を無限に走らされる悪夢に放り込まれたようで眩暈がしそうだ。ようやく廊下の突き当たりまでたどり着いた。右に曲がればすぐに杏の所長室がある。あと少し。

ようやく安全な場所に逃げ込めると安堵のため息をついたところで、七海は小さな悲鳴を上げた。沖野が所長室のドアに寄りかかり、微笑んでいる。踵を返して逃げようとした瞬間に右足が滑り、廊下に倒れてしまった。今になって体中の傷が燃えるように痛む。どうにか立ち上がろうと手を伸ばすと、右足首を乱暴に掴まれた。そのまま力任せに廊下を引きずられていく。右手がむなしく空を切った。

「駄目だよ。理解の悪い女性は嫌いだからね。廊下に出ては危ないとどうして分からない。まったく、手間をかけさせないで欲しいものだね」

「止めて。放して下さい」

七海の声などまるで無視して、沖野は重い荷物を引きずるように廊下を進む。ようやく掴まれた足首が解放されたが、すぐに所長室の中に引きずり込まれた。

ドアが乱暴に閉じられ、鍵のかかる音が残酷に響く。煌々とした照明が点けられ、思わず目を細めた。

沖野は杏の机を探ると、引き出しの中から布製の粘着テープを手に取り戻ってきた。沖野は床に転がったままの七海を見てため息をついている。

「もう少し状況判断が出来るタイプだと思っていたよ。悪いけど危ないから拘束するね」

あまりに恐ろしくて抗《あらが》う声も出ないまま、体の前で両手首に粘着テープが巻かれていく。十回ほど巻き付けたところで、ようやく沖野が作業を終えた。

沖野が肩を摑み、七海の体を無理やり立たせた。そのまま勢いよく突き飛ばされ、部屋の中央にあるソファーにぶつかる。恐怖で涙が頰を伝った。怯える七海を見ても、沖野は顔色一つ変えない。それが何より恐ろしかった。

「君に怪我をさせるつもりは毛頭ない。それは繰り返し伝えているね。私は君と違って体力がない。無駄に走り回らせないでくれ。まったく、生きているのが不思議なくらいだよ」

「あなたは桐ケ谷所長に何をしたの……皆に何を……あの恐ろしいレッドを作り出したのはあなたなの？」

「やれやれ、質問が多いね。まあ、朝まで時間はたっぷりある。ここは涼しいし、安全だ。お茶でも飲みながらゆっくり話そうか」

沖野は立ち上がると、部屋の隅に置いてある冷蔵庫の中から緑茶のペットボトルを二本持ってきた。キャップを開けてから、七海の目の前のテーブルに置いた。手首を固定されたまま、両手で包み込むようにペットボトルを持って喉に流し込んだ。研究所に入った後、あれほど水を飲んだが、恐怖で喉が張り付いている。冷たく苦みのある緑茶が体に染み込んでいった。

「本当に生きているのは素晴らしい。死んでしまえば、冷たい緑茶一つ飲めなくなる。私はやはりフィールドが苦手だ。生物の多様性は素晴らしいけどね」

「桐ケ谷所長と皆を殺したのはあなたなの？」

「君も見ていただろ。彼らは条件反射が整って飛び降りただけだ。繰り返すが、あれは完全に予定外だよ」

沖野は、実験がなぜ予定通り進まなかったのか、その理由を説明するように落ち着いている。ソファーに寄りかかる姿に悪びれた様子など微塵《みじん》もない。

「桐ケ谷所長と皆に、レッドを感染させたのはあなたね」

「まあ、それは間違いないね」

沖野は緑茶を一口飲んでから当然のように言った。

目の前で声を上げる間もなく死んでいった真島の姿が浮かぶ。空から落ちてきた杏は、低温室で無惨な死体になってしまったじゃないか。無理やり消していた記憶が蘇り、体の震えが止まらなくなる。

「どうして……なぜそんな酷いことを」

「まずさ、なぜこんな辺鄙《へんぴ》な場所に豪勢な研究所があると思う？　よく考えてみれば不自然だと分からないかな」

目の前に座る沖野は、出来の悪い生徒に言い聞かせる教師のように落ち着いている。何も変わらない、普段通りの上司がソファーに深く腰を掛けてくつろいでいるようだ。恐ろしくて沖野の言葉の意味が理解出来なかった。この男はこの島で何をしてきたのか。

待っても答えが返ってきそうもないと察したのか、沖野は大きなため息をついた。

「だってさ、ＪＡＭＳＴＥＣは大型の実験船を所有している。あの船一つあれば、長期間の海上実験が可能だ。瑠璃島に停泊させれば島内の生物についての研究も出来る。莫大《ばくだい》な費用をかけて研究所を建てる意味はあまりない」

「それは瑠璃島の周辺にあるホットスポットの調査を……」

沖野が顔の前で右手を振ってみせた。

「そもそもホットスポットは、偶然の産物として見つかっただけだよ。いや、必然かな。ホットスポットがあったから、あの素晴らしいレッドが生まれたのは確かだからね。新薬云々《うんぬん》で馬鹿な奴《やつ》らの思考回路を金で染めるのにも十分な説得力があったし」

未知の海洋生物資源から新薬を作り出す、これが瑠璃島海洋生物総合研究所の主な目的でもある。ここに期待される収益が莫大だからこそ、集中して研究に打ち込める環境を整備したのではなかったのか。七海も自分が学んだ生物学の知識が少しでも役に立てばと、純粋に考えていた。

「新薬の開発は全て嘘だったの？　桐ケ谷所長まであなたが騙していたのね」

「違うな。本当に君は思っていたよりはるかに理解力がないね。それで結果を出さなきゃここは維持出来ないでしょ。だから、まあ、嘘はついていないしＪＡＭＳＴＥＣに損害も与えていない。ただ、私が欲しかったのはありきたりの新薬じゃない」

沖野は一気に言うと、苦しそうに息を吐いた。脇腹に受けた傷が痛むのだろう。顔色も良いとは言い難い。

「レッドね。それで金銭的な利益を得るつもりだったの？」

レッドに見られた特徴として利益を生み出しそうな要素は、やはり寿命の延長だろう。この仕組みを解明出来れば、科学者としてどれほどの名声を得られるか。そして莫大な富を生み出すだろう。

沖野は脇腹を押さえて忌々しそうに表情を歪めた。呼吸も浅く短くなっている。机に置かれたペットボトルを摑むと、一気に呷った。

「まったく。君らはお気楽でいいな。金に重きを置けるのは幸せな証拠だよ。私が欲しているのは時間だ。時間は金では買えない。私には時間がない」

沖野は苦しそうに続ける。時間がない。このフレーズは杏のノートにも繰り返し記載されていた。

「君らのような人間を見ていると心底腹が立ってくるんだよ。真島にしても三上にしても、君もね。無駄に健康だよ。まあ、二人は死んだが運に見放されただけだ」

「なんてことを……運に見放された？　あなたが殺したのよ。あなたのせいで」

「いや、運だよ。間違いなく運だ。真島が死んだのは、あの瞬間に外にいたから。三上は私の言葉に従わなかったから、運に見放された。ただの幸運で手に入れた健康な体を無駄にしたね。本来なら長生き出来ただろうに」

記憶から排除した桃子の下半身だけの遺体。

目の前にあるペットボトルを両手で摑んで思い切り振った。緑茶はペットボトルから飛び出すと、目の前の男の顔面にかかり周囲を濡らした。

沖野は、忌々しそうに顔にかかった雫を振り払う。

「本当に不愉快な女だな。どうして君らみたいに大した才能もない人間ばかり、そんなに健康なんだ。理不尽にもほどがある」

「あなたどこか具合が悪いのね」

沖野は額にかかった緑茶の雫を手のひらで拭い、深いため息をついた。

「さっきから時間がないと言っているだろう。死ぬんだよ、もうすぐ」

「傷が痛むの？　手の拘束を外して。血が止まっているか確認するから」

沖野が顔を下げて肩を震わせている。一瞬、痛みに耐えているものと思ったが違う。沖野は笑いを堪《こら》えている。顔を上げた沖野は再び穏やかな表情に戻っていた。

「私は赤ん坊の頃から体が弱くてね。検査を繰り返した結果、活性酸素を分解する、ＳＯＤ２とＳＯＤ３の酵素活性が著しく弱いと判明した。遺伝子の一部に変異が見られた。生まれつきの不運だよ。医者も私が三十五まで生きているとは思っていなかったはずだ。せいぜい、あと数年が限度だろ」

「治療法は……薬はないの」

沖野の乾いた笑い声が響く。

「あったら、使っているさ。子供の頃からずっと、病院に通っている。まあ、無理だろうね。私の遺伝子異常はかなり特殊でね、使用可能な薬剤が効かない。医者も科学者も当てにならないから、自分が生物学者になった。君らみたいに能天気な理由で科学を学んでいない。文字通り命がけだ」

「その治療法の研究に桐ケ谷所長を利用したのね。桐ケ谷さんはあなたを愛していた。その気持ちを利用して」

杏のノートにあった時間がないとは、沖野に残された命の時間だったのだろう。杏は沖野を心から愛していた。だからあれほど必死に行動していたのか。杏のノートに書かれた文章の意味が分かり、涙が出てきた。

どれほど危険が伴うか分からない無人島に女性がたった一人で上陸し、密林の中で二週間過ごした。その不安と恐怖を思うと胸が抉られるように痛む。沖野は杏の心を利用し裏切った。

「その治療法が、レッドなのね」

「ああそうだ。私の体はね、困ったことに、酸素を吸うたびに自分の細胞を攻撃する。発生した活性酸素は分解されずＤＮＡを傷つけて、体中をぼろぼろにしていく。私にとっては呼吸が自殺行為だ。息を吸うたびに死に近づく。分かるかこの気持ちが」

「分からない！　あなたの言葉の通り私は無駄に健康だから。でも桐ケ谷さんの気持ちがあなたに分かるの？」

沖野は奇妙な動物を観察するような目で七海を見てから、笑みを浮かべた。

「なるほどね。金の次は愛か。本当に分かりやすいというか、単純というか。いいかい、愛なんてね、時間を持て余している人間の暇潰しだよ。ただ、やる気を引き出すには便利だから、適宜利用している。君も私を愛している。違うかな」

顔が熱を持つのが分かった。激しい怒りと羞恥心で体が焼けてしまいそうだが、それ以上に桃子に申し訳がなかった。自分自身の愚かさに嫌気が差し、怒りが冷やされていく。あの洞穴で、傷ついた桃子を見捨てて沖野を助けに向かったのは紛れもない事実だ。違う選択をすれば桃子は生きていた。せめて洞穴の外に連れ出し安全を確保するべきだった。

静かになった七海を見て、沖野は満足そうに頷いている。

「君の場合は仕方ないさ。命が危うくなる状況だったら、当然身近にいる男を頼る。そこに愛情を持ち込めば、より効率よく事が進む。だったらそれでいいじゃないか。恥じる必要はないよ」

最早沖野の顔を見る気力も失い、七海は拘束された両手首に視線を落とした。

「杏と初めて接触したのは今から九年前だったな。杏はまあ優秀な生物学者だったけど、決定打に欠けていてね。私の方はアスンシオン島で全滅してしまったソフトコーラルをどうしても手に入れたかった。それにしても、よくあの論文にたどり着いたな。見つかった杏のノートにも記載はなかったはずだが」

「あなたのノートにチャモロ語の走り書きがあったのよ。赤、海、女。それからＳＯＤ」

「これは驚いた。私としたことが、完全な見落としだな。毎日、ソフトコーラルのことばかり考えていたから無意識に書いたのだろう」

沖野は何が楽しいのか笑みを漏らす。

九年も前から杏はこの男に取り込まれていたのか。沖野の執念深さが恐ろしく、再びこの場を逃げ出す気力が失われていく。

「あのソフトコーラルに行き着くまで、どれほど大変だったか。私が命を繋ぐためには、体中の細胞に活性酸素を分解する、スーパーオキシドディスムターゼを常に供給しなくてはいけない。薬剤では不可能だ」

「でも、新しい治療法だって常に研究されている」

「新しい治療法か。確かにその通りだ。きっと私が土に還《かえ》って消え去った後に完成するかもしれないな。あるいは君が生きているうちにな」

沖野の乾いた笑い声が室内に響く。

「特に酸素の消費が激しい脳細胞は問題でね。私の脳内は分解されない活性酸素が常に暴れて神経細胞を傷つけている。そのくせ血液脳関門に阻まれて、血流を流れる薬剤はほとんど神経細胞に入って行かない。だから私はいつ死んでも不思議ではない。君には分からないだろうな。眠りに落ちる瞬間に、二度と目覚めない恐怖を味わう毎日がどんなものか」

「それは……」

「レッドは人間の免疫細胞の攻撃から逃げるために、免疫を司《つかさど》る樹状《じゅじょう》細胞の内部に寄生する。そして、宿主がメスの場合は卵巣に移動して息を潜め、オスの場合は全身に散らばる。ネコの寄生虫のトキソプラズマと同じ仕組みだ。トキソプラズマもアルベオラータ生物群に属するから、まさしくレッド・アルベオラータ・クィーンの名にふさわしい。レッドは樹状細胞を隠れ蓑《みの》にして血液脳関門を突破し、落ち着き先の神経細胞の内部でスーパーオキシドディスムターゼを生成する。私にとってはまさに神からの贈り物、命を司る赤の女王だよ」

沖野は熱に浮かされたように一気にまくし立てた。

「だったら、あなたが全て研究すれば良かった。どうして桐ケ谷さんを巻き込んだの」

「当時の私は何の成果も上げていない二十六の研究者だ。研究をしたくても資金すら集まらない。だから、私は使えそうな研究者を選んだ。杏は研究者として名を上げる機会を欲していたし、私には研究資金が必要だった。協力関係だよ」

沖野は言い終えると、深く息を吐いた。悪びれた様子は全くない。本心から杏と協力関係にあったと信じているのだろう。

「杏に長く生きられない件を伝えたら、酷く悲しんでね。どういうわけか、女性は弱っている男を見ると守りたくなるのかな。そこからは、驚くほど仕事の効率が上がって、レッドが生き残っていそうな島を洗い出してくれた」

「あなたを助けたかったからでしょう」

「私には理由など意味がないよ。大切なのは結果と時間だ。彼女に愛情を与えて仕事の効率が上がるなら、ためらう理由はないね。私は愛情を注ぎながら、彼女の仕事をサポートし、彼女は科学者として世間から評価を受けて、ついに研究所のトップになった。生物学的に表現すると、相利共《そうりきょう》生《せい》という寄生の形だ」

沖野は自分たちの研究成果を発表するように目を輝かせている。心の底から杏に対して申し訳ないとは思っていないのだ。

「この島に研究所を建設してから仕事の効率はさらに上がったけど、一筋縄ではいかなくてね。高温に耐性を持つレッドを生み出すのは苦労したよ。君が説明した通りで間違いはないよ。察しは悪くても愚かではないね」

「レッドを感染させたマウスを島に放ったのはあなたなの？」

沖野は体をわずかに伸ばしてから、顔を顰めた。正面に見える窓の外には、丸い月が光っている。

杏は毎晩この部屋から月を見て、沖野の命を守るために実験を続けていたのだ。昼間は表向きの研究を続け成果を出し、睡眠時間を削りレッドの改良を続けた。全ては沖野のために。

その沖野は当然のように頷く。

「レッドを感染させてキメラ生物を作り出し、さらにそのキメラ生物から得られたレッドを次の生物に感染させる。この作業を繰り返すたびに、感染個体の生存日数の増加率が飛躍的に伸びるんだ。理由はまだ分からないけど。だから、私は環境中に放ちたかったんだ。それが一番効率よく、延命効果の高いレッドを生み出す方法だからね。でも、どうしても杏が反対してね」

「当たり前です。外部に放てば、どのような影響が出るか分からない。生物学者ならそれくらい、当然分かるでしょう」

「何がいけないのか分からないよ。どんな影響が出ても、生き残る生物は生存して、適応出来ない生物は絶滅するだけだ。問題ないよね。それが自然の摂理だと思わないかい」

沖野は吐き捨てるように答えた。

「大体、自然界において他者の生存を尊重している生物はいるかな。いないよね。植物だろうと動物だろうと、自分が生き残るためなら手段を選ばない。利用するだけ利用して、捨てるだけ。ただ、杏と仲たがいしたくなかったから、納得するふりをして、マウスを研究所から離れた場所に撒《ま》いた」

「自分が生き残るために島そのものを犠牲にしたのね」

「その通り。島に放てば、あとは島中の生物が上手くキメラ生物を作ってくれる。しばらく時間を置いてから、生態系の頂点にいるアホウドリの感染個体が生んだキメラを回収すればいいだけだよ。だからね、君のお察しの通りあの洞穴には以前入ったことがある」

七海の想像はやはり当たっていた。ただ、それではなぜ沖野一人で逃げ出さなかったのか。あのモンスターとの戦いに備えていたのか。

七海の表情から心情を読み取ったのか、沖野が頷く。

「あのモンスターは予想外だよ。アホウドリのキメラはほとんどの場合、上手くいかなかったから。まさかあのサイズまで成長するとはね。無事に生まれたキメラを幼鳥のうちに回収していたんだ」

「その回収したキメラの体からレッドを分離して……あなたは一体皆に何をしたの……」

「ああ、彼らに何かしたかったわけじゃない。その点は誤解しないで欲しい。彼らに恨みがあるとか、危害を加えたいだとか、そんな意図はないよ」

「そんな話は聞いてない！　何をしたの？　なぜ桐ケ谷所長は……皆は死んでしまったの！」

沖野は声を荒らげる七海を不思議そうに見てから、わずかに笑みを漏らした。

「レッドが人体に与える影響に関して調べただけだよ。杏は必須だったが、他のメンバーは誰でも良かった。私は食堂で皆と毎朝食事をしていただろう。飲み物にサンプルを入れるくらい簡単だ」

「なんてことを……皆の体を使ってなぜ」

「いや、人体に悪影響がないか調べる必要があるだろう。効果は分からないけれど、少なくとも死んでしまったら困る。可能な限り大勢で調べたい。それに最終的に欲しかったのは、アホウドリのキメラではない」

あまりの答えに眩暈がした。この男は自分の部下と恋人の体を使って、人体実験をしたのだ。その結果、皆が悲惨な死を遂げた。

「あなたは他人の命を道具として使った。本当に人間なの？」

「私は自分の命を守るために、可能な限りの努力をしているだけだ。偶然が重ならなければ、今でも全員元気に仕事をしていたと思うよ。理性で攻撃性をコントロール可能な人間にとって、レッドは無害だ。食欲が出るくらい問題ない。何か誤解をしているようだけど、年末に帰省しなかったメンバーで感染させていないのは君と三上桃子だけだ。三上は君の次に優秀だったから、言うなれば君の予備だね」

「そんな……予備？　どうしてそんなことを」

「まだ発疹が出ていない連中は、感染させる時期が遅かっただけだよ。杏は五ケ月ほど前に感染させたが、何の問題もなかっただろう。本来、ほとんど害のない寄生虫なんだよ。それより、君はなぜこの研究所にいると思う？　考えたことないかな」

思いがけない沖野の問いに言葉を失った。それは最初の頃、七海自身が抱いていた疑問だ。なぜあれほどの候補者の中で、七海が選ばれて採用となったのか。研究内容を気に入られたと思ってどうにか自分を納得させ、杏を失望させないために日々の実験を行ってきた。その自信が音を立てて崩れていく。

ではなぜだ、なぜ自分がここにいるのか。

「自分の科学者としての才能や研究成果が評価されたと思っていたのかい。それはない。自分が一番理解出来ているんじゃないのかな」

「はっきり言って。どうして私が選ばれたの」

沖野は七海を弄《もてあそ》ぶように、しばらく沈黙した。時間にして数秒のことだったが、耐え切れないほどの重圧を感じた。

「さっきからずっと言っているだろう。無駄に健康だって。入社試験の前に健康診断を受けただろ。血液検査があったのを覚えているかな。あれで遺伝子欠損の有無を調べた。誰でも多少は遺伝子異常を持っているのが当たり前だが、君は一つもなかった。まさに完璧な健康体だ。少し考えにくいほどにね」

「それが理由なの……どうしてそんな必要が」

「忘れたかな。母体の卵子の核とレッドの核、それから精子の核が融合して生まれたのがキメラだよ。そしてそのキメラから得られるレッドを私の体に入れる。だからね、卵子の遺伝子は完璧であれば安全性が高まる」

沖野の言葉が理解不可能だった。目の前でソファーに座っている男は何を語っているのだろうか。七海の体は遺伝子異常が全くない、極めてまれな体質だと言っているのは理解出来た。そこから先が分からない。

「色々な病気を引き起こす原因として、異常たんぱく質の蓄積があるよね。例えばアミロイドβとか。せっかく長生きを目指してレッドを体に入れるのに、持ち込んだ異常な遺伝子が原因で病気になったら嫌でしょう」

沖野は説明をするたびに、七海の反応を観察しているのか、わずかに間が空く。

「だからさ、杏は予行演習だったんだよ。キメラはね、体の構造や遺伝子に無理があるのか、半年くらいしか生存出来ない。レッドの寿命を考えると、一定の期間ごとに追加で摂取する必要があってね。いつでもキメラを生んでくれる女性が私には必要なんだ」

キメラ生物を生み続ける女性が必要。

言葉の意味を深く考える気力も尽きてきたのか、沖野の声が頭の中を素通りしていく。桃子の死も杏の死も、これから自分の身に起きる出来事も現実味がなかった。

「本当は君と良好な関係を続けながら、共同生活をしたかったのだけど無理そうだね。その点を考えても杏には本当に感謝している。幸せな時間だったよ。君はひとまず、奥の実験室にしまっておくね。明日、助けの船が来た時に見せたくない。海に落ちて死んだことにしよう」

沖野は自分のアイデアが気に入ったのか笑みを浮かべている。

「大丈夫だよ。心配しないで。食べ物や飲み物は十分用意しておく。電気も水もあるし、もちろん空調もそのままにしておく。実験室だから快適とは言い難いけど、我慢して。私は一度本部に戻って何が起きたか説明するけど、必ず助けに来るから」

「嫌よ……私は家に帰りたいの。帰らせて」

「駄目だよ。申し訳ないけどね。私には本当に時間がないから。でも君は私にとって大切な存在だから、乱暴な振る舞いはしない。傷の手当てをして、抗生剤も飲ませてあげる。私がいない間は自分で何とかしないといけないから、この研究所にあるだけの医薬品も運んでおくね。それじゃ準備しようか」

沖野は立ち上がると、冷蔵庫の中を調べ始めた。中に入っていたペットボトルのミネラルウォーターをテーブルの上に並べていく。まるでキャンプに向かう準備を整えているようだ。

「最初に傷の手当てをしよう。ひとまず奥の実験室に移動するか」

「待って、私に何をするつもり。ここであったことは誰にも言わないから」

「そんなに怯えなくて大丈夫。実験用のマウスもヒメッツバメウオも全て私が殺してしまったけど、アホウドリのキメラのストックは冷凍してあるからね。まずはレッドに感染してもらう」

感染してもらう？

沖野にとって自分以外の人間は、知能の高い実験動物に過ぎないのか。沖野がこれまで七海に向けてきた視線の意味をようやく理解出来た。

最早二度と両親に会えず、この場所で沖野の命を繋ぐためだけにキメラを生み、生きていくのか。

そう理解すると、立ち向かう気力が失われていった。

沖野が杏の机の下から、救急箱を持って七海の前に戻ってきた。拘束された両腕を右手で乱暴に摑まれ、ソファーから無理やり立ち上がらされた。

そのまま実験室へ向かうドアを抜け、実験台の前に並べられた椅子に押し付けられる。まるで人形のように椅子に座ったまま、沖野が実験室のドアから外に出て行く様子を見ていた。すぐに戻った沖野の右手にはサバイバルナイフが握られている。最早、刃物で脅されなくても抵抗する気力など残されていない。

それでも追い詰められた七海が暴れでもしたら使うつもりなのだろう。

「しばらくはこの部屋で過ごしてもらうよ。おそらく島は出入り禁止になるだろうけど、私なら事後処理の名目で入れるだろう。君の死体が上がらなくても、これだけの事件が起きたのならまあ、誰も何も言わないはずだ。心配ない」

沖野は悪びれた様子もなく、今後のスケジュールを説明している。沖野を見ていると、まるでその方が正常に思えてきそうだ。七海は海に落ちて死んだものとして処理されるのだろう。実際に多数の遺体があるのだから、七海の死もリアリティーがある。両親は泣くだろうな。

沖野が救急箱を開けて、テーピングや消毒液を実験台の上に並べていると、背後で扉の開く小さな音がした。誰かいる？

沖野も音に気が付いたのか、七海を通り越して視線を先に向ける。沖野は目を見開いて、手にしたハサミを床に落とした。

「素晴らしい……成功していたのか。もちろんその可能性は考えての行動だよ。でも正直、今回は諦めていたよ」

沖野は魅入られたように、一点を見つめている。背後に何かの気配を感じたが、恐ろしくて振り返れない。得体の知れない生き物の視線を感じる。

「レッドに感染した生物の生命力が強くなるのは分かっていた。だから、時間稼ぎがしたかった。望み薄の賭けに近かったけどね。本当に素晴らしい」

沖野は七海の存在を忘れたように、サバイバルナイフを手にしてから、ふらふらと歩いて行った。

沖野の重い登山靴が床に当たり、静まり返った室内に響く。

怖い。ただ純粋な恐怖に襲われ、体が動かない。振り返れば酷く恐ろしい光景を目の当たりにするだろう。見たくない。けれど見なければ、おそらく命がない。生きて帰りたい。

七海は意志の力を振り絞って、椅子から立ち上がった。一度空気を吸い込んでから、静かに振り返る。

最新設備の整った実験室の最奥。実験動物飼育室の扉の前には、黒髪の美しい少女が静かに立っていた。裸の少女は三歳くらいの年齢だろうか、肩口まで伸びた絹糸のような黒髪。わずかに離れた大きな瞳に整った鼻。薄い唇。表情こそないが、その顔立ちは杏そのものだ。

ただ本来なら白い肌は、まるで鮮やかな熱帯魚のように朱に染まっている。そしてそのまま視線を下ろしていくと、少女の足の指は猛禽類のような鋭い爪とウロコで覆われていた。

「沖野さん、その子は……」

「ああ、まさか成功するとは。しかもほとんど人間と変わらないな。肌の色も申し分ない。おそらく体内で大量のレッドを作り出しているのだろうな」

「その子は……何？」

沖野は七海の言葉など届かないのか、さらに二歩前に進む。少女は表情を変えないまま首を傾げた。絹の髪が熟れた桃のような頬にかかる。

「嫌だな。分かるだろ。杏の体から生まれたヒトキメラだよ。妊娠週数が浅いから心配していたけど、どうも人間より在胎週数が短いようだね。しかも成長が異常に早い。まだ生まれて二日だろ。

これは本当に期待が持てる」

「待って、その子は、桐ケ谷さんの体の中から出てきたの……」

杏の死体は下腹部が裂け、子宮から胎盤とへその緒が外に飛び出していた。ではこの少女は自ら母親の体を破って生まれたのか。この上ない嫌悪と恐怖に襲われ、七海は一歩下がった。

「ああ、大丈夫だよ。仮に、勝手に出てくるタイプならその前に取り出そう。君の体は大切にしないと。このヒトキメラは低温室にいた彼らを食べて育ったんだね」

部屋中に飛び散り、シャーベット状に凍り付いた血液。臓器を食い荒らされていた腹部が鮮明に浮かんだ。生まれたばかりのヒトキメラは、周囲にあった食べやすい餌の柔らかい腹部を鉤爪で破り、内部に詰まっていた臓器を食べたのだ。そして餌を食べ尽くしたヒトキメラは腹を空《す》かせて外に出た。小さな愛らしい手を器用に使って、部屋のドアノブを開けて歩き出し、門前と遭遇した。

突然現れた異形の子供を見て、門前は何を思ったのだろう。

おそらく事態を理解出来ないまま、襲われ、ついに殺されてしまった。門前は実験台の上で腹を裂かれ、肝臓を食べられていた。

心美は襲われ、隠れていたのだろうか。理解の及ばないヒトキメラに遭遇し、どれほど恐ろしい思いをしたか。

あれだけの惨状を、目の前の小さな子供が引き起こしたというのか。信じたくないがあれは普通の人間の子供ではない。

七海は音を立てないようにゆっくりと後ろに下がった。背中を見せないように。突発的な動きで刺激しないように、ゆっくりと。

沖野は少女から二メートルほど離れた場所までたどり着いた。右手に持ったサバイバルナイフはだらりと下げられている。少女は感情の読めない大きな瞳で沖野を捉えたまま身動き一つしなかった。

「この場所に来たのは、杏の匂いでも追ってきたのか？　だとしたら嗅覚は非常に優れているな。マウスの嗅覚に関わる遺伝子が持ち込まれたか。まあ、その辺りは私にとってどうでもいいが。私のことは匂いで父親と分かるか？」

七海は少女からなるべく距離を取るため、静かに背後に移動していく。とにかく、両手に巻かれた粘着テープを取らなくてはいけない。

七海は両手首を口に持っていくと、巻かれた粘着テープに嚙みついた。接着剤の嫌な臭いが口の中に広がったが、視線は沖野と少女から外さないように気を付けた。気を抜けば恐怖に飲み込まれ、必要な行動を取れなくなってしまう。心拍数が上がり呼吸が速くなるのが分かる。両手首に力を込めたが、粘着テープはまるで外れる気配がない。少しでも気を抜けばパニックに陥ってしまう。七海は一度両手を下げて呼吸を整えた。

沖野の表情は見えないが、声から判断すると高揚している様子が分かる。

少女は再び首を反対側に傾けた。ありえないが、まるで沖野の言葉に耳を傾け、理解しているようにも見える。

「これだけの体格で大人の男に致命傷を与えたからには、それなりの筋力があるのかな。ヘビから得た筋力か、それとも瞬発力か。気になる点は多いが、まあ次が本番だから処分が妥当だろう。安全面を考慮すると、週数のもっと浅いうちに子宮から取り出してしまうべきか」

少女の口がわずかに動く。風が狭い空間を抜けるような、甲高い澄んだ音色が室内に響いた。鳥だ。森の中に満ちていたあの音。少女から発せられる音は、細く長く響いた後、何かを伝えるような短いリズムに変わった。それは沢山の鳥が歌い交わす声のように、様々な色に満ちていた。命が失われる恐怖の中にありながら、あまりに美しい音色に思考が奪われていく。

「これは驚いた。声帯は鳥なのか……」

沖野の声が少女の発する音楽を遮った。

一瞬声が途切れ、室内を静寂が包む。少女は沖野に視線を向けたまま、一歩前に進んだ。小さな子供が囁くような言葉にならない声が響いてから、再び風が吹き抜ける澄んだ音色に変わった。この鳴声はどのような意味があるのか分からないが、攻撃的な印象はない。

少女は沖野を父親と認識しているのであろうか。杏の匂いをたどってこの場所まで来たのなら、沖野の存在も本能で悟っているのか。それとも自分がこの世に生まれるきっかけとなったこの場所に来たのは、ただの偶然か。

桃色の肌をした少女は、瀕死の母親を殺しこの世に生まれてきた。門前を生きたまま食い荒らし、心美を傷つけ死に追いやった。そして彼女の赤い体の中には、全ての悪夢の引き金となった恐ろしいレッドが眠っている。

では、この少女が邪悪なのか。

違う。この隠された実験室の片隅に佇《たたず》む異形の少女は、ただ自分の生きる本能に従っただけだ。強引に繋ぎ合わされた遺伝子に翻弄され、制御出来ない攻撃性を持ってしまっただけ。生物なら他者の命をつみとり、生き残るのは当然の行動だ。

仲間もなく、ただ一人この世に無理やり生み出され、命も短い。哀れな生物。唯一血の繋がりのある沖野を本能が求めているのだろうか。

少女がさらに一歩前に進む。足の硬い鉤爪が床に当たり、かちりと音を立てた。沖野と少女の間合いが一メートルほどに迫る。

ようやく両手首に巻かれた粘着テープが緩んで外れてきた。どうにか右手が自由になり、左手に残ったテープを剝ぎ取り床に捨てる。

室内はまるで熱帯の森にいるような音で満ちていた。細かく繰り返す甲高い鳥の声、鈴虫の羽音のような振動音、まるで笑い声のような、陽気に響く鳴声と低く唸る風の音。全て幼い少女の声なのか。と、次の瞬間、沖野が突然少女の前に踏み込み、右手で胸元を薙ぎ払った。振り抜いた手の先には銀色の光が反射する。

少女の体が飛ばされるのと同時に、耳を覆いたくなるような甲高い悲鳴が響いた。驚きと恐怖と混乱に満ちた動物の声が室内に満ちる。

なんて酷い……。

気が付くと七海は少女の元へ走っていた。沖野は倒れる少女を見下ろし肩で息をしている。七海は走ってきた勢いのまま、沖野に体当たりした。突然背後から七海に突き飛ばされた沖野は、体勢を崩して実験動物飼育室のドアにぶつかって倒れ込んだ。

「あなたは……あなたは人間じゃない。どうしてここまで恐ろしい真似が出来るの？　あなたの娘よ」

胸元を沖野に切り裂かれた少女は床を這いながら、人間によく似た悲鳴を上げている。桃色の胸から溢れる鮮血が心美の姿と重なる。この少女は人間ではない。門前と心美を殺したモンスターだ。けれど杏の娘。

七海は少女を抱き上げると、実験室の出口に走った。少女の体は、予想以上に軽く、まるで中身の入っていない人形のようだ。

杏の顔によく似た少女は七海の腕の中で、子供のように泣いている。足に手が触れると、ざらついたウロコの感触が伝わり、彼女が人間ではないと否応もなく認識出来た。ただ、少女の体から伝わる温もりは七海の心を捉えてしまう。

沖野が立ち上がり怒りに満ちた表情で、七海を睨む。体が痛むのか、脇腹の傷口を押さえている。

「心の底から不愉快な女だ。お前が庇っているのは人間の子供ではない。よく見ろ。その赤い体と鉤爪を」

「人間の子供？　あなたの娘よ」

「だったら何だ。ヘビや鳥の外見をしていれば、何の躊躇もなく残酷に殺せるが、人の姿に似ていれば憐《あわ》れむのか？　全く合理性に欠けている。それは凶暴で危険なヒトキメラだ」

沖野に人の心を期待しても無駄だ。

七海は少女を抱えたまま、実験室から所長室を抜けて、廊下に走り出した。少女の胸の傷からは、まだ血が溢れ出ている。杏に似た瞳が怯えるように七海を見上げていた。体を覆う服さえない。こんなに小さな生まれたばかりの子供なのに。

七海は後ろを見ないようにして廊下を走った。廊下を左に曲がり、階段までたどり着くと、突然七海の腕の中で少女が暴れ出した。鉤爪の付いた足で腹部を蹴り込まれると、予想以上の力が加わり、床に突き飛ばされてしまった。七海の腕から逃れた少女のキメラは、屋上に続く階段を駆け上がっていく。

シャツが裂け、蹴られた個所に鋭い痛みを感じたが、七海は少女の後を追った。

屋上に続く重い扉を開け、外に出ると一気に蒸し暑い熱帯の大気が体にまとわりつく。黄金に輝く満月と青白い無数の星々が照らす空は、鍾乳洞のドームを思い出させた。

海からの生暖かい風が吹き抜ける屋上の中央に、薄い胸を裂かれた少女が立っている。残酷に傷つけられた胸部からは、大量の血液が流れ出し、体を深紅に染め上げていた。少女のやや離れた大きな瞳に痛みや恐れはなく、ただ静かに七海を見つめている。

七海は吸い寄せられるように美しい少女の元へ歩いて行った。十歩ほど進んだところで少女がゆっくり瞬《まばた》きをした。次の瞬間、目の前にいた少女はまるで重力から解放されたように跳躍した。驚いて見上げると、七海の頭上を越えて放物線を描くように前方宙返りしてから、研究所内に続く鉄扉の前に着地した。

あまりに美しい跳躍に目を奪われて振り返ると、扉の開く音が聞こえた。

少女の肩越しに、呆然と立ち尽くす沖野の姿があった。月明かりに浮かぶ沖野の表情が恐怖で歪む前に、少女の体が再び弧を描く。全てが予定されたシーンのように流れ、止める間などなかった。

少女が着地すると、沖野が目を見開き両手で首を押さえた。白く長い指の間から、鮮やかな鮮血が溢れ出し滴り落ちていく。沖野の目に苦痛の色はなく、ただ驚きと絶望に満ちていた。

首を傾げて佇んでいた少女が再び踊るように跳ねると、沖野の体から鮮血が飛んだ。悲鳴や苦痛の声はなく、沖野は音もなく崩れていった。

少女は足元に崩れ落ちた男の体を見下ろしている。その瞳は暗く深い夜の海のように、どこまでも無慈悲だった。

少女は一度だけ空を見上げると、鳥が羽を休めるように静かに体を横たえた。

青い月明かりの下、真っ白な床に深紅の血だまりが広がっている。

血だまりの中央に倒れた男は魂の抜けた目で天空を見上げていた。もう、死への恐怖はないのだろう。男の首は幾筋もの切り傷が刻まれ、その腹部は無残に破壊されている。男の横に寄り添う少女は、小さな膝を抱え、目を閉じている。その姿はまるで穏やかにうたた寝をする幼子そのもので、深い安らぎに満ちていた。

ようやく全てが終わった。私はまだ生きている。

無音の中、目の前に広がる光景を目に焼き付けた七海は、夜に呑み込まれるように意識を失った。

エピローグ

　激しい頭痛を感じて目を覚ますと、白い光が目に差し込んできた。見知らぬ男が二人、心配そうに自分を見下ろしている。一人は白衣に身を包んでいる。医者だろうか。体を動かそうとすると、頭が割れるように痛んだ。記憶が曖昧で自分がどこにいるのか思い出せない。

「無理に動かない方がいい。体中に怪我をしているようだし。君は研究所の一階ロビーで倒れていたんだよ。覚えているかい」

　七海は小さく首を横に振る。屋上で意識を失った後、転げ落ちるように階段を下りた記憶が断片的に残っているが、まるで現実味がない。視界が落ち着いてきたのか、周囲の様子が見えるようになってきた。七海は医務室のベッドに寝かされているようだが、見覚えがない部屋だ。七海の表情を察したのか、白衣を着た男性が優しく微笑む。

「ここは白鳳丸《はくほうまる》の中だよ。救助要請を受けて、瑠璃島に到着したんだが研究所の入り口で倒れている君を発見して連れて来たところだ。他にけが人はいるかな？　確か、五人職員がいると聞いたが」

「皆、死んでしまった」

「え？　それは本当か？」

静かに頷くと、緊張の糸が切れて涙がとめどもなく溢れてきた。白衣の男と隣に立つ小柄な男が言葉を交わさず、視線を合わせた。

「大丈夫。もう心配ないから落ち着いて。沖野副所長はどこにいるかな。少し話を聞きたい」

「キメラに……他の生存者も全員キメラに殺されてしまった」

「キメラ？　転落事故を目の前で見たのだから、混乱するのも当然だ。君は少し休んだ方がいい。大丈夫、私たちが調べるからね」

白衣の男が笑みを浮かべながら、起き上がろうとする七海を手で制した。清潔なタオルケットを胸元までかけられる。

「気を付けて下さい。キメラが……皆を襲った危険な生物がまだ島に残っています。それにレッドも」

七海の言葉を聞いた二人の男は顔を見合わせてから、わずかに首を捻った。

「十分注意するから、もう君は何も心配せず休んで欲しい」

白衣の男は落ち着いた口調で断言した。

その言葉を聞いていると、体の疲れが一気に溢れ出してきた。これでようやく終わる。生きて両親の待つ自宅に戻れるのだ。あまりに多くの人が死にすぎた。皆が死んでしまった。

死の恐怖に倫理観を破壊された沖野は、自らが作り出した延命薬に命を奪われた。沖野に倫理観は存在しなかった可能性もあるが、もはや考えても意味がない。大切な友を奪った相手を許す気などない。

沖野を愛して全てを捧げた杏は、最後に幸せな日々を過ごせたのだろうか。聡明な杏のことだから、沖野が示した愛情の真意も理解していたのかもしれない。彼女を失った今となっては知りようもない。

こちらを見下ろす白衣の男は、明らかに七海の言葉を信じていないように見える。それも当然だろう。キメラに直接襲われた七海ですら、悪い夢を見ていた気がする。

キメラの存在はおそらく、実際に見なければ誰も信じないだろう。七海は生き残った者の務めとして、この島で起きた悪夢のような出来事を正確に伝えていかなくてはならない。でも、今ではない。今は無理だ。

摩耗した精神状態では全ての説明が出来ない。最優先事項のみを伝えるしかないだろう。七海は可能な限り、冷静な科学者の表情を作る。

「ごめんなさい。混乱してしまって。おそらく、島内で寄生虫の集団感染が発生しました。それに伴い、私以外の全員が死亡。感染対策を十分に整えて下さい。むやみに森の中に入らず、今は必要最低限の調査のみでお願いします」

「それは報告がなかった。了解した。本当に恐ろしい体験をしたようだね。同情するよ。本部に連絡を取ってから、今後の方針を決定しよう。それはともかく、君は休んだ方がいい。何か欲しい物はあるかい？」

七海を見る白衣の男の目が明らかに変化した。今はこれで十分だ。

ひとまず瑠璃島から人を遠ざけ、これ以上の犠牲を出さないようにする。いずれは、川をせき止め、入り江のレッドを死滅させる。島内に広がった感染動物を全て死滅させるのが不可能であれば、永久に島を閉じるしかない。

七海に上層部の説得が可能だろうか。考えるほどに困難を感じたが、桃子の好奇心に満ちた笑顔を思い出し、必ずやり遂げると心に誓った。

杏のためにも亡くなった仲間のためにも、何としても恐ろしいレッドを外部に出してはいけない。幸い、瑠璃島は大陸から遠く離れている。人間が立ち入りさえしなければ、ある程度の安全性は確保出来る。

なすべき仕事が定まると、ようやく心が落ち着き、再び生き残った安堵感が押し寄せて来た。帰ろう。生きて帰るんだ。

「申し訳ありませんが、食事を頂けますか。ほっとしたらとてもお腹が空いてしまって。しばらく何も食べていなくて」

「ああ、気が付かなくて申し訳ない。食欲があるのは良い兆候だ。すぐに持ってくるよ」

白衣の男は笑みを浮かべると、小柄な男と医務室を出て行った。静寂が室内を包み、ようやく心から安堵出来た。

疲れた。本当に体中が休息を欲している。桃子を失った悲しみも沖野への思いも。今は何もかも忘れて眠りたい。思考が溶けてしまいそうだ。何かを食べたい。どうしてこれほど食べ物を欲するのか。早く何か食べたくて仕方がない。

混乱する意識の中、七海はタオルケットから外に出た右手に視線を移した。白い手首に浮き出す赤い斑点。

身に覚えのない赤い斑点がいくつも浮かび上がっている。これは何だろう。空腹感に支配され、何も考えられない。早く何か食べ物が欲しい。食べたい。


ドアが二度ノックされ、白衣を着た男がトレーを持って入って来た。

途端に脳が痺れるほど甘い匂いが部屋中に充満する。七海はベッドから飛び降りると男の手からトレーを奪い、立ったまま目の前にある食物を貪った。美味しい。一口ごとに飢えと渇きが満たされていく。もっと食べたい。もっと。

男が目を見開き、こちらを見ているが全く気にならない。体が食物を欲しているのだから当然だ。

右手に持った白米を口に放り込むと、突然呼吸が苦しくなり、激しく咳き込んだ。七海の手から落ちたトレーが床に転がり、大きな音が室内に反響する。

思わず両耳を塞ぎ床にうずくまっていると、肩に温かい感触があった。心配そうにこちらを見つめる男と視線が合う。手の置かれた右肩が熱を持っているように温かく感じた。

「本当に大丈夫かい？　可哀《かわい》そうに。ほら休んだ方がいい」

白衣の男に支えられ立ち上がると、心の底から深い安堵感に包まれた。背中に回された腕と指先の感触がシャツ越しに伝わってくる。

肌の感覚が研ぎ澄まされ、体の芯が徐々に熱を帯びてくる。自分の体に起こる変化が不思議だったが、恐怖や嫌悪はまるでなかった。全ての感覚が心地よく広がっていく。これまで一体何を怖がっていたのだろう。恐れるものはない。

レッド・クィーン。赤の女王。

ノートに書かれた文字が朧《おぼろ》げに浮かぶ。

男が優しい目でこちらを見ている。体が熱い。

無様で矮小《わいしょう》な寄生虫が赤の女王？　違う。断じて違う。

赤よりも激しく燃え上がる赫《あか》。この熱こそが真実。

女王の果たすべき役割とは何か。言うまでもなく種族の繁栄だ。

この世界が望む、赫き女王とは。

考える必要はない。全ての答えはこの体が知っている。

七海はわずかに笑みを漏らすと、男の首に両腕を回し、強く引き寄せた。

参考文献・ウェブサイト

高井 研『微生物ハンター、深海を行く』イースト・プレス
高井 研（編）『生命の起源はどこまでわかったか 深海と宇宙から迫る』岩波書店
塩見一雄、長島裕二『海洋生物の毒―フグからイソギンチャクまで―』成山堂書店
大島泰郎『極限環境の生き物たち なぜそこに棲んでいるのか』技術評論社
神川龍馬『京大式 へんな生き物の授業』朝日新書
堀井大輝『西表島の自然図鑑』メイツ出版
国立研究開発法人海洋研究開発機構（ＪＡＭＳＴＥＣ）ウェブサイト全般

本作品は書下ろしです。
＊本作品はフィクションであり、実在の人物・団体・作品・事件・場所等とは一切関係がありません。

北里紗月（きたざと・さつき）

1977年、埼玉県生まれ、千葉県育ち。
東邦大学大学院理学研究科生物学専攻修了。理学修士。
日本卵子学会認定胚培養士、体外受精コーディネーターとして、第一線で生殖医療に携わる。
『さようなら、お母さん』が、島田荘司選 第9回ばらのまち福山ミステリー文学新人賞優秀作に選出され、2017年にデビュー。同作より続く天才毒物研究者・利根川由紀シリーズの『清らかな、世界の果てで』『連鎖感染 chain infection』や、『アスクレピオスの断罪 Condemnation of Asclepius』の著書がある。

赫《あか》き女王《じょおう》　Red Alveolata Queen《レッド・アルベオラータ・クイーン》

2023年12月30日　初版１刷発行

著　者　北里《きたざと》紗月《さつき》
発行者　三宅貴久
発行所　株式会社 光文社
〒112-8011　東京都文京区音羽1-16-6
電話　編　集　部　03-5395-8254
　　　書籍販売部　03-5395-8116
　　　業　務　部　03-5395-8125
URL　光　文　社　https://www.kobunsha.com/

組　版　萩原印刷
印刷所　萩原印刷
製本所　ナショナル製本

落丁・乱丁本は業務部へご連絡くだされば、お取り替えいたします。
R ＜日本複製権センター委託出版物＞
本書の無断複写複製（コピー）は著作権法上での例外を除き禁じられています。本書をコピーされる場合は、そのつど事前に、日本複製権センター（☎03-6809-1281、e-mail:jrrc_info@jrrc.or.jp）の許諾を得てください。

本書の電子化は私的使用に限り、著作権法上認められています。ただし代行業者等の第三者による電子データ化及び電子書籍化は、いかなる場合も認められておりません。

©Kitazato Satsuki 2023 Printed in Japan
ISBN978-4-334-10177-0